Claude Tillier

Mein Onkel Benjamin

Claude Tillier

Mein Onkel Benjamin

edition mabila

Text der Originalausgabe

edition mabila
Reihe „Europäische Klassiker"
© 2013. Alle Rechte vorbehalten.
ISBN 978-1481868709

Erstes Kapitel

Was mein Onkel war

Wahrhaftig, ich weiß nicht, warum der Mensch so am Leben hängt. Was findet er eigentlich so Angenehmes an dieser schmacklosen Folge von Tag und Nacht, Sommer und Winter? Immer derselbe Himmel, dieselbe Sonne; immer dieselben grünen Wiesen und dieselben gelben Felder; immer dieselben Thronreden, dieselben Gauner und dieselben Gimpel. Wenn Gott es nicht besser gekonnt hat, so ist er ein trauriger Werkmeister, und der Maschinist der Großen Oper versteht mehr als er.

›Noch nicht genug der Anzüglichkeiten?‹ sagt ihr; ›jetzt kommt er gar mit Anzüglichkeiten gegen den lieben Gott.‹ Was wollt ihr! ist er doch recht eigentlich ein Beamter, und ein hoher Beamter dazu, nur daß seine Ämter keine Sinekure sind. Aber ich habe keine Angst, er werde hingehen und mich wegen des Schadens, den ich seiner Ehre beigebracht, auf Schadenersatz belangen, um von dem Geld eine Kirche bauen zu lassen.

Ich weiß wohl, daß Staatsanwälte empfindlicher im Hinblick auf seine Reputation sind als er selbst; aber das gerade finde ich nicht in Ordnung. Kraft welchen Titels maßen sich diese schwarztalarigen Menschen das Recht an, Beleidigungen zu rächen, die ihn höchst persönlich angehen? Haben sie eine ›Jehova‹ gezeichnete Vollmacht, die sie dazu befugt?

Glaubt ihr, daß er so zufrieden ist, wenn das Zuchtpolizeigericht seinen Donner in die Hand nimmt und damit brutal Unglückliche zerschmettert, um nichts als ein Delikt von ein paar Silben? Wer beweist denn übrigens diesen Herren, daß Gott beleidigt worden ist? Hier ist er, an sein Kreuz geheftet, während sie, ja, sie in ihren Richtersesseln sitzen: sollen sie ihn fragen! Wenn er es bestätigt, will ich unrecht haben. Wißt ihr, warum er die Dynastie der Kapetinger vom Thron gestoßen hat, diesen alten und erlauchten Königssalat, der mit so viel heiligem Öl angemacht war? Ich weiß es und will es euch sagen: weil sie das Gotteslästerungsgesetz gemacht hat.

Aber das steht hier nicht in Frage.

Was heißt leben! Aufstehen, sich schlafen legen, frühstücken, mittagessen und am andern Morgen von vorn anfangen. Wenn man das vierzig Jahre geübt hat, ist es am Ende recht fade geworden.

Die Menschen gleichen Zuschauern bei einem Schauspiel, welche Abend für Abend, die einen auf Sammetpolstern, die andern auf nackten Bänken, die Mehrzahl aber auf Stehplätzen, dasselbe Stück ansehen; alle gähnen bis zum Kieferverrenken, alle sind sich einig, daß all das todlangweilig ist, daß sie viel besser in ihren Betten lägen, aber nichtsdestoweniger will niemand seinen Platz aufgeben.

Leben – ist es die Mühe wert, auch nur die Augen zu öffnen? Alle unsere Unternehmungen sind nichts weiter als Anfänge; das Haus, das wir bauen, ist für unsere Erben; der Schlafrock, den wir uns mit Liebe auswattieren lassen als Hülle unseres Alters, wird als Wickeltücher für unsere Enkel seine Verwendung finden. Gerade sagen wir: ›Nun ist der Tag zu Ende‹; wir zünden unsere Lampe an; wir schüren unser Feuer; wir sind drauf und dran, einen wohligen und friedlichen Abend an unserm Kamin zu verbringen: pang! pang! klopft jemand an die Tür. Wer ist da? Der Tod: scheiden heißt es. Wenn wir alle Gelüste der Jugend haben und unser Blut voller Saus und Braus ist, besitzen wir keinen Taler; wenn wir keine Zähne mehr haben, keinen Magen, sind wir Millionäre. Wir haben kaum die Zeit, zu einer Frau zu sagen: ›Ich liebe dich!‹ Bei unserm zweiten Kuß ist sie eine alte Schachtel. Kaum sind die Reiche aufgerichtet, so stürzen sie wieder zusammen; sie gleichen jenen Ameisenhaufen, die arme Insekten mit großen Mühen in die Höhe führen; wenn nicht mehr als ein Strohhälmchen zu ihrer Vollendung fehlt, tritt sie ein Ochse mit seinem breiten Huf zusammen, oder ein Karrenrad fährt sie nieder. Das, was ihr die vegetabilische Hülle dieser Erdkugel nennt, sind tausend und aber tausend Leichentücher, die die Generationen übereinandergeschichtet haben. Alle die großen Namen, die im Munde der Menschen widerhallen, Namen von Hauptstädten, Monarchen, Feldherren, es sind nur tönende Scherben verfallener Reiche. Ihr tut keinen Schritt, ohne den Staub von tausend Dingen um euch aufzuwirbeln, die zerstört wurden, bevor sie vollendet waren.

Ich bin vierzig Jahre und habe doch schon vier Berufe durchwandert: ich war Lehrgehilfe, Soldat, Schulmeister und bin nun Journalist. Ich habe auf dem festen Lande gelebt und auf dem Ozean, im Zelt und am Kamin, hinter Kerkergittern und im Freigebiete dieser Welt; ich habe gehorcht und befehligt; ich habe Augenblicke des Überflusses gehabt und Jahre des Elends. Man hat mich geliebt und gehaßt; man hat mir Beifall geklatscht und mir verächtlich den Rücken gekehrt. Ich bin Sohn gewesen und Vater, Liebhaber und Gatte; ich bin durch die Zeiten der Blumen gewandelt und durch die der Früchte, wie die Dichter es ausdrücken. In keinem dieser wechselnden Zustände habe ich gefunden, daß ich mich sonderlich zu beglückwünschen hätte, in der Haut eines Menschen zu stecken statt in der eines Wolfs oder Fuchses, statt in der Muschel einer Auster, in der Rinde eines Baumes oder in der Schale einer Kartoffel. Vielleicht wenn ich Rentier wäre, Rentier mit fünfzigtausend Francs besonders, würde ich anders denken.

Einstweilen habe ich die Meinung, daß der Mensch eine Maschine ist, die ganz ausdrücklich für den Schmerz geschaffen wurde. Er hat nur fünf Sinne zur Wahrnehmung der Lust, während der Schmerz im ganzen Umkreis seiner Körperoberfläche ihm vermittelt wird: wo man ihn sticht, blutet er; wo man ihn brennt, zieht er Blasen. Die Lungen, die Leber, die Eingeweide können ihm nicht den geringsten Genuß bereiten: nichtsdestoweniger entzündet sich die Lunge und macht ihn husten; die Leber verstopft sich und macht ihm Fieber; die Eingeweide verlagern sich und machen ihm Kolik. Ihr habt keinen Nerv, keinen Muskel, keine Sehne im Leibe, die euch nicht vor Schmerz schreien machen könnten.

Euer Organismus gerät alle Augenblicke in Unordnung wie eine schlechte Uhr. Ihr hebt eure Augen zum Himmel, um ihn anzuflehen: ein Schwalbendreck fällt hinein, der sie erblinden läßt. Ihr geht zu Balle: eine Fußverrenkung packt euch am Bein, und man muß euch auf einer Matratze nach Hause tragen. Heute seid ihr ein großer Schriftsteller, ein großer Philosoph, ein großer Dichter: ein Gehirnfäserchen reißt; man hat euch gut zur Ader lassen, euch Eis auf den Kopf legen, morgen seid ihr nur noch ein armer Narr.

Der Schmerz lauert hinter allen euern Freuden; ihr seid Naschmäuse, die er mit etwas duftendem Speck für sich ködert. Ihr wandelt im Schatten eures Gartens und ruft aus: ›O die schöne Rose!‹ Die Rose aber sticht euch. ›O die schöne Frucht!‹ Es ist eine Wespe darin, und die Frucht verwundet euch.

Ihr sagt: ›Gott hat uns geschaffen, ihm zu dienen und ihn zu lieben.‹ Das ist nicht wahr. Er hat euch geschaffen, zu leiden. Der Mensch, der nicht leidet, ist eine mißglückte Maschine, ein mißlungenes Geschöpf, ein moralischer Krüppel, eine Fehlgeburt der Natur. Der Tod ist nicht nur das Ende des Lebens, er ist auch das Heilmittel dagegen. Man ist nirgends so gut aufgehoben als in einem Sarg. Wenn ihr mir glauben wollt, so bestellt euch statt eines neuen Paletots einen Sarg. Es ist der einzige Rock, der euch nicht unbequem sitzt.

Was ich euch da gesagt habe, mögt ihr für eine philosophische Idee oder ein Paradox halten, mir gilt es gleich. Nur als Vorrede wenigstens bitte ich euch es hinnehmen zu wollen; denn ich wüßte nicht, eine bessere und für diese traurige und wehmütige Geschichte passendere zu machen, die ich nun die Ehre habe euch zu erzählen. Ihr werdet mir erlauben, meine Geschichte zwei Generationen vor unserer Zeit beginnen zu lassen, wie die eines Fürsten oder Helden, dessen Leichenrede man hält. Ihr werdet dabei schwerlich etwas verlieren. Die Bräuche jener Zeit können sich recht wohl mit denen der unseren messen: das Volk trug Ketten; aber es tanzte darin und wußte ihrem Rasseln etwas von Kastagnettenklang zu geben.

Denn – es ist schon wahr – der Frohsinn geht immer mit der Knechtschaft. Er ist ein Gut, das Gott, der große Ausgleicher, recht eigentlich für die geschaffen hat, die unter der Botmäßigkeit eines Herrn oder der harten und schweren Hand der Armut stehen.

Dieses Gut, er hat es als Trost für ihr Elend geschaffen, wie er gewisse Kräuter geschaffen hat, um zwischen den Pflastersteinen zu blühen, die man mit Füßen tritt; oder gewisse Vögel, um auf allen Türmen zu singen; wie er das schöne Grün des Efeus geschaffen hat, um über grinsenden Ruinen zu lächeln.

Der Frohsinn eilt, wie die Schwalbe, über die großen glänzenden Dächer hinweg. Aber in den Höfen der Schulen, am Tor der Kaserne, auf den verwitterten Steinplatten der Gefängnisse läßt er sich nieder. Wie ein schöner Schmetterling setzt er sich auf die Feder des Schülers, der seine Aufgabe kritzelt; er stößt in der Soldatenschenke mit den alten Grenadieren an; und nie singt er so laut – wenn man ihn überhaupt singen läßt – als zwischen den schwarzen Mauern, wo man Unglückliche einsperrt.

Übrigens ist der Frohsinn des Armen eine Art Stolz. Ich bin arm gewesen unter den Ärmsten; nun wohl, ich fand ein Vergnügen darin, zum Schicksal zu sagen: ›Ich werde mich doch nicht beugen unter deiner Hand, ich werde mein hartes Brot ebenso stolz essen wie Fabricius, der Diktator, seine Rüben; ich werde mein Elend tragen wie Könige ihr Diadem; triff mich, sooft du willst, schlag nur zu: ich werde auf deine Schläge mit Spott antworten; ich werde wie ein Baum sein, der weiterblüht, wenn man mit der Axt an ihn geht; wie die Säule, deren bronzener Adler in der Sonne glänzt, während schon die Hacke an ihrem Fuß arbeitet.‹

Begnügt euch, liebe Leser, mit diesen Erklärungen, ich wüßte euch keine vernünftigeren zu liefern. Welcher Unterschied zwischen jener Zeit und der unseren! Der Mensch von heute ist nicht zum Lachen aufgelegt, ach nein.

Er ist heuchlerisch, geizig und von Grund aus egoistisch; welche Frage es sein mag, auf die er mit seinem Schädel stößt, sein Schädel klingt immer wie ein Schublade voll Geld.

Er ist anmaßend und aufgeblasen; der Gewürzkrämer nennt den Zuckerbäcker, seinen Nachbarn, seinen sehr verehrten Freund, und der Zuckerbäcker bittet den Gewürzkrämer die Versicherung seiner ausgezeichneten Hochachtung entgegennehmen zu wollen, mit der er die Ehre hat zu sein usw. usw.

Der Mensch von heute hat die Sucht, sich vom Volke unterscheiden zu wollen. Der Vater geht im blauen Baumwollkittel, der Sohn im langen Rock vom besten Elbeuftuch. Kein Opfer ist dem Menschen von heute zu groß, um seine Sucht zu befriedigen, etwas vorzustellen. Er will durchaus so scheinen, als ob er immer obenauf sei. Er lebt von Wasser und Brot, gönnt sich das Feuer nicht im Winter und das Bier nicht im Sommer, nur um einen Frack von feinem Tuch, eine Kaschmirweste und gelbe Handschuhe zu tragen. Wenn man ihn nur als einen feinen Mann betrachtet, dann ist er, in seinen eigenen Augen, schon etwas Besonderes.

Er ist geschraubt und abgemessen; er schreit nicht, er lacht nicht geradeheraus, er weiß nicht, wohin spucken, er macht keine Bewegung, die über die andere hinausginge. Er sagt fein ordentlich: ›Guten Tag, Herr Fischer; guten Abend, Frau Oberkreissteuersekretärin.‹ Das gehört zum guten Ton. Aber was ist dieser gute Ton? Ein lügnerischer Firnis, den man auf ein gewöhnliches Stück Holz streicht, um es für ein spanisches Rohr auszugeben. So mag man vor den Damen bestehen. Zugegeben; aber vor Gott, wie soll man da bestehen?

Er ist Pedant; den Geist, den er nicht hat, ersetzt er durch säuberliche Redensarten, wie eine gute Hausfrau die Möbel, die ihr fehlen, durch Ordnung und Sauberkeit ersetzt.

Er kommt aus der Diät gar nicht heraus. Nimmt er an einer Gasterei teil, so ist er stumm und zerstreut; er schluckt einen Stopfen für ein Stück Brot; er nimmt sich Rahm statt weißer Sauce. Er wartet mit dem Trinken, bis ein Toast ausgebracht wird. Er hat immer eine Zeitung in der Tasche; er spricht von nichts als von Handelsverträgen und Eisenbahnlinien und lacht nur in der Kammer der Abgeordneten.

Zu der Zeit aber, in die ich euch zurückführe, da waren die Sitten der kleinen Städte noch nicht mit Eleganz geschmückt; sie waren erfüllt von einem bezaubernden Sichgehenlassen und einer liebenswürdigen Einfachheit. Der Charakter dieser glücklichen Zeit war die Sorglosigkeit. Alle diese Leute, mochten sie Fregatten oder Nußschalen sein, überließen sich mit geschlossenen Augen dem Strom des Lebens, ohne sich zu beunruhigen, wo sie landen würden.

Die Bürger jagten nicht nach Anstellungen, sie legten sich keinen Schatz an; sie lebten zu Hause in einem fröhlichen Überfluß und verputzten ihr Einkommen bis auf den letzten Louis. Die Kaufleute, damals noch selten, bereicherten sich langsam, ohne sich zu nahezutreten, so durch den Lauf der Dinge; die Handwerker arbeiteten nicht, um etwas auf die hohe Kante zu legen, sondern um gerade herumzukommen. Sie hatten nicht diese entsetzliche Konkurrenz auf den Fersen, die hinter uns her ist und uns unaufhörlich anschreit: ›Vorwärts!‹ So ging denn nichts über ihre Bequemlichkeit; sie hatten ihre Väter gefüttert, und wenn sie alt sein würden, waren ihre Kinder an der Reihe, sie zu füttern.

Derart war die Gemütlichkeit dieser lustigen Gesellschaft, daß die Anwaltschaft und die Mitglieder des Gerichtshofes höchstselbst insgemein ins Wirtshaus zogen und dort öffentlich ihre Orgien veranstalteten; aus Fürsorge, daß es ja jeder erfahre, würden sie bereitwillig ihren Hut am Wirtshausschild aufgehängt haben. Alle diese Leute, groß und klein, schienen weiter nichts zu tun zu haben, als sich zu vergnügen; sie begeisterten sich für nichts mehr, als eine rechte Posse aufzuführen oder eine gute Geschichte zu erfinden. Wer damals Geist hatte, verausgabte ihn in Spaßen statt in Ränken.

Die Faulenzer – und es waren ihrer nicht wenige – versammelten sich auf dem Rathausplatz; der Markttag war ihr Theatertag. Die Bauern, die ihre Vorräte zur Stadt brachten, waren ihre Schlachtopfer; sie bedachten sie mit den tollsten und witzigsten Grausamkeiten; die ganze Nachbarschaft lief hinzu, um ihren Teil an dem Spektakel zu haben. Die Polizei von heute würde sich dieser Dinge gleich mit einer hochpeinlichen Untersuchung annehmen; aber die Justiz von damals ergötzte sich mit den andern an diesen burlesken Szenen, und oft genug spielte sie selbst eine Rolle darin.

Mein Großvater nun war Gerichtsbote; meine Großmutter war eine kleine Frau, der man nachsagte, sie könne, wenn sie in die Kirche ginge, nicht sehen, ob der Weihkessel voll sei. Sie ist in meinem Gedächtnis geblieben als ein kleines Mädchen von sechzig Jahren. Nach sechsjähriger Ehe hatte sie bereits fünf Kinder, so Knaben als Mädchen; alles das lebte von dem schmalen Einkommen meines Großvaters und befand sich wundervoll. Man dinierte zu sieben bei drei Heringen, aber man hatte Brot und Wein nach Belieben, denn mein Großvater besaß einen Weinberg, der eine unerschöpfliche Quelle weißen Weines war. Alle diese Kinder wurden, nach Alter und Kräften, von meiner Großmutter nutzbar gemacht. Der Älteste, der mein Vater war, hieß Kaspar; er spülte das Geschirr und ging zum Metzger; kein Pudel in der Stadt war besser abgerichtet als er. Der nächste kehrte die Stube; das dritte Kind hatte das vierte auf dem Arm, während das fünfte in seiner Wiege strampelte. Unterdessen war meine Großmutter in der Kirche oder schwatzte mit der Nachbarin. Im übrigen ging alles gut; man langte mit Ach und Krach, ohne Schulden zu machen, am Ende des Jahres an. Die Knaben waren kräftig, die Mädchen nicht übel, und Vater und Mutter waren glücklich.

Mein Onkel Benjamin wohnte bei seiner Schwester; er maß sechs Fuß drei Zoll, trug einen langen Degen an der Seite, einen Frack von scharlachrotem Satin, Hosen von gleichem Stoff und gleicher Farbe, perlgraue seidene Strümpfe und Schuhe mit silbernen Schnallen. Auf seinem Frack tänzelte ein langer, schwarzer Zopf, fast so lang wie sein Degen, der, im beständigen Kommen und Gehen, ihn derart mit Puder verputzte, daß dieses Kleidungsstück mit seiner roten und weißen Färbung einem aufrechtgestellten Ziegelstein glich, der sich schuppt. Mein Onkel war Arzt, deshalb trug er einen Degen. Ich weiß nicht, ob die Kranken großes Vertrauen zu ihm hatten; aber er, Benjamin, hatte sehr wenig Vertrauen zur Heilkunst; er pflegte oft zu sagen, ein Arzt habe genug getan, wenn er seinen Kranken nicht umgebracht habe. Wenn mein Onkel irgendwo dreißig Sous eingenommen hatte, ging er und kaufte einen großen Karpfen; den brachte er seiner Schwester, ihn nach Matrosenart anzurichten, und die ganze Familie ließ es sich schmecken. Mein Onkel

Benjamin war, nach den Reden aller, die ihn gekannt haben, der fröhlichste, drolligste, witzigste Mann im Land, und er würde der – wie soll ich sagen, um den Respekt vor dem Andenken meines Großonkels nicht zu verletzen? – er würde auch der wenigst Nüchterne gewesen sein, wenn der Stadttrommler, Cicero mit Namen, seinen Ruhm in diesem Punkte nicht geteilt hätte.

Keinesfalls war mein Onkel indes das, was man gemeinhin einen Trunkenbold nennt; man hüte sich, das zu glauben. Er war ein Epikuräer, der die Weltweisheit bis zur Trunkenheit trieb, das ist alles. Er hatte einen Magen voller Erhabenheit und voll Adels. Er liebte den Wein nicht um seiner Selbst willen, sondern wegen jener Narrheit weniger Stunden, die er verschafft, jener Narrheit, die aus einem Mann von Geist solch kindlichköstlichen, prickelnden, urwüchsigen Unsinn redet, daß man am liebsten auch in der Besonnenheit so reden möchte. Hätte er sich mit Messelesen berauschen können, er hätte jeden Tag Messe gelesen. Mein Onkel Benjamin hatte Grundsätze; er behauptete, ein nüchterner Mensch sei ein noch halb schlafender Mensch, die Trunkenheit würde eine der größten Wohltaten des Schöpfers sein, wenn sie nicht Kopfweh machte, und das einzige, was den Menschen über das Tier erhebe, sei die Fähigkeit, sich zu berauschen.

Die Vernunft, sagte mein Onkel, ist nichts; das ist nur das Vermögen, die gegenwärtigen Übel zu empfinden und der vergangenen sich zu erinnern. Das Vorrecht, seine Vernunft abzudanken, ist allein etwas. Ihr sagt, daß der Mensch, der seine Vernunft im Wein ertränkt, sich zum Tier mache. Das ist reiner Kastenstolz, der euch diesen Satz aufstellen heißt. Glaubt ihr denn, daß das Tier schlechter dran sei als ihr? Wenn euch der Hunger peinigt, möchtet ihr gern der Ochse sein, der bis zum Bauch im Grase weidet; wenn ihr im Gefängnis steckt, möchtet ihr gern der Vogel sein, der mit freiem Flügel das Blau des Himmels zerteilt; wenn man euch auspfändet und nackt auf die Straße setzt, möchtet ihr gern die häßliche Schnecke sein, der niemand ihr Haus streitig macht.

Die Gleichheit, die ihr träumt, das Tier besitzt sie. In den Wäldern gibt es keinen König, keinen Adel, keinen dritten Stand. Das Problem des Gemeinschaftslebens, dem eure Philosophen vergeblich nachspüren, arme Insekten, die Ameisen, die Bienen, haben es seit Jahrtausenden gelöst. Die Tiere haben keine Ärzte; aber sie sind weder blind noch lahm, noch bucklig, noch krummbeinig, und sie haben keine Angst vor der Hölle.

Mein Onkel war achtundzwanzig Jahre alt. Seit drei Jahren betrieb er die Heilkunst; aber die Heilkunst hatte ihm keine Renten gebracht – im Gegenteil: er schuldete drei scharlachene Fräcke seinem Tuchhändler, drei Jahre Verschönerung seinem Haarkräusler, und in jedem Wirtshaus von Renommee in der Stadt hatte er eine nette kleine Rechnung stehen, von der er höchstens ein paar Hausmittelchen in Abzug bringen konnte.

Meine Großmutter war drei Jahre älter als Benjamin; sie hatte ihn auf ihren Knien gewiegt, auf ihren Armen getragen, und sie betrachtete sich als seinen guten Geist und Berater. Sie kaufte ihm seine Hals- und Taschentücher, flickte ihm seine Hemden und gab ihm gute Ratschläge, die er – das muß man ihm lassen – sehr aufmerksam anhörte, von denen er aber nicht den geringsten Gebrauch machte.

Alle Abende, die Gott werden ließ, regelmäßig nach dem Nachtessen, setzte sie ihm zu, eine Frau zu nehmen. »Pfui!« sagte Benjamin, »um sechs Kinder zu haben wie Beißkurz« – so nannte er meinen Großvater – » und zu Mittag nur Heringsflossen!«

»Aber Brot hättest du wenigstens, du Unglücksmensch.«

»Ja, Brot, das heute zuviel aufgegangen ist, morgen zuwenig und übermorgen den Roggenausschlag hat! Brot was ist das! Gut dafür, einen am Sterben zu hindern, aber nicht, einen lebendig zu erhalten. Ich wäre, wahrhaftig, fein heraus mit einer Frau, die findet, ich tue zuviel Zucker in meine Arzneiflaschen und zuviel Puder in meinen Zopf, die mich aus dem Wirtshaus holt, meine Taschen durchsucht, wenn ich schlafe, und sich drei Mantillen kauft für jeden Frack, den ich kriege.«

»Aber deine Gläubiger, Benjamin, wie willst du's anstellen, sie zu bezahlen?«

»Zunächst, wenn man Kredit hat, ist's, wie wenn man reich wäre, und sind die Gläubiger aus dem richtigen Teig geknetet, so daß sie Geduld haben, so ist's, als hätte man keine. Ferner, was braucht es, um mich aufs laufende zu bringen? Eine ordentliche Epidemie. – Gott ist gut, liebe Schwester, und wird den nicht in der Patsche lassen, der ihm sein schönstes Werk flickt.«

»Ja«, sagte mein Großvater, »und der es dabei so schön untauglich macht, daß man es einscharren muß.«

»Ganz recht!« antwortete mein Onkel, »das ist gerade die Nutzanwendung der Arzneien; ohne sie wäre die Welt übervölkert. Was würde es nützen, daß Gott sich die Mühe gibt, uns Krankheiten zu schicken, wenn es Menschen gäbe, die sie heilen könnten?«

»Wenn du so rechnest, bist du ein unehrlicher Mann; du stiehlst denen das Geld, die dich rufen lassen.«

»Nein, ich stehle es ihnen nicht, denn ich richte sie auf, ich gebe ihnen Hoffnung, und ich finde immer ein Mittel, sie lachen zu machen. Das ist schon etwas.«

Meine Großmutter, die sah, daß die Unterhaltung sich gedreht hatte, zog es vor, einzuschlafen.

Zweites Kapitel

Warum sich mein Onkel zum Heiraten entschloß

Ein schreckliches Geschehnis indessen, das ich sogleich erzählen werde, erschütterte die Entschließungen Benjamins.

Eines Tages kam mein Vetter Page, Advokat beim Amtsgericht von Clamecy, um meinen Onkel mit Beißkurz zur Feier des Sankt-Ives-Tages einzuladen. Das Diner sollte in seiner wohlberufenen Kneipe, zwei Flintenschüsse weit vor dem Tor, stattfinden; die Gäste waren übrigens lauter erlesene Leute. Benjamin würde diesen Abend nicht für eine ganze Woche seines gewöhnlichen Lebens hingegeben haben. So waren denn nach Vesper mein Großvater, mit seinem Hochzeitsfrack angetan, und mein Onkel, den Degen an der Seite, zur Stelle.

Die Geladenen waren beinahe alle versammelt. Der heilige Yves war prächtig vertreten in dieser Gesellschaft. Da war zuerst der Advokat Page, der nie anders als zwischen zwei Weinen, einem vor, einem nach dem Termine, plädierte; der Gerichtskanzlist, der es in der Gewohnheit hatte, im Schlafe zu schreiben; der Sachwalter Rapin, der als Geschenk von einem Klienten ein Fäßchen stichigen Wein erhalten hatte und ihn deshalb vorladen ließ, um ihn zur Lieferung eines besseren anzuhalten; der Notar Arthus, der einen Lachs zum Nachtisch verzehrt hatte; Millot-Rataut, Schneider und Poet, Verfasser der großen Christlitanei: ein alter Architekt, der seit zwanzig Jahren sich nicht ernüchtert hatte; Herr Minxit, Arzt aus der Nachbarschaft, der den Urin beschaute; zwei oder drei Handelsherren von Ansehen (wegen ihrer Lustigkeit und ihres Appetits) und einige Jäger, die die Tafel zum Biegen mit Wildbret versorgt hallen. Beim Anblick Benjamins stießen alle Mitschmauser ein Freudengeschrei aus und erklärten, es müsse zu Tisch gegangen werden. Während der ersten beiden Gänge verlief alles gut. Mein Onkel war bezaubernd in seinem Witz und seinen Ausfällen; aber beim Nachtisch erhitzten sich die Köpfe; alle schrien durcheinander. Bald war die Unterhaltung nichts mehr als ein Aufeinanderprasseln von Epigrammen, Kraftworten und Witzschüssen, die sich alle auf einmal entluden und sich gegenseitig zu übertäuben suchten. Alles das machte einen Lärm wie ein Dutzend beständig aufeinanderklirrender Gläser.

»Meine Herren«, rief der Advokat Page, »ich muß Ihnen unweigerlich meine letzte Verteidigungsrede zum besten geben. Die Sache ist die: Zwei Esel kriegten auf einer Wiese Händel. Der Herr des einen, ein schlechter Strick – wenn' einen gibt –, eilt herzu und bearbeitet den andern Esel mit seinem Stock. Aber dieser Vierfüßler war nicht langmütig und beißt unsern

Mann in den kleinen Finger. Der Eigentümer des gebissen habenden Esels wurde vor den Herrn Amtmann geladen als verantwortlich für die Taten und Aufführungen seines Tieres. Ich war der Rechtsbeistand des Beklagten. ›Bevor ich in die Erörterung des Tatbestands eintrete‹, sagte ich zum Amtmann, ›muß ich Sie über die Moralität des Esels, den ich verteidige, und über die des Klägers aufklären. Unser Esel ist ein durchaus harmloser Quadruped; er erfreut sich der Achtung aller, die ihn kennen, und der Feldschütz hat eine hohe Meinung von ihm. Nun möchte ich bezweifeln, daß der Mann, der unsrer Partei gegenübersteht, dasselbe von sich sagen kann. Unser Esel ist Träger eines vom Schultheißen seiner Gemeinde ausgestellten Zeugnisses‹, – und dies Zeugnis existierte in der Tat –, ›welches seine Gesittung und seinen guten Lebenswandel bezeugt. Wenn der Kläger ein gleiches Zeugnis vorweisen kann, sind wir bereit, ihm tausend Taler Schadenersatz zu zahlen.‹«

»Der heilige Yves segne dich«! rief mein Onkel; »nun muß uns der Poet Millot-Rataut seine große Weihnachtslitanei singen: ›Kniet, ihr Christen, knieet alle!‹ Das ist doch unglaublich lyrisch. Nur der Heilige Geist kann ihn zu diesem schönen Vers begeistert haben.«

»Mach du nur auch so einen!« brüllte der Schneider, den der Burgunder reizbar machte.

»So dumm!« antwortete mein Onkel.

»Silentium!« unterbrach der Advokat Page, indem er aus Leibeskräften auf den Tisch schlug; »ich erkläre dem Gerichtshof, daß ich mein Plaidoyer zu Ende führen will.«

»Alles zu seiner Zeit«, sagte mein Onkel; »du bist noch nicht betrunken genug, um zu plaidieren.«

»Und ich sage dir, daß ich auf der Stelle plaidieren werde. Wer bist du, du Sechs-Fuß-drei-Zoll, daß du einen Advokaten am Sprechen hindern willst?«

»Nimm dich in acht, Page«, machte der Notar Arthus, »du bist nur ein Mann der Feder und hast es mit einem Mann des Degens zu tun.«

»Es steht dir schon an, du Mann der Gabel, Lachsfresser, von Männern des Degens zu reden; wenn du einem Angst machen wolltest, du, dann müßte er schon gebraten sein.«

»Benjamin ist in der Tat fürchterlich«, sagte der Architekt. »Er ist wie der Löwe: mit einem Schlag seines geschwänzten Endes könnte er einen Menschen zu Boden strecken.«

»Mein Herren«, sagte mein Großvater und erhob sich, »ich bürge für meinen Schwager; er hat hoch nie Blut vergossen, außer mit seiner Lanzette.«

»Wagst du wirklich, das aufrechtzuerhalten, Beißkurz?« »Und du, Benjamin, wagst du wohl das Gegenteil zu behaupten?«

»Dann wirst du mir auf der Stelle Satisfaktion für diese Beleidigung geben; und da wir nur einen Degen hier haben, will sagen den meinigen, werde ich die Scheide behalten, und du wirst die Klinge nehmen.«

Mein Großvater, der seinen Schwager zu sehr liebte, um ihm zu widersprechen, nahm die Forderung an. Als die beiden Gegner sich erhoben, rief der Advokat Page:

»Einen Augenblick, meine Herren; man muß die Kampfregeln festsetzen.

Ich schlage vor, daß jeder der beiden Gegner, um nicht umzufallen, bevor es losgeht, seinen Zeugen am Arme packt.«

»Angenommen!« riefen alle Tafelgenossen. Bald standen sich Benjamin und Beißkurz gegenüber.

»Bist du's, Benjamin?«

»Und du, Beißkurz?«

Mit seinem ersten Degenstreich hieb mein Großvater die Scheide Benjamins mittendurch, als wäre sie eine Schwarzwurzel gewesen, und brachte ihm einen Blutigen am Handgelenk bei, der ihn mindestens acht Tage zwang, mit der Linken zu trinken.

»Der Ungeschickte!« rief Benjamin, »er hat mich angeschnitten.«

»Na, warum«, antwortete mein Großvater mit bezaubernder Herzlichkeit, »warum hast du auch einen Degen, der schneidet?«

»Das ist gleich; ich will meine Revanche; und ich habe genug an der Hälfte dieser Scheide, um dich um Gnade flehen zumachen.«

»Nein, Benjamin«, versetzte mein Großvater, »jetzt bist du daran, den Degen zu nehmen. Wenn du mich anspießt, sind wir quitt und geben das Spiel auf.«

Die Zechgenossen, von dem Zwischenfall ernüchtert, wollten zur Stadt zurückkehren.

»Nein, meine Herren«, rief Benjamin mit seiner Stentorstimme, »jeder gehe wieder an seinen Platz. Ich habe euch einen Vorschlag zu machen: Beißkurz hat sich, für seinen ersten Waffengang, aufs glänzendste geschlagen; er ist befähigt, sich mit dem mörderischsten aller Barbiere zu messen, vorausgesetzt, daß dieser ihm den Degen überläßt und die Scheide behält. Ich beantrage, ihn zum Oberstgewaltigen des Waffenwesens zu ernennen; nur unter dieser Bedingung könnte ich mich dazu verstehen, ihn am Leben zu lassen; ja ich würde mich, wenn ihr euch meinem Vorschlag fügt, sogar bereit erklären, ihm meine linke Hand zu reichen, sintemal er mir die rechte verstümmelt hat.«

»Benjamin hat recht!« schrie eine Menge Stimmen; »bravo, Benjamin! Man muß Beißkurz zum Waffenobersten erheben.«

Und jeder rannte an seinen Platz, und Benjamin verlangte einen zweiten Nachtisch.

Indessen hatte sich die Nachricht von diesem Zwischenfall in Clamecy verbreitet. Auf ihrer Wanderung von Mund zu Mund hatte sie sich wunderbar vergrößert, und als sie bei meiner Großmutter anlangte, hatte sie die riesenhaften Dimensionen eines Totschlags, begangen von ihrem Mann an der Person ihres Bruders, angenommen.

Meine Großmutter trug in einem Körper von der Länge einer Elle ein Herz von Festigkeit und Tatkraft. Sie ging nicht zu ihren Nachbarn, um in ein Klagegeheul auszubrechen und sich Essig ins Gesicht spritzen zu lassen. Mit jener Geistesgegenwart, die der Schmerz starken Seelen verleiht, sah sie sofort, was sie zu tun hatte. Sie brachte die Kinder zu Bett, nahm alles Geld, was im Hause war, und das bißchen von Schmuckstücken, das sie besaß, um ihrem Mann die Mittel zu verschaffen, das Land zu verlassen, falls es nötig sei; machte einen Pack saubere Leinwand zurecht, um Binden und Scharpie für den Verwundeten herzustellen, falls er noch am Leben sei; zog eine Matratze aus ihrem Bett und bat einen Nachbarn, ihr damit zu folgen. Dann wickelte sie sich in ihre Kapuze und setzte sich, ohne Wanken, auf die verhängnisvolle Kneipe zu in Bewegung. An den ersten Häusern der Vorstadt traf sie ihren Gatten, den man im Triumph daherführte, mit einem Diadem von Weinpfropfen gekrönt. Er stützte sich auf den linken Arm von Benjamin, der aus vollem Halse schrie: »Allen Gegenwärtigen tun wir kund und zu wissen, daß der edle Herr Beißkurz, Gerichtsbote seiner Majestät, soeben zum Oberstgewaltigen des Waffenwesens ernannt worden ist, in Anerkennung ...«

»Du Hund von einem Saufaus!« rief meine Großmutter, als sie Benjamin erblickte; und unfähig, der Erregung, die sie seit einer Stunde erstickte, länger zu widerstehen, stürzte sie aufs Pflaster nieder. Man mußte sie auf der Matratze nach Hause tragen, die sie für ihren Bruder bestimmt hatte.

Was diesen letzteren betrifft, so erinnerte er sich seiner Wunde erst am andern Tag, als er seinen Frack anziehen wollte; seine Schwester aber hatte ein heftiges Fieber. Sie war acht Tage gefährlich krank, und während dieser ganzen Zeit wich Benjamin nicht von ihrem Bett. Als sie wieder fähig war, ihn anzuhören, gelobte er ihr, daß er hinfürder ein geregeltes Leben führen wolle, daß er mit Entschiedenheit daran denke, seine Schulden zu bezahlen und zu heiraten.

Meine Großmutter war bald wieder hergestellt. Sie beauftragte ihren Mann, sich nach einer Frau für Benjamin umzutun.

Einige Zeit darauf, an einem Novemberabend, kam mein Großvater nach Hause, bespritzt bis ans Kreuz, aber strahlend.

»Ich habe etwas gefunden, was über alle unsere Erwartung geht«, rief der Prächtige, indem er seinem Schwager die Hände drückte; »Benjamin, nun bist du reich und kannst Fischragouts essen, soviel du willst.«

»Aber was hast du denn gefunden?« riefen meine Großmutter und Benjamin zugleich.

»Eine einzige Tochter, eine reiche Erbin, die Tochter des Vaters Minxit, mit dem wir vor einem Monat Sankt Yves gefeiert haben.«

»Des Dorfarztes, der den Urin beschaut?«

»Richtig! Er nimmt dich ohne weiteres, er ist bezaubert von deinem Geist; er hält dich für sehr geeignet, durch deine Verbindlichkeit und deine Redefertigkeit, ihm in seinem Geschäft zur Seite zu stehen.«

»Den Teufel!« knurrte Benjamin und kratzte sich den Kopf, »ich schwärme nicht gerade für Urinbeschauungen.«

»Ach was, du großer Kindskopf! Bist du einmal Vater Minxits Schwiegersohn, so wirst du ihn samt seinen Phiolen zum Kuckuck jagen und deine Frau nach Clamecy bringen.«

»Ja, aber die Jungfer Minxit ist rothaarig.«

»Sie ist nicht mehr als blond, Benjamin; ich gebe dir mein Ehrenwort darauf.«

»Sie ist so sommersprossig, als hätte man ihr eine Handvoll Kleie ins Gesicht geworfen.«

»Ich habe sie heute abend gesehn; ich versichere dich, es ist fast gar nichts.«

»Zudem hat sie fünf Fuß neun Zoll; ich fürchte wahrhaftig, die menschliche Rasse zu verderben; wir werden Kinder zuwege bringen, lang wie Hopfenstangen.«

»Was du da sagst, sind lauter schlechte Scherze«, warf meine Großmutter ein; »ich bin gestern deinem Tuchhändler begegnet, er will durchaus bezahlt sein, und du weißt wohl, daß dein Haarkräusler dich nicht mehr bedienen will.«

»Du verlangst also, teure Schwester, daß ich die Jungfer Minxit heirate; aber du weißt nicht, du, was das heißen will: Minxit. Und du, Beißkurz, weißt du's?«

»Gewiß doch weiß ich's; das will heißen: Vater Minxit.«

»Hast du Horaz gelesen, Beißkurz?«

»Nein, Benjamin.«

»Na also, Horaz hat gesagt: Num minxit patrios cineres. Dieses niederträchtige Perfektum ist es, was mich aufsässig macht: Herr Minxit, Frau Minxit, Herr Rathery, Benjamin Minxit, der kleine Johann Rathery Minxit, der kleine Peter Rathery Minxit – mit so einer Familie könnte man eine Mühle treiben. Und dann, offen gestanden, ich habe keine Lust zu heiraten. Es gibt zwar ein Lied, das sagt:

Ach, wie so wonnig
  Sind die Bande der Ehe!

Aber dieses Lied weiß nicht, was es singt. Nur ein Hagestolz kann sein Verfasser sein:

Ach, wie so wonnig
  Sind die Bande der Ehe!

Das wäre ganz gut und schön, wenn der Mann frei wäre in der Wahl seiner Gefährtin; aber die Notwendigkeiten des gesellschaftlichen Lebens zwingen uns immer, lächerlich und unseren Neigungen zuwider zu heiraten. Der Mann heiratet eine Mitgift und die Frau eine Profession. Dann, wenn man die Hochzeit mit ihren schönen Feiertagen hinter sich hat, wenn man in die Zurückgezogenheit seines Haushalts eingezogen ist, merkt man, daß man nicht zueinander paßt. Sie ist geizig, er verschwenderisch; die Frau ist gefallsüchtig, der Mann ist eifersüchtig; das eine liebt wie ein zartes Lüftchen, das andere wie ein steifer Wind. Man wünscht sich tausend Meilen auseinander, aber man muß in dem eisernen Ring leben, in den man sich eingeschlossen hat, und beisammenbleiben usque ad vitam aeternam.«

»Ist er grau«? sagte mein Großvater meiner Großmutter ins Ohr.

»Warum?« fragte diese.

» Weil er so vernünftig spricht.«

Nichtsdestoweniger brachte man meinem Onkel Gefügigkeit bei, und es wurde ausgemacht, daß er am morgigen Sonntag der Jungfer Minxit einen Besuch abstatten solle.

Drittes Kapitel

Wie mein Onkel die Bekanntschaft eines alten Sergeanten und eines Pudels machte, was ihn hinderte, zu Herrn Minxit zu gehen

Am folgenden Tage um acht Uhr in der Frühe war mein Onkel frisch herausgeputzt; er wartete, um sich auf den Weg zu machen, nur auf ein Paar Schuhe, die ihm Cicero bringen sollte, jener berühmte Stadtherold, dessen wir schon Erwähnung getan und der das Handwerk eines Schusters mit der Würde eines Stadttrommlers in sich vereinigte.

Cicero ließ nicht lange auf sich warten. In jenen Zeiten der guten, frischen und franken Art war es Brauch, wenn ein Handwerker seine Arbeit in einem Haus ablieferte, ihn nicht gehen zu lassen, ohne ihm ein Glas Wein vorzusetzen. Das war nicht gerade fein, ich gebe es zu; aber dieses wohlwollende Entgegenkommen brachte die Stände einander näher; der Arme wußte dem Reichen für die Zugeständnisse, die er ihm machte, Dank und neidete ihm nichts. So hat man denn auch während der Revolution Beispiele wunderbarster Ergebenheit von Dienern gegen ihre Herren, Pächtern gegen ihre Edelleute, Handwerkern gegen ihre Meister gesehen, die sich in unserer Zeit unverschämten Hochmuts und lächerlichen Stolzes sicher nicht wiederholen würden.

Benjamin bat seine Schwester, eine Flasche Weißen abzuziehen, um mit Cicero anzustoßen. Meine Schwester zapfte eine, zapfte zwei, zapfte drei, und so bis zu sieben.

»Meine teure Schwester, ich bitte Sie, noch eine Flasche.«

»Aber du weißt ja nicht, Unglücklicher, daß du schon bei der achten bist!«

»Sie weiß wohl, liebe Schwester, daß wir nicht rechnen miteinander.«

»Aber du weißt wohl, du, daß du eine Reise vorhast.«

»Noch diese letzte Flasche, und ich gehe.«

»Ja, du bist in einem schönen Zustand, zu gehen! Wenn man dich nun holen käme, um einen Kranken zu besuchen?«

»Wie wenig, liebe Schwester, weiß Sie doch die Wirkungen des Weins zu würdigen! Man sieht, daß Sie nichts trinkt als die durchsichtigen Gewässer des Beuvron. Heißt es gehen? mein Schwerpunkt ist immer auf demselben Fleck; heißt es zur Ader lassen? ... apropos, Frau Schwester, ich muß Ihr zur Ader lassen, Beißkurz hat es mir beim Weggehen ans Herz gelegt. Sie klagte diesen Morgen über einen mächtigen Kopfschmerz, ein Aderläßchen wird Ihr guttun.« Und Benjamin zog sein Besteck hervor, während meine Großmutter sich mit der Feuerzange bewaffnete.

»Teufel! Sie spielt einen recht widerspenstigen Kranken. Also gut, vergleichen wir uns: Ich werde Ihr nicht zur Ader lassen, und Sie wird gehen, uns noch eine achte Flasche Wein abzuziehen.«

»Ich werde dir nicht ein Glas abziehen.«

»So werde ich es tun«, sagte Benjamin, ergriff die Flasche und steuerte nach dem Keller.

Meine Großmutter, die nichts Besseres sah, ihn aufzuhalten, hängte sich an seinen Zopf; aber Benjamin, ohne sich mit diesem Zwischenfall zu befassen, begab sich so festen Schrittes in den Keller, als hätte er höchstens ein Bündel Zwiebeln am Ende seines Zopfes hängen, und kehrte mit seiner gefüllten Flasche zurück.

»Nun, meine liebe Schwester, das war wohl der Mühe wert, zu zweit in den Keller zu gehen wegen einer lumpigen Flasche Weißwein; aber ich muß Sie warnen: wenn Sie in diesen schlechten Gepflogenheiten verharrt, wird Sie mich zwingen, mir meinen Zopf abschneiden zu lassen.«

Indessen versteifte sich Benjamin, der eben noch den Marsch nach Corvol als einen höchst unbequemen Dienst betrachtet hatte, nun darauf, zu gehen. Meine Großmutter hatte, um ihn daran zu hindern, seine Schuhe in den Schrank geschlossen.

»Ich sage Ihr, ich werde gehen.«

»Ich sage dir, du wirst nicht gehen.«

»Will Sie, daß ich Sie an meinem Zopf zu Herrn Minxit trage?«

Solcher Art war das Zwiegespräch, das sich zwischen Bruder und Schwester entsponnen hatte, als mein Großvater eintrat. Er machte der Verhandlung ein Ende, indem er erklärte, er habe am folgenden Tag in La Chapelle zu tun und werde Benjamin mitnehmen.

Schon vor Tag war mein Großvater auf den Beinen. Nachdem er seine Vorladung gekritzelt und daruntergesetzt hatte: ›Wovon die Gebühr zwei Taler vier Groschen sechs Pfennig‹, wischte er seine Feder am Ärmel seines Überrocks aus, steckte seine Brille bedächtig in ihr Futteral und ging, Benjamin zu wecken. Dieser schlief wie der Prinz von Condé – wenn anders der Prinz sich nicht schlafend stellte – am Vorabend einer Schlacht.

»Holla, he! Benjamin, auf! es ist heller Tag.«

»Du täuschest dich«, antwortete Benjamin mit einem Grunzen und drehte sich nach der Wand um; »es ist schwarze Nacht.«

»Heb nur den Kopf in die Höhe, und du kannst den Sonnenschein auf dem Fußboden tanzen sehen.«

»Ich sage dir, es ist der Schein von der Laterne.«

»Ah, wolltest du vielleicht nicht gehen?«

»Nein; ich habe die ganze Nacht geträumt von hartem Brot und stichigem Wein, und wenn wir uns in Marsch setzen wollten, könnte uns ein Unglück zustoßen.«

»Also gut! Ich erkläre dir, daß, wenn du in zehn Minuten nicht aufgestanden bist, ich dir deine teure Schwester hereinschicke; wenn du dagegen aufgestanden bist, steche ich das Viertel alten Wein an, du weißt schon.«

»Du bist sicher, daß es Pouilly ist, nicht wahr?« sagte Benjamin und erhob sich auf sein Sitzteil; »du gibst mir dein Ehrenwort?«

»Ja, Gerichtsbotenehre!«

»Also, dann geh und stich dein Quart an; aber ich sage dir im voraus: wenn uns unterwegs ein Unglück zustößt, so hast du es bei meiner lieben Schwester zu verantworten.«

Eine Stunde später waren mein Onkel und mein Großvater auf dem Wege nach Moulot. In einiger Entfernung von der Stadt trafen sie zwei Bauernbuben, von denen der eine einen Stallhasen unter dem Arm trug, der andere zwei Hühner in seinem Korbe. Der erste sagte zu dem zweiten:

»Wenn du zu Herrn Klipp sagen willst, daß mein Stallhase ein Feldhase ist und daß du gesehen hast, wie ich ihn in der Schlinge fing, bist du mein Kamerad.«

»Ich will schon«, antwortete der zweite, »aber unter der Bedingung, daß du zu Frau Schnerr sagst, meine Hühner legten zweimal am Tag, und Eier, so groß wie Enteneier.«

»Ihr seid zwei kleine Gauner«, sagte mein Großvater, »ich werde euch nächstens von dem Herrn Polizeikommissar an den Ohren kriegen lassen.«

»Und ich, meine Freunde«, sagte Benjamin, »ich bitte euch, dieses Groschenstück von mir anzunehmen.«

»Das ist so die Freigebigkeit am rechten Ort!« sagte mein Großvater und zuckte die Achseln; »du wirst jedenfalls den ersten ehrlichen Armen, den du triffst, mit dem flachen Degen fortjagen, da du dein Geld an diese beiden Taugenichtse verluderst.«

»Taugenichtse für dich, Beißkurz, der du von jedem Ding nur das Oberhäutchen siehst; aber für mich zwei Philosophen. Sie haben da gerade eine Maschine erfunden, die, wohl eingerichtet, das Glück von zehn ehrlichen Kerlen machen würde.«

»Und was ist das für eine Maschine«, fragte mein Großvater mit ungläubigem Gesicht, »welche diese beiden Philosophen gerade erfunden haben, die ich mit Nachdruck durchwamsen würde, wenn wir Zeit hätten, uns aufzuhalten?«

»Diese Maschine ist einfach«, sagte mein Onkel. »Paß auf, wie sie arbeitet: Wir sind zehn Freunde und haben uns, statt uns zum Frühstück zusammenzufinden, zusammengefunden, um unser Glück zu machen.«

»Das lohnt allerdings, sich zusammenzufinden«, unterbrach mein Groß-vater.

»Wir sind alle zehn intelligent, findig, selbst gerissen bei Bedarf. Wir haben den hohen Ton an uns, die erhabene Diskussion; wir behandeln das Wort mit derselben Geschicklichkeit wie der Taschenspieler seine Muskat-nüsse. Die Moralität der Sache anlangend, so sind wir alle tüchtig in un-serm Beruf; und Menschen mit gutem Willen können, ohne sich bloßzustellen, sagen, daß wir mehr loshaben als unsere Kollegen.

Wir bilden, in allen Ehren und Würden, eine Gesellschaft zum Selbstan-preisen auf Gegenseitigkeit, um unser bescheidenes Verdienst aufzublasen, aufschäumen und überwallen zu machen.«

»Ich verstehe«, sagte mein Großvater, »der eine verkauft Rattentod und hat nur eine große Trommel, der andere Schweizertee und hat nur ein paar Schallbecken. Ihr vereinigt eure Lärminstrumente und ...«

»Just so«, unterbrach ihn Benjamin. »Du begreifst, daß, wenn die Mas-chine nach Wunsch arbeitet, jeder der Sozietäre neun Instrumente um sich hat, die einen erschrecklichen Lärm vollführen.

Wir sind unser neun, die sagen: der Advokat Page trinkt viel; aber ich glaube, dieser Teufelskerl tut einen Aufguß von Blättern des Landrechts von Nevers in seinen Wein; er hat die Logik auf Flaschen gezogen. Alle Prozesse, die er gewinnen will, gewinnt er auch, und neulich hat er gar schweren Schadenersatz für einen Edelmann herausgedrückt, der einen Bauern totgeschlagen hatte.

Der Gerichtsvollzieher Parlanta ist ein bißchen verdreht, aber er ist der Hannibal unter den Gerichtsvollziehern. Sein lieblicher Arrest ist unauswe-ichlich; um ihm zu entrinnen, müßte der Schuldner überhaupt keinen Leib haben. Er würde auch die Hand an einen Herzog oder Pair legen.

Was Benjamin Rathery anlangt, so ist er ein Mann ohne Arg, der sich über alles lustig macht und dem Fieber eine Nase dreht, ein Mann, wenn Sie so wollen, der Gabel und der Flasche, aber gerade deswegen würde ich ihn seinen Kollegen vorziehen. Er sieht nicht aus wie jene ungemütlichen Ärzte, deren Krankenregister ein Friedhof ist; er ist zu lustig und verdaut zu gut, als daß er viele Mordtaten auf dem Gewissen haben könnte. So sieht sich jeder der Gesellschafter mit 9 multipliziert.«

»Ja«, sagte mein Großvater, »aber wird dir das neun neue rote Fräcke ver-schaffen? Neunmal Benjamin Rathery, was hat man davon?«

»Das macht soviel wie neunhundert Beißkürze«, wandte Benjamin lebhaft ein. »Aber laß mich meine Darlegung beenden, nachher magst du spotten.

Da hast du also neun wandelnde Reklamewesen, die sich überall ein-schmeicheln, dir am Morgen in einer andern Form dasselbe wiederholen, was sie dir am vergangenen Abend gesagt; neun Anschlagzettel, welche sprechen, welche die Passanten beim Arm anhalten; neun Firmenschilder, die in der Stadt umgehen, die diskutieren, die Dilemmas und Enthymeme von sich geben und sich über dich lustig machen, wenn du nicht ihrer Meinung bist.

Dies hat zur Folge, daß der Ruf von Page, von Rapin, von Rathery, der mühselig im Umkreis ihrer kleinen Stadt herumhumpelte wie ein Advokat in einem Circulus vitiosus, mit einem Schlage einen ungeheuern Aufschwung nimmt. Gestern hatte er keine Füße, heute hat er Flügel. Er dehnt sich aus wie ein Gas, wenn man das Behältnis öffnet, in dem es eingeschlossen ist. Er verbreitet sich über die ganze Provinz. Die Klienten treffen aus allen Orten des Kreises bei diesen Leuten ein; sie kommen von Süd und Nord, von Sonnenaufgang und Sonnenuntergang wie in der Apokalypse die Auserwählten in der Stadt Jerusalem. Nach fünf oder sechs Jahren steht Benjamin Rathery an der Spitze eines hübschen Vermögens, das er, mit großem Gekling von Gläsern und Flaschen, in Dejeuners und Diners anlegt; du, Beißkurz, du trägst keine Vorladungen mehr aus: ich kaufe dir eine Amtmannschaft. Deine Frau ist mit Seide und Spitzen bedeckt wie eine Muttergottes; dein Ältester, der schon Chorknabe ist, tritt ins Seminar ein; dein Zweiter, der schmächtig und gelb ist wie ein Kanarienhahn, studiert die Medizin, ich vermache ihm meinen Ruhm und meine alten Klienten und versorge ihn mit roten Fräcken. Aus deinem Jüngsten machen wir einen Rechtsverdreher. Deine älteste Tochter heiratet einen Mann der Feder. Die Jüngste verehelichen wir an einen wohlbestallten Bürgersherrn, und am Tage nach der Hochzeit stellen wir die Maschine auf den Speicher.«

»Ja, aber deine Maschine hat einen kleinen Fehler; sie ist nicht für den Gebrauch ehrlicher Leute.«

»Warum nicht?«

»Darum.«

»Nun also?«

»Weil ihre Wirkung unsittlich ist.«

»Könntest du mir das mit Nun und Also beweisen?«

»Geh zum Teufel mit deinem Nun und Also. Du, der du ein gelernter Mann bist, du urteilst nach deinem Verstand; ich aber bin ein armer Gerichtsbote und urteile nach meinem Gewissen. Ich behaupte, daß jeder, der sein Vermögen anders als durch seine Arbeit und seine Fähigkeiten erwirbt, nicht der rechtmäßige Besitzer davon ist.«

»Sehr richtig, was du da sagst, Beißkurz«, rief mein Onkel aus, »du hast vollkommen recht. Das Gewissen, das ist der beste aller logischen Gründe, und die Marktschreierei, unter welcher Form sie sich auch verstecken mag, ist immer ein Schwindel. Also fort mit unserer Maschine, und sprechen wir nicht mehr davon!«

Unter solchem fortwährendem Geplauder näherten sie sich dem Dorfe Moulot. Auf der Schwelle einer Weinbergpforte erblickten sie eine Art von Soldaten, tief in den Brombeeren steckend, deren braune und rote vom Frost verkrümmte Blattbüschel wie ungeordnetes Haar durcheinanderfielen. Dieser Mann hatte auf dem Kopf ein Stück Dreispitz ohne Kokarde; sein trümmerhaftes Gesicht hatte einen Steinton, jenen braungoldenen Ton, den alte Denkmäler im Sonnenschein zeigen. Zwei große weiße Schnurrbartenden umrahmten seinen Mund wie zwei Parenthesen. Er trug eine alte Uniform. Eine alte verblichene Tresse lief quer über den einen Ärmel. Der andere Ärmel, seiner Auszeichnung beraubt, hatte dort nur noch ein Rechteck aufzuweisen, das sich von dem übrigen Tuch durch neuere und dunklere Wolle unterschied. Die nackten Beine des Soldaten, von der Kälte geschwollen, waren rot wie rote Rüben. Aus einer Feldflasche ließ er ein paar Tropfen Branntwein auf ein paar trockne Brocken Schwarzbrot fallen; ein Pudel von der großen Art saß vor ihm auf den Hinterbeinen und folgte allen seinen Bewegungen wie ein Taubstummer, der mit den Augen die Befehle hört, die ihm sein Herr erteilt.

Mein Onkel wäre eher an einer Schenke vorübergegangen als an diesem Mann. Er machte am Rand des Weges halt. »Kamerad«, sagte er, »das ist ein schlechtes Frühstück.«

»Ich habe noch schlechtere gehabt; aber Fontenoy und ich, wir haben guten Appetit.«

»Was für ein Fontenoy?«

»Mein Hund, der Pudel, den Sie da sehn.«

»Teufel, das ist ein schöner Name für einen Hund! In der Tat, der Glanz des Namens hat gut bei den Königen sein; warum nicht einmal bei einem Pudel?«

»Das ist sein Kriegsname«, fuhr der Sergeant fort, »sein Taufname ist Azor.«

»Und warum nennt Ihr ihn Fontenoy?«

»Weil er in der Schlacht von Fontenoy einen englischen Hauptmann zum Gefangenen gemacht hat.«

»Ah, wie das?« fragte mein Onkel ganz erstaunt.

»Sehr einfach, indem er ihn am Rockzipfel festhielt, bis ich soweit war, ihm die Hand auf die Schulter legen zu können; wie er da ist, wurde Fontenoy in den Armeebefehl gesetzt und hatte die Ehre, Ludwig XV. vorgestellt zu werden, der zu mir zu sagen geruhte: ›Sergeant Duranton, Er hat da einen schönen Hund.‹«

»Das ist einmal ein König, leutselig gegen die Vierfüßler! Ich wundere mich, daß er Eurem Pudel keinen Adelsbrief verliehen hat. Wie kommt es denn, daß Ihr den Dienst eines so guten Königs quittiert habt?«

»Weil man mich übergangen hat«, sagte der Sergeant funkelnden Auges und die Nasenflügel von Zorn geschwellt. »Zehn Jahre sind es, daß ich diese goldenen Litzen auf dem Arm trage; ich habe alle Feldzüge Moritzens von Sachsen mitgemacht und habe mehr Narben auf dem Leibe, als man für zwei Invaliden brauchte. Sie haben mir die Achselstücke versprochen. Aber den Sohn eines Webers zum Offizier ernennen, das wäre ein Skandal gewesen, der alle die aufgeplusterten Perücken der Königreiche von Frankreich und Navarra zum Haarsträuben gebracht hätte. Sie ließen mir eine Art von kleinem Kavalier, frisch aus seiner Pagenschale gekrochen, über den Leib steigen. Das mag auch wissen, sich totschießen zu lassen, denn sie sind tapfer, man kann es ihnen nicht nehmen; aber das weiß nicht zu kommandieren: Kopf ... rrrechts!«

Bei diesem scharf ausgesprochenen Wort der Exerziervorschrift drehte der Pudel seinen Kopf militärisch nach rechts. »Schon gut, Fontenoy!« sagte sein Herr; »du vergißt, daß wir außer Dienst sind«, und er nahm seinen Gedanken wieder auf: »Ich habe das dem allerchristlichsten König nicht hingehen lassen können; von dem Augenblick an war ich mit ihm auseinander und habe ihn um meinen Abschied gebeten, den er mir in Gnaden erteilt hat.«

»Ihr habt recht getan, braver Mann«, rief Benjamin, wobei er dem alten Soldaten auf die Achsel klopfte – ein sehr unvorsichtiges Beginnen, für das ihn der Pudel beinahe zerrissen hätte. »Wenn Euch meine Anerkennung angenehm sein kann, so gebe ich sie Euch ohne Einschränkung; die Adligen haben mir zwar nie geschadet in meinem Avancement, aber das hindert nicht, daß ich sie von ganzem Herzen hasse.«

»In diesem Fall ist es also ein ganz platonischer Haß«, unterbrach mein Großvater.

»Sage lieber, ein ganz weltweiser Haß, Beißkurz! Der Adel ist das ungereimteste Ding, was es gibt. Er ist eine offensichtliche Empörung des Despotismus gegen den Schöpfer. Hat Gott von den Kräutern der Wiese die einen höher, die andern niedrig gemacht, und hat er den Vögeln Wappen auf die Flügel oder den Raubtieren aufs Fell geätzt? Was bedeuten diese höheren Menschen, die ein König durch Patente macht, wie er einen zum Steuereinnehmer oder Salzverkäufer macht? ›Vom heutigen Datum an habt ihr den Herrn Soundso als einen Menschen höherer Art zu erachten. Gezeichnet: Ludwig XVI.‹, und weiter unten: ›Choiseul‹. Ha, eine schön eingerichtete Höherartigkeit!

Ein Bauer ist von Heinrich IV. zum Grafen gemacht worden, weil er dieser Majestät eine gute Gans vorgesetzt hat; ein Kapaun zu der Gans, und er wäre zum Marquis gemacht worden; es hätte weder mehr Tinte noch mehr Pergament gekostet. Heute haben die Abkömmlinge dieser Menschen das Vorrecht, uns zu prügeln, uns, deren Vorfahren niemals die Gelegenheit gehabt haben, irgendeinem König einen Flügel irgendeines Vogels vorzusetzen. Und man sehe nur ein wenig zu, an was die Größe dieser Welt hängt! Wenn die Gans etwas mehr oder weniger gebraten gewesen wäre, wenn man ein Körnchen Salz mehr oder ein Körnchen Pfeffer weniger zugesetzt hätte, wenn etwas Ruß in die Pfanne oder etwas Asche auf die Schnitten gefallen wäre, wenn man sie ein wenig früher oder später aufgetragen hätte, wäre eine Adelsfamilie weniger in Frankreich. Und das Volk beugt die Stirn vor solcher Größe!

Sage mir doch, schwachsinniges Volk, welchen Wert legst du denn den drei Buchstaben bei, die diese Leute vor ihren Namen setzen? Sind sie dadurch auch nur um einen Fingerbreit größer geworden? haben sie mehr Eisen im Blut als du? mehr Hirnsubstanz in ihrem Schädelkasten? können sie einen schwereren Degen führen als du? Heilt dieses Wunder-Von die Skrofeln? bewahrt es den so Betitelten vor Leibweh, wenn er zuviel gegessen, und vor Kopfweh, wenn er zuviel getrunken hat? Siehst du nicht, daß alle diese Grafen, diese Barone, diese Marquis nichts sind als große Buchstaben, die ungeachtet des Platzes, den sie in der Zeile einnehmen, nicht mehr zu sagen haben als die einfachen kleinen? Wenn ein Herzog und ein Holzhauer in einer amerikanischen Steppe zusammen wären oder mitten in der Wüste Sahara, so möchte ich wohl wissen, welcher von beiden adliger ist als der andere!

Ihr Urgroßvater war Schildträger, und dein Vater macht baumwollene Mützen, was beweist das für sie oder gegen dich? Kommen sie mit dem Schild ihres Urgroßvaters auf die Welt? Tragen sie seine Narben auf ihrer Haut? Was ist das für eine Größe, die vom Vater auf den Sohn sich fortsetzt wie das Licht einer Kerze, die man an einer erlöschenden anzündet? Die Schwämme, die auf den Trümmern einer gestürzten Eiche wachsen, sind sie Eichen?

Wenn ich höre, daß der König eine Adelsfamilie geschaffen hat, kommt es mir vor, als wenn ein Landwirt in sein Feld einen langen Pinsel von Mohnkopf pflanzt, der zwanzig Furchen mit seinem Samen anstecken und doch alle Jahre nicht mehr tragen wird als vier große, rote Blätter. Indessen, solang es Könige geben wird, solang wird es Adlige geben.

Die Könige machen Barone, Grafen, Herzöge, damit die Bewunderung stufenweise zu ihnen ansteigen kann. Die Adligen sind, im Vergleich zu ihnen, die Kleinigkeiten draußen vor der Tür, die Schauparade, welche den Maulaffen einen Vorgeschmack der Herrlichkeiten des Schauspiels geben soll. Ein König ohne Adel, das wäre ein Saal ohne Vorzimmer. Aber diese Eitelkeitsschleckerei wird ihnen teuer zu stehen kommen. Es ist unmöglich, daß zwanzig Millionen Menschen fortwährend damit einverstanden sind, im Staate nichts zu sein, nur damit einige tausend Höflinge etwas seien; wer Vorrechte gesät hat, wird Revolutionen ernten.

Die Zeit ist vielleicht nicht fern, wo alle diese glänzenden Wappen in die Gosse wandern und die, die sich jetzt damit brüsten, auf die Protektion ihrer Kammerdiener angewiesen sind.« –

»Was«, sagt ihr, »alles das hat dein Onkel Benjamin gesprochen?«

Warum nicht?

»Alles in einem Atem?«

Ohne Zweifel! Was ist Erstaunliches daran? Mein Großvater besaß einen Humpen, der anderthalb Maß hielt, und mein Onkel leerte ihn auf einen Zug: er nannte das Tiraden machen.

»Und seine Worte, wie sind sie uns erhalten worden?«

Mein Großvater hat sie aufgeschrieben.

 »Da hatte er also dort, im freien Feld, alles, was man zum Schreiben braucht?«

Wie dumm! ein Gerichtsvollzieher!

»Und der Sergeant, hat er auch was zu sagen?«

Gewiß; es ist wohl recht und billig, daß er spricht, damit mein Onkel ihm antworten kann.

Der Sergeant also sagte:

»Drei Monate bin ich nun unterwegs; ich gehe von Hof zu Hof und bleibe so lange, wie man mich behalten will. Ich lasse die Kinder exerzieren, erzähle den Männern unsere Feldzüge, und Fontenoy belustigt die Weiber mit seinen Sprüngen. Ich bin nie in Eile, irgendwohin zu kommen, denn ich weiß nicht recht, wohin ich gehe. Sie schicken mich nach Haus, aber ich habe kein Zuhaus. Es ist schon lange her, daß meines Vaters Backofen ein Loch zum Boden hat, und meine Arme sind ausgefressener und rostiger als zwei alte Flintenläufe. Desungeachtet glaube ich, daß ich in mein Dorf zurückkehre. Nicht als ob ich hoffte, dort besser dran zu sein als anderswo. Die Erde ist dort so hart wie überall, und man trinkt auch dort den Branntwein nicht aus Wagengleisen. Aber was liegt daran? Ich gehe nun einmal. Es ist Laune, wie bei einem Kranken. Ich werde die Garnison des Ortes vorstellen. Wenn sie den alten Soldaten nicht ernähren wollen, so müssen sie ihn doch wohl oder übel begraben; und«, fügte er hinzu, »so viel Mitleid werden sie doch haben, dem Fontenoy ein bißchen Suppe auf mein Grab zu stellen, bis er vor Kummer gestorben ist; denn Fontenoy wird mich nicht allein dahingehn lassen. Wenn wir allein sind und er mich anschaut, verspricht er mir das, der gute Fontenoy.«

»Das also ist das Los, das sie Euch bereitet haben!« sagte Benjamin. »Wahrhaftig, die Könige sind die größten Egoisten unter allen Wesen. Wenn die Schlangen, von denen unsere Dichter so schlecht sprechen, eine Literatur hätten, sie würden die Könige zum Symbol der Undankbarkeit machen. Ich habe irgendwo gelesen, daß, als Gott das Herz der Könige gemacht hatte, ein Hund es wegschleppte, worauf, da er seine Arbeit nicht von vorn anfangen wollte, er einen Stein an die Stelle setzte. Dies dünkt mich sehr wahrscheinlich. Was die Capets anlangt, so haben sie vielleicht eine Lilienzwiebel statt dessen; ich bezweifle, daß man mir das Gegenteil beweist.

Weil man diesen Leuten mit Öl ein Kreuz auf die Stirn gemacht hat, sind sie geheiligt, sind sie Majestät, sind sie Wir statt Ich; sie können nicht unrecht tun; ritzt sie ihr Kammerdiener, wenn er ihnen das Hemd überzieht, so begeht er ein Sakrileg. Ihre Wickelkinder sind Hoheiten; die Knirpschen, die eine Frau auf der Hand trägt und deren Wiege man mit einem Hühnerkorb zudecken könnte, sind allerhöchste Hoheiten, sozusagen erhabene Hochgebirge! Fehlte nur noch, daß man ihren Ammen die Brustwarzen vergoldet. – Wenn das die Wirkung von etwas Öl ist, welchen Respekt müssen wir vor den Anchovis haben, die in Öl schwimmen, bis man sie ißt?

Bei der Kaste der Gesalbten geht der Hochmut bis zum Wahnwitz. Man vergleicht sie dem Jupiter, der den Blitz in der Hand hält, und sie fühlen sich nicht überehrt mit dieser Vergleichung. Man lasse den Blitz weg, und sie würden sie übelnehmen. Immerhin, der Jupiter hat das Zipperlein, und zwei Kammerdiener müssen ihn zur Tafel führen oder ins Bett bringen. Der Reimer Boileau hat, auf sein eigenes Gewicht hin, den Winden Schweigen geboten, weil er von Ludwig XIV. sprechen wollte:

›Und ihr, ihr Winde, schweiget stille,
 Von Ludwig will ich singen.‹

 Und Ludwig XIV. hat dies nur natürlich gefunden; nur hat er nicht daran gedacht, den Kommandanten seiner Kriegsschiffe zu befehlen, von Ludwig zu sprechen, um die Stürme zu beschwichtigen.

Alle diese armen Toren glauben, das Stück Erde, wo sie regieren, sei ihnen zu eigen; Gott habe es ihrem Urvorvordern gegeben, Fläche und Tiefe, um es zu genießen, ungestört und ungehindert, er und seine Nachkommen. Wenn ihnen ein Höfling sagte, Gott habe die Seine eigens dazu geschaffen, um das große Becken in den Tuilerien zu speisen, sie hielten ihn für einen Mann von Geist. Diese Millionen Menschen rundum betrachten sie als ein Besitztum, das man ihnen, bei Strafe des Galgens, nicht streitig machen darf; die einen sind auf der Welt, um ihnen Geld zu verschaffen, die andern, um für ihre Zwistigkeiten zu sterben, andere wieder, die besonders flüssiges und rosiges Blut haben um sie mit Geliebten zu versorgen. Alles das ergibt sich offenbar aus dem Kreuz, das ein alter Erzbischof mit seiner zittrigen Hand ihnen auf die Stirn gemacht hat.

Sie nehmen euch einen Mann in der Kraft seiner Jugend, legen ihm ein Gewehr in den Arm, einen Ranzen auf den Rücken, bezeichnen ihn am Kopf mit einer Kokarde, und sagen: ›Mein Bruder von Preußen hat Unrecht gegen mich begangen, du wirst auf alle seine Untertanen losgehn. Ich habe ihnen durch meinen Gerichtsvollzieher, den ich einen Herold nenne, ankündigen lassen, daß du am nächsten Ersten die Ehre haben wirst, dich an ihrer Grenze vorzustellen, um sie totzustechen, und daß sie sich bereithalten mögen, dich gebührend zu empfangen. Unter Monarchen sind das Rücksichten, die man sich schuldet. Beim ersten Anblick wirst du vielleicht denken, daß unsere Feinde Menschen sind; ich belehre dich eines Bessern: es sind Preußen; du wirst sie von der menschlichen Rasse an der Farbe ihrer Uniformen unterscheiden. Trachte wohl danach, deine Pflicht zu tun; denn ich werde dahinten auf meinem Throne sitzen und dir zusehn. Wenn du den Sieg davonträgst und ihr nach Frankreich heimkehrt, so wird man euch unter die Fenster meines Palastes führen; ich werde in großem Staat herniedersteigen und sagen: ›Soldaten, ich bin mit euch zufrieden.‹ – Wenn ihr hunderttausend Mann seid, so wirst du mit einem Hunderttausendstel teil an diesen sechs Worten haben. Für den Fall, daß du auf dem Schlachtfeld bleibst, was sehr wohl der Fall sein kann, so werde ich deiner Familie den Totenschein schicken, damit sie dich beweinen und deine Brüder dich beerben können. Wenn du einen Arm oder ein Bein verlierst, werde ich dir bezahlen, was sie wert sind; aber wenn du das Glück oder das Unglück hast – wie du willst –, der Kugel zu entgehen, und du hast nicht mehr die Kraft, deinen Tornister zu schleppen, werde ich dir den Abschied geben, und du kannst krepieren, wo du willst, das geht mich nichts mehr an.‹«

»Das ist die Geschichte!« sagte der Sergeant; »wenn sie aus unserm Blut den Phosphor herausgezogen haben, aus dem sie ihren Ruhm machen, werfen sie uns beiseite wie ein Winzer die Treber auf den Mist, nachdem er den Saft ausgepreßt hat.«

»Das ist sehr unrecht von ihnen«, sagte Beißkurz, der mit seinen Gedanken in Corvol war und seinen Schwager gern dort gesehen hätte.

»Beißkurz«, sagte Benjamin, indem er ihn von der Seite ansah, »wähle deine Ausdrücke besser; hier ist nichts zu spaßen. Ja, wenn ich sehe, wie diese stolzen Krieger, die den Ruhm ihres Landes mit ihrem Blute getränkt haben, nun wie der arme alte Cicero den Rest ihres Lebens in einer Flickschusterbude zubringen sollen, während ein Schwarm vergoldeter Affen alles Geld der Steuern an sich rafft und die liederlichen Frauenzimmer, um sich morgens höchst nachlässig einzuwickeln, Kaschmire haben, von denen ein Faden mehr wert ist als alle Kleider einer armen ehrlichen Hausfrau, so bin ich in einer Aufwallung gegen die Könige. Wenn ich der liebe Gott wäre, so zöge ich ihnen eine Bleiuniform auf den Leib und ließe sie tausend Jahre Dienst auf dem Monde tun mit allen ihren Ungerechtigkeiten im Ranzen. Die Kaiser wären die Feldwebel.«

Nachdem er Atem geschöpft und sich die Stirn getrocknet hatte, denn er schwitzte, mein würdiger Großonkel, vor Erregung und Zorn, zog er meinen Großvater beiseite: »Wenn wir diesen wackern Mann und diesen ruhmbedeckten Pudel mit zu Manette nähmen behufs eines Frühstücks?«

»Hm, hm«, wandte mein Großvater ein.

»Was Teufel«, verteidigte sich Benjamin, »man trifft nicht alle Tage einen Pudel, der einen englischen Hauptmann zum Gefangenen gemacht hat, und alle Tage veranstaltet man politische Feste für Leute, die weniger wert sind als dieser ehrenwerte Vierfüßler!«

»Aber – hast du Geld?« fragte mein Großvater; »ich habe nur ein Dreißighellerstück, das mir deine Schwester heute morgen gegeben hat, weil es, wie ich glaube, nicht recht geprägt ist; und sie hat mir dazu auf die Seele gebunden, ihr mindestens die Hälfte wiederzubringen.«

»Ich? ich habe keinen Heller; aber ich bin der Arzt von Manette, wie sie von Zeit zu Zeit meine Wirtin ist: wir geben uns wechselseitig Kredit.«

»Nur Manettes Arzt?«

»Was geht das dich an?«

»Nichts; aber ich kündige dir hiermit an, daß ich nicht länger als eine Stunde bei Manette sitzen will.«

Mein Onkel brachte also seine Einladung bei dem Sergeanten vor. Dieser nahm ohne Förmlichkeiten an und stellte sich vergnügt zwischen meinen Onkel und meinen Großvater in Reih und Glied, um, wie man im Soldatenton sagt, Tritt zu fassen.

Ein Stier, den ein Bauer auf die Weide führte, kam ihnen entgegen. Gereizt jedenfalls durch Benjamins roten Frack, stürzte er sich plötzlich auf ihn. Mein Onkel wich seinen Hörnern aus, und als ob er Gelenke von Stahl hätte, setzte er, ohne eine größere Anstrengung als für einen Tanzschritt, mit einem Sprung über einen breiten Graben, der die Straße von den Feldern trennte. Der Stier, der sich ohne Zweifel darauf versteifte, dem roten Frack einen Riß beizubringen, wollte dasselbe Manöver ausführen wie mein Onkel, fiel aber mitten in den Graben. »Das geschieht dir recht«, sagte Benjamin; »so geht's, wenn man mit Leuten Streit sucht, die gar nicht an dich denken.« Aber der Vierfüßler, hartnäckig wie ein Russe, der Sturm läuft, ließ sich von diesem Mißerfolg nicht werfen; seine Hufe in die halb aufgetaute Erde gestemmt, suchte er den Hang emporzuklettern. Als mein Onkel dies sah, zog er seinen Degen, und während er nach besten Kräften die Schnauze seines Feindes spickte, rief er dem Bauern zu: »Verehrtester, haltet Euer Vieh fest, sonst muß ich ihm meinen Degen durch den Leib rennen!« Aber während er noch so sprach, fiel ihm der Degen in den Graben. »Zieh deinen Frack aus und wirf ihm den hin; rasch!« rief Beißkurz. »Rettet Euch in die Weinberge!« schrie der Bauer. »Ks, ks, Fontenoy!« machte der Sergeant. Der Pudel warf sich auf den Stier, und da er seine Leute kannte, biß er ihn in die Weiche. Die Wut des Tieres wandte sich nun gegen den Hund; während er aber wütend um sich stieß, kam der

Bauer herbei, und es gelang ihm, eine Schlinge um die Hinterbeine des Stieres zu legen. Dieses geschickte Manöver hatte vollen Erfolg und setzte den Feindseligkeiten ein Ziel.

Benjamin stieg auf die Straße zurück; er glaubte, Beißkurz wolle sich über ihn lustig machen; aber dieser war weiß wie ein Bettuch und zitterte in den Knien.

»Na, na, Beißkurz, erhole dich«, sagte mein Onkel, »oder muß ich dir zur Ader lassen? Und du, mein braver Fontenoy, du hast heute eine hübschere Fabel geliefert als die von La Fontaine, betitelt ›Die Taube und die Ameise‹. Ihr seht, ihr Herren, daß eine Wohltat nie umsonst ist. Meist ist freilich der Wohltäter genötigt, seinem Schützling einen langen Kredit zu gewähren, aber er, Fontenoy, hat mich im voraus bezahlt. Welcher Teufel hätte mir gesagt, daß ich jemals Verpflichtungen gegen einen Pudel haben würde?«

Moulot ist in einem Busch von Weiden und Pappeln am linken Ufer des Beuvronbaches versteckt. Es liegt am Fuß eines mächtigen Hügels, in den die Straße von La Chapelle eingehauen ist. Einige Häuser des Dorfes waren schon am Rande der Straße hinangeklettert, weiß und sonntäglich, wie Bäuerinnen, die zum Feste gehen; zu diesen gehörte die Schenke Manettes. Beim Anblick des Wirtshausschildes, das reifbedeckt aus der Speicherluke heraushing, begann Benjamin mit seiner Stentorstimme zu singen:

»Freunde, hier gibt's eine Rast,
 Eine Schenke seh ich winken.«

Beim Klang dieser Stimme, die sie wohl kannte, kam Manette ganz rot auf die Schwelle gelaufen.

Manette war eine wirklich hübsche, rundliche, pausbäckige Weibsperson, ganz weiß, aber vielleicht etwas zu rosig; ihr hättet von ihren Wangen gesagt: eine Milchlache, auf die ein paar Weintropfen gefallen sind.

»Meine Herren«, sagte Benjamin, »erlaubt mir vor allem, unsre hübsche Wirtin zu küssen, als Vorgeschmack des guten Frühstücks, das sie uns nachher bereiten wird.«

»Oha, Herr Rathery«, machte Manette und sträubte sich, »Sie sind nicht für die Bäuerinnen geschaffen, Sie; gehen Sie doch das Fräulein Minxit küssen.«

›Es scheint‹, dachte mein Onkel, ›das Gerücht von meiner Heirat geht schon im Lande um. Nur Herr Minxit kann davon gesprochen haben; folglich hält er darauf, mich zum Schwiegersohn zu bekommen; folglich, wenn er heute meinen Besuch nicht erhält, wird das kein Grund sein, daß das Geschäft nicht zustande kommt.‹

»Manette«, fügte er hinzu, »es handelt sich hier nicht um Fräulein Minxit; gibt's Fische?«

»Fische?« machte Manette, »die gibt es in Herrn Minxits Fischweiher.«

»Ich wiederhole dir, Manette«, sagte Benjamin: »Hast du Fische? Gib acht, was du antwortest.«

»Nun denn«, sagte Manette, »mein Mann ist fischen gegangen und wird bald zurück sein.«

»Bald – das ist nichts für uns; leg uns so viel Scheiben Schinken auf den Rost wie daraufgehen, und mach uns einen Eierkuchen aus allen Eiern, die sich in deinem Hühnerstall finden.«

Das Frühstück war bald bereit; während das Omelett in der Pfanne tanzte, brutzelte der Schinken auf dem Rost. Das Omelett war ebenso schnell befördert wie aufgetragen. »Ein Huhn braucht sechs Monate, um zwölf Eier hervorzubringen, eine Frau braucht eine Viertelstunde, um sie in ein Omelett zu verwandeln, und in fünf Minuten vertilgen drei Männer das Omelett. Da seht ihr«, orakelte Benjamin, »wie die Zerstörung schneller geht als der Aufbau. Die volkreichen Gegenden werden mit jedem Tag ärmer. Der Mensch ist ein gefräßiges Kind, das seine Amme mager saugt; der Ochse gibt der Weide nicht das Gras wieder, das er ihr genommen hat; die Asche der Eichenklötze, die wir verbrennen, kehrt nicht als Eiche in den Wald zurück; der Zephir bringt dem Rosenstrauch die Blätter des Straußes nicht wieder, die das junge Mädchen um sich streut; die Kerze, die vor uns verbrennt, fällt nicht als Tau, aus dem die Bienen Wachs machen könnten, wieder zur Erde. Die Flüsse berauben unaufhörlich das feste Land und versenken in der Tiefe der Meere die Dinge, die sie an ihren Ufern entführt haben. Die meisten Gebirge haben kein Grün mehr auf ihren kahlen Schädeln; die Alpen zeigen ihre nackten, zerrissenen Knochen; das Innere Afrikas ist heute nichts weiter als ein Sandmeer; Spanien ist eine wüste Heide und Italien ein großes Beinhaus, von dem nur eine Aschenschicht sichtbar ist. Wo immer die großen Völker dahergestampft sind, überall haben sie die Unfruchtbarkeit auf ihren Spuren zurückgelassen. Diese grünende und blühende Erde ist nur eine Schwindsüchtige, mit Rosen auf den Wangen, aber mit einem verwirkten Leben. Es wird eine Zeit kommen, da sie nicht mehr ist als eine tote, vereiste Masse, ein großer Leichenstein, auf den Gott die Inschrift setzen wird: ›Hier liegt das Menschengeschlecht.‹ In dieser Erwartung, meine Herren, lassen Sie uns der Güter genießen, die die Erde uns schenkt; da sie immerhin eine gute Mutter ist, trinken wir auf ihr langes Leben.«

Nun ging man dem Schinken zu Leibe; mein Großvater aß aus Pflichtgefühl, weil der Mensch essen muß, um wohlauf zu sein und Zahlungsbefehle zu kritzeln; Benjamin aß, um sich zu vergnügen; aber der Sergeant aß wie ein Mensch, der sich nur dazu an den Tisch setzt, und sprach kein Wort.

Bei Tisch war Benjamin ein großer Mann, aber sein edler Magen war nicht frei von Eifersucht, welch niedere Leidenschaft die glänzendsten Eigenschaften trübt. Er beobachtete den Sergeanten mit der verdrossenen Miene eines Menschen, der sich übertroffen sieht: wie Cäsar von der Höhe des Kapitols Bonaparte betrachtet haben mochte, als er die Schlacht von Marengo gewann. Nachdem er seinem Mann eine Weile stillschweigend zugesehen hatte, hielt er es für angebracht, folgende Worte an ihn zu richten: »Essen und Trinken sind zwei Wesen, die sich ähneln; auf den ersten Blick könnte man sie für Vettern halten. Aber Trinken steht so hoch über dem Essen, wie der Adler, der sich auf die Gipfel niederläßt, über den Raben erhaben ist, der auf dem Wipfel sitzt. Essen ist ein Bedürfnis des Magens, Trinken ist ein Bedürfnis der Seele. Essen ist nur ein gewöhnlicher Handwerker, während Trinken ein Künstler ist. Trinken erfüllt den Dichter mit lachenden Bildern, den Philosophen mit edlen Gedanken, den Musiker mit melodischen Tönen; Essen verschafft ihnen höchstens Leibweh. Nun schmeichle ich mir, Sergeant, daß ich ebenso tapfer trinken kann wie Ihr, ja ich glaube, sogar besser; aber im Essen, da bin ich gegen Euch nur ein Knirps. Ihr werdet mit Artus in Person Kopf an Kopf kommen, ich glaube sogar, auf einen Truthahn könntet Ihr ihm einen Flügel vorgeben.«

»Das macht«, antwortete der Sergeant, »daß ich für gestern, heute und morgen esse.«

»So gestattet mir, Euch für übermorgen diese letzte Scheibe Schinken aufzulegen.«

»Schönen Dank«, sagte der Sergeant, »alles hat seine Grenzen.«

»Nun, der Schöpfer, der die Soldaten dazu geschaffen hat, plötzlich vom äußersten Überfluß zum äußersten Mangel überzugehen, hat ihnen, wie den Kamelen, zwei Magen gegeben: ihr zweiter ist ihr Tornister. Steckt diesen Schinken, den Beißkurz und ich nicht mehr mögen, in Euren Tornister.«

»Nein«, sagte der Soldat, »ich habe kein Bedürfnis, Magazine anzulegen; Nahrung gibt's immer genug. Erlauben Sie mir, diesen Schinken Fontenoy anzubieten; wir haben die Gepflogenheit, alles miteinander zu teilen, Festtage und Fasttage.«

»Ihr habt da in der Tat einen Hund, der verdient, daß man ihn gut behandelt«, sagte mein Onkel, »wollt Ihr ihn mir verkaufen?«

»Herr!« rief der Sergeant und legte rasch seine Hand auf seinen Pudel...

»Verzeiht, mein Wackerer, verzeiht! Ich bin außer mir, daß ich Euch beleidigte; was ich da sagte, war nur so gesagt; ich weiß wohl; einem Armen vorschlagen, seinen Hund zu verkaufen, ist so, wie einer Mutter vorschlagen, ihr Kind zu verkaufen.«

»Du wirst mir doch nicht vormachen«, sagte mein Großvater, »man könne einen Hund so lieben wie ein Kind! Auch ich habe einen Pudel gehabt, einen Pudel, der Euern wert war, Sergeant – das heißt, ohne Fontenoy zu nahezutreten –, obwohl der meinige keine andern Gefangenen gemacht hat als die Perücke des Zolleinnehmers. Nun denn, eines Tages, als ich den Advokaten Page zum Mittagessen hatte, trug der Hund mir einen Kalbskopf weg, und am selben Abend noch ließ ich ihn unterm Mühlrad durchlaufen.«

»Das, was du da sagst, beweist nichts; du, du hast eine Frau und sechs Kinder; das ist genug Schererei für dich, um diese ganze Welt zu lieben, ohne daß du es nötig hättest, eine romantische Zuneigung zu einem Pudel zu fassen; aber ich spreche dir von einem armen Teufel, der einsam ist unter den Menschen und nichts von Verwandtschaft hat als seinen Hund. Setze einen Menschen mit einem Hund auf eine verlassene Insel, setze auf eine andere verlassene Insel ein Weib mit ihrem Kind, ich wette, daß nach sechs Monaten der Mensch seinen Hund, wenn der Hund überhaupt liebenswürdig ist, ebenso liebt, wie das Weib ihr Kind lieben wird.«

»Ich begreife«, antwortete mein Großvater, »daß man auf der Wanderschaft einen Hund hält, um einen Begleiter zu haben; daß ein altes Weib, die allein in ihrem Zimmer sitzt, einen Schoßhund hält, mit dem sie den ganzen Tag schwatzt. Aber daß jemand einen Hund in wirklicher Zuneigung liebt, daß er ihn liebt wie einen Christenmenschen, das bestreite ich, das ist nicht möglich.«

»Und ich, ich sage dir, daß du unter gegebenen Umständen auf eine Klapperschlange Liebeslieder machen würdest; das Liebesfieber im Menschen kann nie völlig untätig sein. Die Menschenseele hat den Schauder vorm Leeren; man beobachte mit Aufmerksamkeit den verhärtetsten Egoisten, und man wird am Ende, wie ein Blümchen zwischen Steinen, eine in den Falten seiner Seele verborgene Neigung entdecken.

Generalregel ohne Ausnahme: irgend etwas muß der Mensch lieben. Der Dragoner, der keinen Schatz hat, liebt sein Pferd; das Mädchen, das keinen Geliebten hat, liebt seinen Vogel; der Gefangene, der anständigerweise seinen Schließer nicht lieben kann, liebt die Spinne, die ihr Netz in der Luke seines Kerkers spinnt, oder die Fliege, die in einem Sonnenstrahl zu ihm niederschwebt. Wenn wir nichts Beseeltes finden, auf das wir unsere Neigung werfen können, lieben wir die leblose Materie: einen Ring, eine Tabaksdose, einen Baum, eine Blume; der Holländer faßt eine Leidenschaft zu seinen Tulpen und der Altertümler zu seinen Kameen.«

In diesem Augenblick trat Manettes Mann mit einem großen Aal in die Stube.

»Beißkurz«, sagte Benjamin, »es ist zwölf Uhr, will sagen, Zeit zum Mittagessen; wie, wenn wir diesen Aal verspeisten?«

»Es ist Zeit zum Aufbrechen«, sagte Beißkurz, »und wir werden bei Herrn Minxit zu Mittag speisen.«

»Und was meint Ihr, Herr Sergeant, wenn wir den Aal äßen?«

»Ich bin nicht pressiert«, sagte der Sergeant; »da ich nicht eher dahin gehe als dorthin, bin ich jeden Abend in meinem Nachtquartier.«

»Sehr wohl gesprochen! Und der verehrliche Pudel, was ist seine Meinung in diesem Punkt?«

Der Pudel sah Benjamin an und wedelte ein paarmal mit dem Schwanz.

»Gut! Wer schweigt, ist einverstanden. Also, Beißkurz, wir sind drei gegen einen; du mußt dich der Mehrheit fügen. Die Mehrheit, siehst du, ist stärker als die ganze Welt. Stelle zehn Weise auf eine Seite und elf Schwachköpfe auf die andere, die Schwachköpfe behalten recht.«

»Der Aal ist wirklich sehr schön«, sagte mein Großvater, »und wenn Manette etwas frischen Speck hat, kann sie ein herrliches Ragout daraus machen. Aber Teufel, meine Vorladung! Der Dienst muß doch getan werden.«

»Gib wohl acht«, sagte Benjamin, »Es wird ohne Zweifel nötig werden, daß mir einer seinen Arm leiht, um mich nach Clamecy zurückzubringen; wenn du dich dieser frommen Pflicht entziehst, will ich dich nicht mehr für meinen Schwager ansehen.«

Nun, da Beißkurz sehr darauf hielt, Benjamins Schwager zu sein, blieb er.

Als der Aal fertig war, setzte man sich wieder zu Tisch. Manettes Matelotte war ein Meisterstück, und der Sergeant konnte sich vor Bewunderung nicht lassen. Aber die Meisterwerke des Kochs sind ephemer; man läßt ihnen kaum Zeit, kalt zu werden. Es gibt nur ein Ding im Bereich der Künste, das man den kulinarischen Erzeugnissen vergleichen kann: die Erzeugnisse des Journalismus. Und dann: ein Ragout läßt sich aufwärmen, eine Gänseleberpastete kann einen ganzen Monat existieren, ein Schinken kann mehrmals seine Bewunderer um sich sehen, aber ein Artikel einer Tageszeitung hat kein Morgen; man ist noch nicht am Ende, so hat man den Anfang vergessen, und wenn man ihn durchflogen hat, wirft man ihn auf sein Pult wie eine Serviette auf den Tisch, nachdem man gegessen hat. Ich verstehe also nicht, wie ein Mensch, der einen schriftstellerischen Wert in sich fühlt, sich dazu hergeben kann, sein Talent an die obskuren Arbeiten des Journalismus zu verschwenden; wie er, der auf Pergament schreiben kann, sich bescheidet, auf Zeitungspapier zu kritzeln; wahrhaftig, es muß ihm doch jedesmal einen Stich ins Herz versetzen, wenn er die Blätter, in denen er seine Gedanken niedergelegt hat, lautlos mit den tausend andern Blättern zu Boden fallen sieht, die der gewaltige Baum der Presse täglich von seinen Zweigen schüttelt.

Während mein Onkel so philosophierte, ging indessen der Zeiger der Kuckucksuhr immer weiter. Benjamin gewahrte erst, daß es Nacht war, als Manette eine brennende Kerze auf den Tisch stellte. Jetzt, ohne die Bemerkungen Beißkurzens, der übrigens wenig fähig war, überhaupt noch etwas zu bemerken, hierzu abzuwarten, erklärte er, daß es nun für einen Tag genug sei und man nach Clamecy zurückkehren müsse.

Der Sergeant und mein Großvater gingen zuerst hinaus. Manette hielt meinen Onkel auf der Schwelle an. »Herr Rathery«, sagte sie, »hier.«

»Was soll das Gekritzel?« sagte mein Onkel: »›Am 10. August drei Flaschen Wein und ein Rahmkäse; am 1. September, mit Herrn Page, neun Flaschen und eine Schüssel Fische.‹ – Gott verzeih mir, ich glaube gar, das ist eine Rechnung!«

»Gewiß«, sagte Manette; »ich sehe wohl, daß es Zeit ist, unsere Rechnungen zu begleichen, und ich hoffe, daß Sie mir die Ihrige dieser Tage schicken werden.«

»Ich, Manette? ich habe dir keine Rechnung zu machen. Schöne Leistung, meiner Treu, den weißen, runden Arm einer Frau zu befühlen, wie du eine bist!«

»Sie sagen das, um sich über mich lustig zu machen, Herr Rathery«, sagte Manette zitternd vor Behagen.

»Ich sage es, weil es wahr ist, weil ich es denke«, antwortete mein Onkel. »Was deine Rechnung betrifft, meine arme Manette, so kommt sie in einem fatalen Augenblick; ich muß dir erklären, daß ich nicht den winzigsten Taler besitze zu dieser Tagesstunde; aber halt, hier meine Uhr; du wirst sie mir aufheben, bis ich dich bezahlt habe. Das trifft sich ausgezeichnet; seit gestern geht sie nicht mehr.«

Manette begann zu weinen und zerriß die Rechnung.

Mein Onkel küßte sie auf die Wange, auf die Stirn, auf die Augen, überallhin, wo er ihrer habhaft werden konnte.

»Benjamin«, sagte Manette zu ihm und neigte sich zu seinem Ohr, »wenn du Geld brauchst, so sag es mir.«

 »Nein, nein, Manette«, antwortete mein Onkel lebhaft, »ich brauche dein Geld nicht. Zum Teufel, das wäre ein starkes Stück! Dich das Glück bezahlen lassen, das du mir gewährst! Aber das wäre ja schändlich; ich wäre schlecht wie ein liederliches Weibsstück!« und er küßte Manette wie das erstemal.

»Soo! Genieren Sie sich nicht, Herr Rathery!« sagte ihr Mann, der dazukam.

»Ha, du bist da? Solltest du zufällig eifersüchtig sein? Ich warne dich, ich habe eine tiefe Abneigung gegen die Eifersüchtigen.«

»Aber es scheint mir, daß ich wohl das Recht habe, eifersüchtig zu sein.«

»Dummkopf, du nimmst die Dinge immer verkehrt! Diese Herren haben mich beauftragt, deiner Frau ihre Anerkennung für die treffliche Matelotte zu bezeugen, die sie uns gemacht hat, und ich entledigte mich des Auftrags.«

»Sie hätten ein gutes Mittel, scheint mir, Ihre Anerkennung zu bezeugen, nämlich zu bezahlen, verstehen Sie?«

»Erstens haben wir nicht mit dir zu tun: Manette ist hier die Wirtin. Was dann das Bezahlen angeht, so sei ruhig, die Zeche geht auf meine Kappe; du weißt, daß bei mir nichts zu verlieren ist. Wenn du übrigens vor dem langen Warten Angst hast, so erbiete ich mich, dir auf der Stelle meinen Degen durch den Leib zu rennen. Paßt dir das?« und mit diesen Worten ging er hinaus.

Bis jetzt war Benjamin nur überangeregt; er enthielt alle Elemente der Trunkenheit, ohne noch trunken zu sein. Aber als er Manettes Schenke verließ, packte ihn die Kälte bei Kopf und Beinen.

»Holla, he, Beißkurz, wo bist du?«

»Hier bin ich und halte dich an deinem Frackzipfel.«

»Du hältst mich? Sehr gut; das macht mir Ehre; das ist eine Schmeichelei, die du an mich richtest. Du willst sagen, daß ich imstande bin, meine Leiblichkeit und deine aufrecht dahinzutragen. Zu andrer Zeit ja; aber jetzt bin ich schwach wie der gemeine Mensch, wenn er zu lange getafelt hat. Ich habe mir deinen Arm vorbehalten: ich fordere dich auf, anzutreten und ihn mir darzureichen.« »Zu anderer Zeit ja«, sagte Beißkurz; »aber heute hat es eine Schwierigkeit: ich kann selber nicht gehen.«

»Dann hast du dich gegen die Ehre vergangen, du hast dich gegen die heiligste der Pflichten verfehlt: ich hatte deinen Arm mit Beschlag belegt, du hättest dich für uns beide schonen müssen; aber ich vergebe dir deine Schwäche. Homo sum ... das heißt, ich vergebe sie dir unter einer Bedingung: daß du dich sofort aufmachst, den Feldhüter und zwei fackeltragende Bauern zu suchen, um mich nach Clamecy zurückzuführen. Du wirst den einen Arm des Feldmarschalls nehmen und ich den andern.«

»Aber er ist einarmig, der Feldmarschall«, sagte mein Großvater.

»Dann gehört der gesunde Arm mir; alles, was ich für dich tun kann, ist, dir zu gestatten, dich an meinem Zopf anzuhalten, und du wirst dich in acht nehmen, das Band nicht aufzuziehen. Wenn es dir bequem ist, so reite auf dem Pudel heim.«

»Meine Herren«, sagte der Sergeant, »warum in die Ferne schweifen? Ich habe zwei gute Arme, die die Kugel glücklicherweise verschont hat; ich stelle sie Ihnen zur Verfügung.«

»Ihr seid ein braver Mann, Sergeant«, sagte mein Onkel, indem er den rechten Arm des alten Soldaten nahm. »Ein vortrefflicher Mann«, sagte mein Großvater und nahm den linken. »Ich werde für Euer Fortkommen Sorge tragen, Sergeant.«

»Und ich auch, Sergeant; ich werde auch für Euer Fortkommen ..., obgleich, um die Wahrheit zu sagen, in diesem Augenblick das Fortkommen ganz ...«

»Ich lehre Euch das Zahnziehen, Sergeant.«

»Und ich, Sergeant, ich werde Euern Pudel ausbilden, den Büttel zu machen.«

»In drei Monaten werdet Ihr soweit sein, auf den Jahrmärkten herumzureisen.«

»In drei Monaten kann Euer Pudel, wenn er sich gut aufführt, dreißig Sous am Tage verdienen.«

»Der Sergeant wird an dir seine Lehre durchmachen, Beißkurz; du hast etliche ganz zerbröckelte alte Stümpfe, die nur im Wege sind; von denen werden wir dir jeden zweiten Tag einen ausziehen, um dich nicht zu ermüden, und wenn wir mit den Stümpfen fertig sind, gehn wir an die gesunden.«

»Und ich, ich werde meinen Büttel bei deinen Gläubigern in Dienst geben, du schlechter Zahler! Ich will dich im voraus über die Pflichten belehren, die du gegen ihn zu erfüllen hast. Am Morgen bist du ihm Brot und Käse oder, nach der Jahreszeit, ein Bund Radieschen schuldig, mittags Suppe und Rindfleisch, und zum Abend Braten und Salat; der Salat ist durch ein Gläschen vertretbar. Du hast dafür zu sorgen, daß er unter deinen Händen nicht abmagert; denn nichts macht einem Schuldner mehr Ehre als ein wohlbeleibter Büttel. Er seinerseits muß sich anständig gegen dich aufführen; er hat nicht das Recht, dich in deinen Beschäftigungen zu stören, zum Beispiel Klarinette zu spielen oder das Waldhorn zu blasen.«

»Vorläufig biete ich dem Sergeanten ein Nachtlager zu Hause an. Du hast nichts dagegen, Beißkurz, nicht wahr?«

»Nicht gerade; aber ich fürchte sehr, daß deine teure Schwester anders denkt.«

»Aha, meine Herren, verstehen wir uns«, sagte der Sergeant; »setzen Sie mich nicht der Gefahr einer Kränkung aus; denn, ich warne Sie, einer oder der andere hätte dafür einzustehen.«

»Beruhigt Euch, Sergeant«, sagte mein Onkel; »und wenn der Fall eintreten sollte, so hättet Ihr Euch an mich zu halten; denn Beißkurz, der weiß sich nur zu schlagen, wenn ihm sein Gegner die Klinge vorgibt und die Scheide behält.«

Unter solchen weisen Gesprächen langten sie an der Haustür an. Mein Großvater legte keinen Wert darauf, als erster hineinzugehen, und mein Onkel wollte nur als zweiter.

Um der Sache beizukommen, traten sie beide zugleich ein, wobei sie aufeinanderplatzten wie zwei Schläuche, die man über dem Ende eines Stockes trägt.

Der Sergeant und der Pudel, bei dessen Eintritt die Katze wie ein Königstiger fauchte, bildeten die Nachhut.

»Meine teure Schwester«, sagte Benjamin, »ich habe die Ehre, Ihr einen Lehrling der Chirurgie und einen ...«

»Benjamin versteift sich darauf, dir Dummheiten vorzuschwatzen«, unterbrach mein Großvater; »höre nicht auf ihn; der Herr ist ein Soldat, den man uns ins Quartier schickt und den wir vor der Tür getroffen haben.«

Meine Großmutter war eine gute Frau, aber etwas Drache; sie glaubte, wenn sie recht laut schrie, das mache sie größer. Sie hatte die größte Lust von der Welt, in Zorn zu geraten, und um so größere Lust, als sie das Recht dazu hatte. Aber sie tat sich etwas auf ihre Lebensart zugute, in Anbetracht dessen, daß sie von einer Juristenrobe abstammte; die Gegenwart eines Fremden hielt sie im Zaum.

Sie bot dem Sergeanten ein Abendessen an. Als dieser gedankt hatte und aus anderen Gründen ließ sie ihn von einem der Kinder in das benachbarte Gasthaus führen, mit der Empfehlung, ihm am andern Tag sein Frühstück zu geben, ehe er abmarschierte.

Mein Großvater bog sich jedesmal wie ein Rohr, der brave und friedliche Mann, wenn sich ein eheliches Unwetter erhob. Was bis zu einem gewissen Grade diese Schwäche entschuldigen kann, war, daß er immer unrecht hatte.

Er hatte wohl das Gewitter auf der gerunzelten Stirn seiner Frau sich zusammenziehen sehen, und der Sergeant war noch nicht zur Tür hinaus, als der tapfre Ehemann schon sein Bett gewonnen hatte, wo er, so gut es ging, Unterkommen suchte. Was Benjamin betrifft, so war er einer solchen Feigheit unfähig. Eine Predigt in fünf Punkten, wie eine Partie Ekarté, hätte ihn nicht eine Minute vor seiner Zeit ins Bett gebracht. Er hatte nichts dagegen, wenn seine Schwester mit ihm zankte, aber er war nicht der Meinung, sie fürchten zu müssen. Er erwartete die Entladung des Unwetters mit der Gleichgültigkeit eines Felsenriffs; beide Hände in den Taschen, den Rücken gegen den Kaminsims gelegt, summte er vor sich hin:

»Marlbrough zog aus zum Kriege,
Dideldum, dideldum, dideldum,
Marlbrough zog aus zum Kriege,
Weiß nicht, kehrt er zurück.«

Meine Großmutter hatte den Sergeanten kaum hinausgebracht, als sie, ungeduldig, zum Kampf überzugehen, vor Benjamin Stellung nahm.

»Nun, Benjamin, bist du zufrieden mit deinem Tag? Du findest dich wohl reizend so? Muß ich dir eine Flasche Weißen zapfen gehn?«

»Danke, liebe Schwester, mein Tag ist beendet, wie Sie treffend bemerkt.«

»Schöner Tag, wahrhaftig; solcher braucht's viele, um deine Schulden zu bezahlen. Hast du wenigstens noch so viel Verstand behalten, mir zu sagen, wie euch Herr Minxit aufgenommen hat?«

»Dideldum, dideldum, dideldum, liebe Schwester«, machte Benjamin.

»So, dideldum, dideldum!« rief meine Großmutter, »wart, ich will dir von deinem Dideldum, dideldum geben!« und sie bewehrte sich mit der Feuerzange. Mein Onkel trat drei Schritt zurück und zog seinen Degen.

»Liebe Schwester«, sagte er und ging in die Auslage, »ich mache dich für alles Blut verantwortlich, das hier vergossen wird.«

Aber meine Großmutter, obzwar sie von einer Kutte abstammte, hatte keine Angst vor einem Degen. Sie versetzte ihrem Bruder einen Schlag mit der Feuerzange, der ihn so auf den Daumen traf, daß er seine Klinge fallen ließ.

Benjamin tanzte im Zimmer herum und drückte mit der linken Hand seinen wehen Daumen. Mein Großvater, obgleich er sicherlich ein guter Mensch war, erstickte vor Lachen unter seiner Bettdecke. Er konnte sich's nicht verbeißen, zu meinem Onkel zu sagen:

»Nun, wie findest du den Hieb? Diesmal hattest du die Scheide samt der Klinge; du kannst nicht sagen, daß die Waffen nicht gleich waren.«

»Au! Nein, Beißkurz, sie waren es nicht; dazu hätte sie die Aschenschaufel haben müssen. Einerlei! deine Frau – denn ich kann nicht mehr meine liebe Schwester sagen – verdient, statt der Spindel eine Feuerzange an der Seite zu tragen. Mit einer Feuerzange würde sie Schlachten gewinnen. Ich bin besiegt, ich gebe es zu; und ich muß mich dem Gesetz des Siegers unterwerfen. Also gut; wir sind gar nicht bis nach Corvol gegangen; wir sind bei der Manette sitzen geblieben.«

»Immer bei Manette! Eine verheiratete Frau! Schämst du dich nicht, Benjamin, dich so aufzuführen?«

»Schämen? Und warum das, liebe Schwester? Seit dem Augenblick, wo eine Wirtin verheiratet ist, soll man bei ihr nicht mehr frühstücken können? So sehe ich das Ding nicht an: für einen wahren Philosophen hat die Kneipe kein Geschlecht. Nicht wahr, Beißkurz?«

»Ich soll sie nur auf dem Markt treffen, deine Manette, ich will's ihr schon geben, Weibsstück, das sie ist, wie sie's verdient!«

»Liebe Schwester, wenn Sie Manette auf dem Markte trifft, so kaufe Sie ihr so viele Rahmkäse ab, wie Sie will, aber wenn Sie sie beleidigt...«

»Nun, wenn ich sie beleidige, was würdest du mir antun?«

»Ich würde Sie verlassen; ich würde nach den Kolonien auswandern, und ich würde Beißkurz mitnehmen; lasse Sie sich's gesagt sein.«

Meine Großmutter begriff, daß all ihr Aufheben nichts nütze sei, und faßte alsbald ihren Entschluß. »Du wirst jetzt tun wie dieser Saufaus, der in seinem Bette liegt«, sagte sie; »du hast den Schlaf ebenso nötig wie er. Aber morgen, da werde ich selbst dich zu Herrn Minxit begleiten, und wir werden sehn, ob du unterwegs hängenbleibst.«

»Dideldum, dideldum, dideldum«, summte Benjamin, während er zu Bett ging.

Die Vorstellung des Ganges, den er am andern Morgen antreten sollte, beunruhigte den sonst so friedlichen, gesunden und festen Schlaf meines Onkels; er träumte laut, und hier sind seine Worte:

»Ihr sagt, Sergeant, daß Ihr gespeist habt wie ein König. Das ist nicht das richtige Wort, das ist eine Verkleinerung, die Ihr da anwendet. Ihr habt besser als ein Kaiser gespeist. Die Könige und die Kaiser, trotz aller ihrer Macht, können sich kein Extra leisten, Ihr aber habt Euch eins geleistet. Seht Ihr, Sergeant, alles ist relativ. Diese Matelotte wiegt sicher kein getrüffeltes Rebhuhn auf. Nichtsdestoweniger hat es Eure Geschmackspapillen angenehmer gekitzelt, als ein getrüffeltes Rebhuhn die des Königs zu kitzeln vermöchte. Warum das? Weil der Gaumen Seiner Majestät überfüttert ist mit Trüffeln, während der Eure nicht alle Tage Matelotten ißt.

Meine liebe Schwester sagt zu mir: ›Benjamin, tu etwas, um reich zu werden. Benjamin, heirate Fräulein Minxit, um eine gute Mitgift zu haben.‹ Was soll mir das? Gibt sich der Schmetterling für die zwei oder drei Monate, die er zu leben hat, die Mühe, ein Nest zu bauen? Ich wenigstens bin überzeugt, daß die Genüsse im Verhältnis zu den Lebensbedingungen stehn und daß am Ende des Jahres der Bettler und der Reiche die gleiche Summe von Glück gehabt haben.

Gut oder schlecht, jedes Individuum paßt sich seiner Lage an. Der Lahme bemerkt nicht mehr, daß er an einer Krücke geht, und der Reiche nicht mehr, daß er eine Equipage hat. Die arme Schnecke, die ihr Haus auf dem Rücken trägt, freut sich eines Tages voll Duft und Sonne genauso wie der Vogel, der über ihr in den Zweigen singt. Nicht die Ursache muß man betrachten, sondern die Wirkung, die sie hervorbringt. Der Tagelöhner, der vor seiner Hütte auf der Bank sitzt, fühlt er sich nicht genauso wohl wie der König auf den Eiderdaunen seines Sessels? Ißt Michel seine Krautsuppe nicht mit ebensoviel Genuß wie der Reiche seine Krebssuppe? Und schläft der Bettler auf dem Stroh nicht ebensogut wie die große Dame unter den seidenen Vorhängen und zwischen dem parfümierten Batist ihres Bettes? Ein Kind, das einen Pfennig findet, ist zufriedener als ein Bankier, der einen Louis gefunden hat, und der arme Bauer, der einen Morgen Land erbt, fühlt sich davon ebenso gehoben wie ein König, dem seine Armeen eine Provinz erobert haben und der von seinem Volk ein Tedeum anstimmen läßt.

Jedes Übel hienieden wird durch ein Gutes wettgemacht, und jedes Gute, das sich so brüstet, ist durch ein unsichtbares Übel abgeschwächt. Gott hat tausend Mittel, Ausgleiche zu schaffen; wenn er dem einen gut Essen und Trinken gibt, so gibt er dem andern ein wenig mehr Appetit, und das Gleichgewicht ist hergestellt. Dem Reichen gibt er die Furcht vor dem Verlieren, die Sorge des Erhaltens, und dem Armen die Unbesorgtheit. Als er uns an diesen Ort der Verbannung schickte, machte er für uns alle ein Bündel, fast gleich, von Elend und Wohlbehagen; wenn es anders wäre, wäre er nicht gerecht, und alle Menschen sind seine Kinder.

Und warum eigentlich wäre der Reiche glücklicher als der Arme? Er arbeitet nicht: nun wohl, so hat er nicht den Genuß, von der Arbeit zu ruhen.

Er hat schöne Kleider; aber die Annehmlichkeit hat der, der sie betrachtet. Wenn der Kirchendiener einen Heiligen anputzt, geschieht es für den Heiligen oder für seine Anbeter? Schließlich: ist man nicht ebenso bucklig in einem Samtrock wie in einem Flaus?

Der Reiche hat zwei, drei, vier, zehn Leute zu seiner Bedienung. Lieber Gott, wozu diese Menge unnützer Glieder, die man stolz seinem Körper anhängt, wenn deren nur vier nötig sind, um allen Dienst für unsere Person zu leisten? Der Mensch, der gewöhnt ist, sich bedienen zu lassen, ist ein Unglücklicher, aller seiner Glieder Beraubter, den man füttern muß.

Der Reiche hat ein Haus in der Stadt und ein Schloß auf dem Lande; aber was hat das Schloß für eine Bedeutung, wenn der Herr in der Stadt ist, und das Haus, wenn er auf dem Schloß ist? Was für eine Bedeutung hat es, daß seine Wohnung aus zwanzig Zimmern besteht, wenn er nur immer in einem auf einmal sein kann?

Anstoßend an sein Schloß hat er, um seine Träumereien spazierenzuführen, einen großen, von einer zehn Fuß hohen Mauer aus Kalk und Sand eingeschlossenen Park; aber zunächst: wenn er keine Träumereien hat? und dann: ist das freie Land, das nicht eingeschlossen ist außer durch den Horizont und allen gehört, nicht so schön wie sein großer Park?

Mitten durch besagten Park schleppt ein Kanal, gespeist von einem Wasserfädchen, seine grünlichen und kranken Gewässer dahin, auf denen, wie Pflaster, große Wasserrosenblätter kleben; aber der Fluß, der sich frei in die breite Ebene ergeht, ist er nicht klarer und lustiger als sein Kanal?

Dahlien von hundertfünfzig verschiedenen Arten fassen seine Alleen ein; sei es; ich gebe euch noch vier vom Hundert, was hundertsechsundfünfzig Arten macht. Aber der erlenbeschattete Pfad, der wie eine zarte Schlange durch die Wiese gleitet, wiegt er nicht gut und gern seine Alleen auf? und die Hecken, ganz mit wilden Rosen umzogen und ganz von Hagebutten übersät, die Hecken, die ihre Tuffen von allen Farben im Wind wiegen und ihre Blütenblätter auf den Pfad streuen, wiegen sie nicht gut und gern seine Dahlien auf, deren Wert nur der Gärtner ermessen kann?

Besagter Park gehört ihm allein, sagt ihr; ihr irrt euch: nur die Erwerbsurkunde, die in seinem Schreibtisch eingeschlossen liegt, ist sein alleiniges Eigentum, und dazu gehört noch, daß die Würmer sie nicht fressen.

Sein Park gehört ihm viel weniger als den Vögeln, die ihre Nester darin bauen, als den Kaninchen, die den Quendel darin abnagen, als den Insekten, die unter den Blättern summen.

Kann sein Feldhüter hindern, daß die Schlange sich im Grase ringelt und die Kröten sich im Moos verstecken? Der Reiche gibt Feste; aber sind die Tänze unter den alten Linden im Dorf beim Klang des Dudelsacks keine Feste? Der Reiche hat eine Equipage. Er hat eine Equipage, der Unglückliche! Hat er denn keine Beine mehr, ist er gelähmt? Da ist eine Frau, die ein Kind auf den Armen trägt, während das andere um sie herumspringt und nach Schmetterlingen und Blumen hascht. Welches von den Kleinen ist besser dran? Eine Equipage! Aber das ist eine Schwäche, die ihr habt: ein Rad bricht, ein Pferd verliert ein Eisen, und ihr seid gelähmt. Jene großen Herren unter Ludwig XIV., die sich in einer Sänfte zu Ball tragen ließen, arme Kerle, die Beine zum Tanzen und nicht zum Marschieren hatten, was mußten sie leiden unter der Trägheit derer, die sie trugen

Im Wagen fahren, ihr glaubt, es sei ein Genuß für den Reichen; ihr irrt euch: es ist nur eine Servitut, die die Eitelkeit ihm auferlegt. Wenn es anders wäre, warum spannt denn dieser Herr oder diese Dame, die mager sind wie ein Reiserbesen und die ein Esel mit Leichtigkeit trüge, vier Pferde an ihre Karosse?

Was mich anlangt, wenn ich durch die Wiese gehe im Gras bis an die Knöchel, wenn ich, die Hände in den Taschen, träumend einen hübschen Weg dahinschlendere und, wie ein Geist, der umgeht, die blauen Wölkchen meiner rauchgebräunten Pfeife hinter mich werfe, oder wenn ich, bei schönem Mondenschein, langsam den weißen Pfad verfolge, den der Schatten der Hecken auf der einen Seite säumt, so möchte ich den wohl sehen, der die Unverschämtheit hätte, mir einen Wagen anzubieten.« Bei diesen Worten erwachte mein Onkel. –

»Was«, sagt ihr, »dein Onkel hat das alles ganz laut geträumt?«

Was ist da so erstaunlich? Frau George Sand hat doch ein ganzes Kapitel eines ihrer Romane den hochwürdigen Pater Spiridion laut träumen lassen. Hat Herr Golbéry in der Kammer nicht ganz laut eine ganze Stunde lang von einem Gesetzvorschlag über den Rechenschaftsbericht parlamentarischer Debatten geträumt? Und wir, träumen wir nicht seit dreizehn Jahren, wir hätten eine Revolution gemacht? Wenn mein Onkel nicht Zeit gehabt hatte, während des Tages zu philosophieren, so philosophierte er zur Entschädigung im Traum. So erkläre ich mir wenigstens das Phänomen, dessen Resultat ich euch eben erzählt habe.

Viertes Kapitel

Wie sich mein Onkel für den Ewigen Juden ausgab

Mittlerweile hatte meine Großmutter ihr taubenschillerndes seidenes Kleid angelegt, das sie nur an den vier großen heiligen Festtagen des Jahres aus dem Schranke zog; sie hatte um ihre runde Haube ihr schönstes Band gesteckt, ein kirschrotes, das handbreit war und darüber; sie hatte ihre Mantille von schwarzem Taft instand gesetzt, die mit einer gleichfarbigen Spitze eingefaßt war, und sie hatte ihren wolfspelzenen Muff, den ihr Benjamin zum Namenstag geschenkt und dem Kürschner noch schuldig war, aus seinem Futteral gezogen. Als sie so herausgeputzt war, befahl sie einem ihrer Kinder, den Esel des Herrn Durand zu holen, ein schönes Eselein, das auf dem letzten Markt in Billy drei Pistolen gekostet hatte und sich um sechsunddreißig Pfennig teurer vermietete als das gemeine Eselvolk.

Dann rief sie Benjamin. Als dieser herunterkam, war der Esel des Herrn Durand mit seinen beiden Körben an den Flanken, inmitten derer sich ein großes schneeweißes Kissen blähte, vor der Tür angebunden und fraß seine Ration Kleie, die man ihm in einem Körbchen auf einem Stuhl servierte.

Benjamin beunruhigte sich zunächst darüber, ob Beißkurz da wäre, um mit ihm ein Glas Weißen zu trinken. Seine Schwester sagte ihm, daß er ausgegangen sei.

»Da hoffe ich wenigstens, meine gute Schwester«, erwiderte Benjamin, »daß Sie mir die Liebe antut, ein Gläschen Ratafia mit mir zu nehmen«; – denn der Magen meines Onkels wußte sich dem Gehaben aller Mägen anzupassen.

Meine Großmutter hatte keine Abneigung gegen den Ratafia; im Gegenteil, sie billigte den Vorschlag Benjamins und erlaubte ihm, die Karaffe zu holen. Endlich, nachdem sie meinem Vater, der der Älteste war, eingeschärft hatte, seine Brüder nicht zu schlagen, dem Premoins, der unwohl war, sich zu melden, wenn er gewisse Bedürfnisse habe, und nachdem sie der Surgia ihre Strickarbeit gegeben hatte, bestieg sie ihr Eselchen.

Potz Blitz! die Nachbarn waren unter die Türen getreten, um sie abreiten zu sehen; denn eine Frau aus dem Mittelstand an einem andern Tag in Staat zu sehen als sonntags, das war ein Ereignis damals, davon jeder der Zuschauer die Ursachen zu ergründen suchte und über das er ein System aufstellte.

Benjamin, wohl rasiert und überreichlich gepudert, rot übrigens wie ein Mohn, der sich nach einer Gewitternacht in der Morgensonne entfaltet, ging hinterdrein, indem er von Zeit zu Zeit ein kräftiges Hüh hervorstieß und den Esel mit der Spitze seines Degens stachelte.

Der Esel des Herrn Durand, von meines Onkels Degen in die Weichen gestoßen, ging sehr gut; er ging sogar zu gut für den Geschmack meiner Großmutter, die auf ihrem Kissen auf und nieder hüpfte wie ein Federball auf seinem Schläger. Aber in einiger Entfernung von dem Punkt, wo der Weg nach Moulot sich von der Straße nach La Chapelle trennt, um sich seiner niedrigen Bestimmung zuzuwenden, bemerkte sie, daß der Eifer ihres Esels nachließ wie ein glühender Metallstrom, der immer steifer und langsamer wird, je mehr er sich vom Ofen entfernt; sein Glöckchen, das bis dahin ein so stolzes Klingkling von sich gegeben hatte, so energisch betont, stieß nur noch abgebrochene Seufzer aus wie eine Stimme, die erstirbt. Meine Großmutter wandte ihren Kopf, um bei Benjamin darüber klagbar zu werden; aber dieser war verschwunden, geschmolzen wie ein Schneeball, weggezaubert, futsch, verloren wie eine Mücke im Raum; niemand konnte ihr Nachricht von ihm geben. Man kann sich den Ingrimm meiner Großmutter vorstellen, den sie bei diesem plötzlichen Verschwinden Benjamins empfand. Sie sagte sich, daß er nicht die Mühe verdiene, die man sich um sein Glück gebe; daß sein Leichtsinn unheilbar sei; daß er noch einmal daran zugrunde ginge; daß er in einem Sumpf sei, dessen Gewässer man nicht in Fluß setzen könne. Sie hatte einen Augenblick Lust, ihn seinem Schicksal zu überlassen und ihm selbst nicht mehr die Hemden zu fälteln; aber ihr königlicher Charakter gewann die Oberhand: sie hatte es begonnen, sie mußte es zu Ende führen. Sie schwur, Benjamin wiederzufinden und ihn zu Herrn Minxit zu bringen, und wenn sie ihn an den Schwanz ihres Esels hätte anbinden müssen. Diese Festigkeit des Entschlusses ist es, die die großen Unternehmungen zum Ziele führt.

Ein kleiner Bauer, der am Knotenpunkt der beiden Straßen seine Hämmel hütete, sagte ihr, daß der rote Mann, den sie suche, vor etwa einer Viertelstunde nach dem Dorf hinuntergegangen sei. Meine Großmutter stieß ihren Esel in diese Richtung, und ihr Unwille gab ihr eine solche Macht über diesen Vierfüßler, daß er von selbst zu traben begann, aus reiner Ergebenheit vor seiner Reiterin und gleichsam, um ihrem großen Charakter Ehre anzutun. Das Dorf Moulot bot den Anblick einer ganz ungewöhnlichen Bewegung; die Moulotaner, sonst so gesetzt und in ihren Hirnen von nicht mehr Gärung heimgesucht, als in einem Rahmkäse vor sich geht, schienen alle das Fieber zu haben. Die Bauern kletterten eilig die Hänge herab; Weiber und Kinder rannten und schrien sich zu; alle Kunkeln waren verlassen, und alle Spinnräder standen still. Meine Großmutter erkundigte sich nach dem Grund dieser Bewegung; man sagte ihr, der Ewige Jude sei gerade in Moulot angekommen und frühstücke auf dem Platz. Sie begriff sogleich, daß der angebliche Jude niemand anderes sei als Benjamin, und in der Tat gewahrte sie ihn alsbald von der Höhe ihres Esels inmitten eines Kreises von Maulaffen.

Über dem beweglichen Band schwarzer und weißer Köpfe erhob sich der Giebel seines Dreispitzes majestätisch zum Himmel, wie die schieferbedeckte Turmspitze einer Kirche über den moosbewachsenen Dächern eines Dorfes. Man hatte ihm mitten auf dem Marktplatz ein Tischchen gedeckt, auf dem er sich eine halbe Flasche Wein und ein kleines Brot hatte vorsetzen lassen. Er schritt mit der Würde eines Hohenpriesters davor auf und ab, bald einen Schluck von seinem Wein, bald ein Stückchen von seinem kleinen Brot nehmend.

Meine Großmutter trieb ihren Esel mitten durch die Menge und befand sich bald in der vordersten Reihe.

»Was machst du da, Nichtsnutz?« sagte sie zu meinem Onkel und machte ihm eine Faust.

»Sie sehen es, Madame: ich irre; ich bin Ahasver, gewöhnlich der irrende oder Ewige Jude genannt. Da ich auf meinen Reisen schon viel von der Schönheit dieses kleinen Dorfs und von der Liebenswürdigkeit seiner Bewohner habe reden hören, habe ich mich dazu entschlossen, hier zu frühstücken.« Dann trat er an sie heran und sagte leise: »In fünf Minuten komme ich dir nach; aber kein Wort mehr, bitte; das Unheil wäre nicht wiedergutzumachen; diese Schwachköpfe wären imstande, mich totzuschlagen, wenn sie entdeckten, daß ich mich über sie lustig mache.«

Das Lob Moulots, das Benjamin in die Antwort an seine Schwester einzuschalten gewußt hatte, ließ den üblen Eindruck, den ihre unvorsichtige Anrede ihm einbringen mußte, nicht aufkommen, und ein selbstgefälliges Gemurmel ging durch die Versammlung.

»Herr Ewiger Jude«, fragte ein Bauer, dem noch ein kleiner Zweifel geblieben war, »wer ist die Dame, die Euch da eben die Faust zeigte?«

»Mein guter Freund«, antwortete mein Onkel, ohne sich aus der Fassung bringen zu lassen, »das ist die Jungfrau Maria, die der liebe Gott mir auf ihrem Eselein wallfahrend nach Jerusalem zu bringen befohlen hat. Sie ist im Grunde eine gute Frau, nur etwas redselig; sie ist heut schlecht aufgelegt, weil sie am Morgen ihren Rosenkranz verloren hat.«

»Und warum ist das Jesuskindlein nicht bei ihr?«

»Gott litt nicht, daß sie es mitnahm, denn er hat gerade die Wasserblattern.«

Jetzt hagelte es Einwendungen gegen Benjamin; aber mein Onkel war nicht der Mann, sich von den Dickschädeln Moulots Angst machen zu lassen; die Gefahr elektrisierte ihn, und er parierte alle Hiebe, die auf ihn geführt wurden, mit einer bewundernswerten Behendigkeit, was ihn nicht hinderte, von Zeit zu Zeit mit einem Schluck Weißen sich die Kehle anzufeuchten – und, um die Wahrheit zu sagen, er war schon bei seiner siebenten halben Flasche.

Der Schulmeister des Ortes, in seiner Eigenschaft als Gelehrter, erschien als erster auf dem Plan.

»Wie kommt es denn, Herr Ewiger Jude, daß Sie keinen Bart haben? In der Brüsseler Reimchronik heißt es, daß Sie sehr bärtig seien, und überall stellt man Sie mit einem langen weißen Bart dar, der Ihnen bis zum Gürtel reicht.«

»Das war zu schmutzig, Herr Schulmeister. Ich habe den lieben Gott um die Erlaubnis gebeten, diesen großen häßlichen Bart nicht länger tragen zu brauchen, und er hat ihn in meinen Zopf verwandelt.«

»Aber«, forschte der Bartwütige weiter, »wie machen Sie's denn, um sich zu rasieren, da Sie doch nicht stillhalten können?«

»Gott hat vorgesorgt, mein lieber Herr Schulmeister. Jeden Morgen schickt er mir den Schutzpatron der Perückenmacher in Gestalt eines Schmetterlings, der mich mit dem Rand seiner Flügel rasiert; alles, indem er um mich herumschwebt.«

»Aber Herr Jude«, verfolgte der Schulmeister die Sache, »war der liebe Gott nicht recht knauserig gegen Sie, indem er Ihnen jedesmal nur fünf Sous auf einmal aussetzte?«

»Mein Freund«, versetzte Benjamin und kreuzte die Arme über der Brust, wobei er sich tief verneigte, »segnen wir die Ratschlüsse Gottes; wahrscheinlich hatte er nicht mehr in der Tasche.«

»Ich möchte wohl wissen«, sagte der alte Schneider des Ortes, »wie man es gemacht hat, Ihnen Ihren Frack anzumessen, der Ihnen gleichwohl wie ein Handschuh sitzt, da Sie doch nie in Ruhe sind?«

»Einer vom Handwerk wie Ihr, verehrter Nadelheld, hätte wohl bemerken sollen, daß dieser Frack nicht von Menschenhand gefertigt ist; alle Jahre am ersten April wächst mir ein leichter Frack von roter Serge und zu Allerheiligen ein dicker Frack von scharlachrotem Sammet.«

»Dann müßt Ihr«, sagte ein Bürschlein, dessen Schelmengesicht von blonden Locken umflutet war, »Euch aufs Abnutzen verstehen; es sind noch keine vierzehn Tage seit Allerheiligen, und Euer Frack ist schon ganz verschabt und ganz weiß an den Nähten.«

Unglücklicherweise stand der Vater des kleinen Philosophen dicht neben ihm. »Marsch nach Hause und sieh, ob ich da bin«, sagte er und gab ihm einen Tritt auf sein Hinterteil. Dann bat er meinen Onkel, die Unverschämtheit des Buben zu verzeihen, dem sein Schulmeister die Religion nicht gehörig beibringe.

»Meine Herren«, rief der Schulmeister, »ich nehme Sie alle als Zeugen und den Herrn Ewigen Juden auch, daß der Niklas meinen guten Ruf antastet; beständig greift er die Obrigkeiten des Dorfes an; ich werde ihn bei seiner Zunge nehmen.«

»Jawohl«, sagte Niklas, »eine schöne Obrigkeit das! Tu dir nur keinen Zwang an: ich bin nicht drum verlegen, zu beweisen, daß ich die Wahrheit gesagt habe; der Herr Amtmann wird das Karlchen schon fragen. Neulich habe ich ihn gefragt, wer der bemerkenswerteste Sohn Jakobs gewesen wäre, da hat er geantwortet, Pharao wäre es. Die Base Pintot ist Zeuge.«

»Nun, nun, meine Herren?« sagte mein Onkel, »ereifern Sie sich nicht meinetwegen; ich wäre untröstlich, wenn meine Ankunft in diesem schönen Dorf der Anlaß zu einem Prozeß zwischen Ihnen werden sollte; die Wolle meines Fracks ist noch nicht ganz gewachsen, sintemal wir erst Martini haben; das ist es, was den Irrtum des kleinen Karlchen veranlaßt hat. Dem Herrn Schulmeister war diese Besonderheit nicht bekannt, folglich konnte er seine Zöglinge auch nicht darüber belehren. Ich hoffe, daß Herr Niklas von dieser Erklärung befriedigt ist.«

Fünftes Kapitel

Mein Onkel tut ein Wunder

Mein Onkel wollte gerade seine Vorstellung aufheben, als er ein hübsches Bauernmädel gewahrte, das sich einen Weg durch die Menge zu bahnen suchte. Da er die jungen Mädchen mindestens so liebte wie Christus die kleinen Kinder, machte er ein Zeichen, man solle sie zu ihm kommen lassen. »Ich möchte wohl wissen«, sagte die junge Moulotanerin mit ihrem schönsten Knix, dem Knix, den sie dem Amtmann zu machen pflegte, wenn sie ihm den Rahm brachte und er ihr selbst die Tür öffnete, »ich möchte wissen, ob das, was die alte Guste sagt, wirklich wahr ist: sie behauptet, daß Ihr Wunder tätet.«

»Ohne Zweifel«, antwortete mein Onkel, »wenn sie nicht zu schwer sind.«

»Dann könntet Ihr am Ende meinen Vater, der seit heute morgen krank ist, kein Mensch weiß woran, durch ein Wunder heilen?«

»Warum nicht?« sagte mein Onkel; »aber vor allem, schönes Kind, mußt du mir erlauben, daß ich dich küsse; ohne das würde das Wunder nichts nützen.« Und er küßte die junge Moulotanerin auf beide Wangen, der verdammte Sünder, der er war.

»Ei«, rief hinter ihm eine Stimme, die er sehr wohl wiedererkannte, »küßt denn der Ewige Jude die Weiber?«

Er wandte sich um und gewahrte Manette. »Gewiß, schöne Frau! Gott hat mir erlaubt, drei im Jahr zu küssen; dies ist die zweite, die ich dieses Jahr küsse, und wenn Sie wollen, werdet Ihr die dritte sein.«

Der Gedanke, ein Wunder zu tun, entflammte den Ehrgeiz Benjamins; sich für den Ewigen Juden auszugeben, selbst in Moulot, war viel, war ungeheuer, war, um alle schönen Geister von Clamecy eifersüchtig zu machen. Er würde damit ohne weiteres Rang und Stelle unter den berühmtesten Spaßvögeln aller Zeiten einnehmen, und der Advokat Page würde nicht mehr wagen, ihm so oft von seinem in einen Feldhasen verwandelten Kaninchen zu prahlen. Wer könnte sich in Kühnheit und Unerschöpflichkeit der Einbildungskraft mit Benjamin Rathery vergleichen, wenn er ein Wunder getan hätte? Ja, wer weiß, vielleicht konnte ein zukünftiges Geschlecht die Sache für Ernst nehmen. Wenn er heiliggesprochen würde, wenn man aus ihm einen großen Heiligen in rotem Holz machte, wenn man ihm ein Amt, eine Nische, einen Platz im Kalender, ein Ora pro nobis in den Litaneien gäbe! Wenn er der Schutzpatron einer guten Gemeinde würde, wenn man ihn alle Jahre zu seinem Namenstag mit Weihrauch beräucherte, ihn mit Blumen bekränzte, mit Bändern schmückte, ihm eine reife Traube in die Hand steckte! Wenn man seinen roten Frack in einen Reliquienschrein legte! Wenn er einen Küster hätte, der ihn jede Woche abwaschen müßte! Wenn er von der Pest und der Hundswut kurierte! – Aber alles lag daran, es gut zu machen, das Wunder; wenn er nur schon welche hätte tun sehen! Wie sollte er es anpacken? Und wenn es mißglückte, würde er entehrt, verhöhnt, beschimpft, vielleicht verprügelt; er verlöre allen Ruhm dieser Fopperei, die sich so schön angelassen hatte... »Ah bah!« sagte mein Onkel und schüttete ein großes Glas Wein hinunter, um sich zu begeistern; »die Vorsehung wird sorgen; audaces fortuna juvat, und außerdem: jedes verlangte Wunder ist ein halb getanes Wunder.«

So folgte er denn der jungen Bäuerin, wobei er wie ein Komet einen langen Schweif von Moulotanern hinter sich herzog. Als er in das Haus getreten war, sah er auf seiner Pritsche einen Bauern, dem das Maul schief stand und Appetit nach dem Ohr zu haben schien; er fragte, wie das Unglück geschehen und ob es nicht nach einem tüchtigen Gähnen oder Lachen aufgetreten sei.

»Es ist ihm heute Morgen beim Frühstück passiert«, antwortete die Bauersfrau, »als er eine Nuß mit den Zähnen knacken wollte.«

»Sehr wohl«, sagte mein Onkel, dessen Gesicht sich aufhellte, »und haben Sie jemanden zugezogen?«

»Wir haben Herrn Doktor Arnold geholt, der erklärt hat, es sei eine Lähmung.«

»Man könnte es nicht besser sagen. Ich sehe, daß der Doktor Arnold die Lähmung kennt, als ob er sie gemacht hätte; und was hat er verordnet?«

»Die Arznei dort in dem Kolben.«

Mein Onkel untersuchte die Arznei, fand, daß es ein Brechmittel sei, und warf den Kolben auf die Straße. Seine Sicherheit brachte eine glänzende Wirkung hervor.

»Ich sehe wohl, Herr Jude«, sagte die gute Frau, »daß Sie imstande sind, das Wunder zu vollbringen, was uns not tut.«

»Wunder wie dieses«, antwortete Benjamin, »täte ich hundert am Tag, wenn man sie mir lieferte.«

Er ließ sich einen eisernen Löffel bringen und umwickelte den Stiel mit mehreren Umgängen feiner Leinwand; dieses improvisierte Instrument führte er in den Mund des Patienten, hob den Unterkiefer, der über den oberen hinausgelangt hatte, von diesem ab und versetzte ihn an seinen gehörigen Ort und Platz. Denn die ganze Krankheit des Moulotaners war nichts als ein ausgerenkter Unterkiefer, was mein Onkel mit seinem grauen Blick, der sich in alles einbohrte wie ein Nagel, sofort erkannt hatte. Der Gelähmte vom Morgen erklärte, er sei völlig geheilt, und machte sich wie ein Berserker an eine Krautsuppe, die für die Familie zu Mittag gekocht war.

Mit Blitzesschnelle verbreitete sich in der Menge das Gerücht, daß der Vater Pintot Krautsuppe äße. Die Kranken und alle die, deren Formen die Natur ein wenig abgeändert hatte, flehten die Gnade meines Onkels an. Die Mutter Pintot, ganz stolz, daß das Wunder in ihrer Familie geschehen sei, stellte meinem Onkel einen ihrer Vettern zum Ebnen vor, der eine linke Schulter hatte wie einen Schinken. Aber mein Onkel, der seinen Ruf nicht aufs Spiel setzen wollte, antwortete ihr, alles, was er tun könne, sei, den Buckel von der linken nach der rechten Schulter wandern zu lassen; dies sei übrigens ein sehr schmerzhaftes Wunder, und von zehn Buckligen fänden sich kaum zwei, die die Kraft hätten, es auszuhalten.

Dann erklärte er den Bewohnern von Moulot, daß er untröstlich sei, nicht länger bei ihnen verweilen zu können, doch wage er nicht, die Jungfrau Maria länger warten zu lassen. Und er gesellte sich seiner Schwester zu, die sich in der Schenke am Markt die Füße wärmte und inzwischen ihren Esel ein Mäßchen hatte fressen lassen.

Mein Onkel und meine Großmutter hatten die größte Mühe, sich von der Menge loszumachen, und man läutete die Glocke, solange sie auf der Landstraße in Sicht waren. Meine Großmutter zankte nicht mit Benjamin; sie war im Grunde mehr befriedigt als geärgert; die Art, wie sich Benjamin aus der Patsche gezogen hatte, schmeichelte ihrem schwesterlichen Stolze, und sie sagte sich, ein Mann wie er sei wohl der Jungfer Minxit wert, selbst mit zwei- oder dreitausend Francs Rente obendrein.

Das Signalement des Ewigen Juden und der Heiligen Jungfrau, sogar das des Esels, war schon in La Chapelle angekommen. Als sie in dem Flecken einzogen, knieten die Weiber vor den Türen ihrer Häuser, und Benjamin, der alles möglich machte, erteilte ihnen den Segen.

Sechstes Kapitel

Herr Minxit

Herr Minxit empfing meinen Onkel und meine Großmutter aufs beste. Herr Minxit war Arzt, ich weiß nicht, warum. Er hatte seine schöne Jugend nicht im Umgang mit Leichen zugebracht. Die Heilkunde war ihm eines schönen Tages im Kopf aufgeschossen wie ein Champignon; wenn er etwas von ihr verstand, so war es, weil er sie erfunden hatte. Seine Eltern hatten ihn niemals seine Reifeprüfung machen lassen; er kannte nur das Latein seiner Büchsen, und selbst wenn er nach den Etiketten gegangen wäre, hätte er oft genug Petersilie statt Schierling gegeben. Er hatte eine sehr schöne Bibliothek, aber er steckte niemals die Nase in seine Bücher. Er pflegte zu sagen, seit der Zeit, da diese Scharteken geschrieben wären, hätte sich das Temperament des Menschen geändert. Einige behaupteten sogar, daß alle diese wertvollen Werke nichts weiter seien als Pappdeckel, die wie Bücher aussahen und auf deren Rücken er in goldenen Buchstaben die berühmten Namen seiner Wissenschaft habe drucken lassen. Was sie in dieser Meinung bestärkte, war der Umstand, daß jedesmal, wenn man Herrn Minxit bat, er möge einem seine Bibliothek zeigen, er den Schlüssel verloren hatte. Übrigens war Herr Minxit ein Mann von Geist; er war mit einer guten Dosis Intelligenz begabt und hatte, in Ermangelung gedruckter Wissenschaft, viel Wissen von den Dingen des Lebens. Da er nichts gelernt hatte, so begriff er, daß er, um vorwärtszukommen, die Menge überzeugen müsse, er verstehe mehr als seine Amtsgenossen, und so gab er sich den Geheimnissen der Urinbeschau hin. Nach zwanzigjähriger Übung in dieser Wissenschaft war er dazu gelangt, die trüben von den klaren zu unterscheiden, was ihn nicht hinderte, jedem, der es hören wollte, zu sagen, er könne einen großen Mann, einen König, einen Minister an seinem Urin erkennen. Da es keine Könige, keine Minister, keine großen Männer im Umkreis gab, fürchtete er nicht, beim Wort genommen zu werden.

Herr Minxit war von eindrücklichem Gebaren. Er sprach laut, viel und unaufhaltsam; er erriet die Worte, die Eindruck auf die Bauern machen mußten, und verstand sie in seinen Wendungen gehörig ins Licht zu setzen. Er hatte das Talent, auf die Menge zu wirken; ein Talent, das in etwas Ungreifbarem besteht, das weder zu beschreiben noch zu lehren, noch nachzuahmen ist; ein unerklärliches Talent, das dem einfachen Anwender einen Strom von Batzen in seine Kasse fließen läßt, das dem großen Mann Schlachten gewinnt und Throne errichten hilft; ein Talent, das bei vielen das Genie ersetzt hat; das Napoleon von allen Menschen im höchsten Grade besaß und das ich gemeinhin Scharlatanismus nenne. Es ist nicht meine Schuld, wenn das Mittel, mit dem man Schweizerpillen verkauft, dasselbe ist, mit dem man sich einen Thron erobert. In der ganzen Umgegend wollte man nur von Herrn Minxits Hand sterben. Dieser übrigens trieb keinen Mißbrauch mit diesem Privileg, er war kein vielfältigerer Mörder als seine Amtsbrüder, nur machte er mehr Geld mit seinen Kolben in allen Farben als sie mit ihren Lebensregeln. So hatte er sich ein sehr hübsches Vermögen erworben, und übrigens hatte er auch das Talent, sein Geld auf gute Art loszuwerden. Er gab immer mit einer Miene, als ob das alles nichts kostete, und die Klienten, die ihm zuliefen, fanden stets offene Tafel.

Eigentlich mußten mein Onkel und Herr Minxit Freunde sein, sobald sie sich begegneten. Diese beiden Naturen ähnelten sich vollkommen, sie glichen sich wie zwei Weintropfen oder, um mich eines weniger unehrerbietigen Ausdrucks meinem Onkel gegenüber zu bedienen, wie zwei in derselben Form gegossene Gefäße. Sie hatten die gleichen Gelüste, den gleichen Geschmack, dieselben Leidenschaften, dieselbe Anschauungsweise, dieselben politischen Meinungen. Sie kümmerten sich beide wenig um jene tausend kleinen Zufälligkeiten, um diese tausend mikroskopischen Katastrophen, aus denen wir anderen Narren so große Schicksalsschläge machen. Wer inmitten der Jämmerlichkeiten hienieden keine Philosophie hat, ist ein Mensch, der barhäuptig durch einen Platzregen geht. Der Philosoph hingegen hat über dem Kopf einen guten Regenschirm, den er dem Wetter hinhält. Das war ihre Meinung. Sie betrachteten das Leben als eine Posse, und sie spielten ihre Rolle darin so lustig wie möglich. Sie hatten eine souveräne Verachtung für die schlechtberatenen Leute, die aus ihrem Dasein einen langen Seufzer machen. Sie wollten, daß das ihre ein frisches Lachen sei. Das Alter hatte keinen Unterschied zwischen sie gelegt, außer einigen Falten. Sie waren zwei Bäume gleicher Art, von denen der eine alt ist und der andere voll in Saft und Kraft steht, die sich aber mit den gleichen Blüten schmücken und die gleichen Früchte tragen. So brachte der künftige Schwiegervater seinem Schwiegersohn eine überströmende Freundschaft entgegen, und der Schwiegersohn hielt große Stücke auf den Schwiegervater, seine Arzneikolben ausgenommen. Nichtsdestoweniger dachte mein Onkel nur mit Widerstreben an eine Verschwägerung mit Herrn Minxit, nur vermöge eines besonderen Zwanges seiner Vernunft und um seine liebe Schwester nicht zu kränken.

Herr Minxit, weil er Benjamin liebte, fand es nur natürlich, daß dieser auch von seiner Tochter geliebt wurde. Denn jeder Vater, so gut er sein mag, liebt sich selbst in der Person seiner Kinder; er betrachtet sie als Wesen, die zu seinem Wohlbefinden beizutragen haben; wenn er sich einen Schwiegersohn wählt, so tut er das zunächst und zumeist für sich, dann erst und ein wenig für seine Tochter. Wenn er geizig ist, so überantwortet er sie einem Halsabschneider; wenn er adlig ist, so schweißt er sie an ein Wappenschild; wenn er das Schach liebt, so gibt er sie einem

Schachspieler, denn es gehört sich auf seine alten Tage, daß er jemanden hat, mit dem er seine Partie machen kann. Seine Tochter, das ist ein unteilbares Besitztum, das ihm mit seiner Frau zusammen eignet. Ob das Besitztum mit einer blühenden Hecke oder einer hohen häßlichen Steinmauer umgeben wird, ob man es Rosen oder Raps tragen läßt, das geht es nichts an. Es hat dem erfahrenen Ackerherrn, der es bebaut, nichts dreinzureden; es ist unfähig, den Samen zu wählen, der ihm am besten bekommt. Wenn nur die guten Eltern nach ihrer Seele und ihrem Gewissen die Tochter glücklich finden, das genügt. Sie mag sehen, wie sie sich schickt. Jeden Abend, wenn die Frau ihre Papilloten dreht und der Mann seine Nachtmütze aufsetzt, beglückwünschen sie sich gegenseitig, ihr Kind so gut verheiratet zu haben. Sie liebt ihren Mann nicht, aber sie wird sich daran gewöhnen, ihn zu lieben: mit Geduld geht alles. Sie wissen nicht, was das für eine Frau bedeutet, ein Mann, den sie nicht hebt: das ist ein brennender Splitter, den sie nicht aus ihrem Auge reißen kann, ein tobender Zahnschmerz, der ihr nicht einen Augenblick Ruhe läßt. Einige töten sich in ihrem Schmerz, andere gehen anderswo die Liebe suchen, die sie bei dem Kadaver, an den man sie gekettet hat, nicht finden. Diese lassen dann wohl sachte ein Quentchen Arsenik in die Suppe des glücklichen Gatten gleiten und setzen auf sein Grab die Inschrift, er hinterlasse eine untröstliche Witwe. Das ist es, was aus der angemaßten Unfehlbarkeit und dem verkappten Egoismus der lieben Eltern herauskommt.

Wenn das junge Mädchen einen Affen heiraten wollte, der als Mensch und Franzose naturalisiert ist, so würden Vater und Mutter dazu ihre Einwilligung verweigern, und sicher müßte Jocko ihnen eine notarielle Abforderung zustellen lassen. Ihr sagt natürlich: die guten Eltern, sie wollen nicht, daß ihre Tochter sich unglücklich macht. Ich sage: abscheuliche Egoisten. – Nichts ist lächerlicher, als eure Empfindungsweise an die Stelle einer fremden zu setzen: das besagt, euern Organismus dem fremden unterschieben wollen. Der Mann hier will sterben: er wird seine Gründe dafür haben. Das Fräulein hier will einen Affen heiraten: sie hat eben einen Affen lieber als einen Menschen. Warum ihr die Möglichkeit nehmen, nach ihrer Vorstellung glücklich zu werden? Wer hat das Recht, wenn sie sich glücklich fühlt, ihr vorzuhalten, sie sei es nicht? Der Affe wird sie kratzen, wenn er sie liebkost. Was tut das euch? Sie zieht es vor, gekratzt zu werden als geliebkost. Und übrigens, wenn sie der Mann kratzt, so ist es doch nicht die Backe der Mama, die davon blutet. Wer findet etwas darin, daß die Wasserjungfer lieber im Schilf umherflattert als in den Rosenbeeten? Wirft der Hecht seinem Gevatter, dem Aal, vor, daß er sich immer im Grundwasser aufhält, anstatt in das fließende Wasser zu kommen, das an der Oberfläche des Flusses seine Strudel dreht?

Wißt ihr, warum jene guten Eltern ihrer Tochter und deren Jocko ihren Segen verweigern? Der Vater, weil er einen Schwiegersohn will, der zumindest Wähler ist, damit er sich mit ihm über Literatur und Politik unterhalten kann; die Mutter, weil sie einen hübschen jungen Mann braucht der ihr den Arm reicht, der sie ins Schauspiel führt und der sie auf der Promenade begleitet. –

Nachdem Herr Minxit mit Benjamin einigen seiner besten Flaschen den Hals gebrochen hatte, führte er ihn im Hause herum, im Keller, in den Speichern, in den Ställen; er spazierte mit ihm in seinem Garten umher und nötigte ihn zu einem Rundgang um eine große Wiese, die eine lebendige Quelle durchlief und die mit Obstbäumen bepflanzt war; sie erstreckte sich hinter dem Wohnhause, und an ihrem Ende bildete der Bach einen Fischweiher. Das alles war sehr verlockend; aber unglücklicherweise gewährt das Schicksal nichts umsonst, und als Gegenleistung für all die schönen Dinge hieß es die Jungfer Minxit ehelichen.

Im ganzen genommen, war die Jungfer Minxit so gut wie eine andere; sie war wirklich nicht mehr als zwanzig Zoll zu lang; sie war weder braun noch weiß, weder blond noch rot, weder dumm noch geistreich. Sie war ein Frauenzimmer, wie es fünfundzwanzig unter dreißig gibt; sie wußte sehr gebührlich über tausend kleine unbedeutende Dinge zu reden und bereitete treffliche Rahmkäse. Sie selber war meinem Onkel viel weniger zuwider als die Heirat im allgemeinen; und wenn sie ihm von Anfang an mißfiel, so war es, weil er sie unter der Form einer schweren Kette sah.

»Nun hast du meinen Besitz gesehen«, sagte Herr Minxit; »wenn du erst mein Schwiegersohn bist, wird er uns gemeinsam gehören, und wenn ich nicht mehr bin...«

»Verstehen wir uns recht«, warf mein Onkel ein, »sind Sie auch sicher, daß Arabella keinerlei Abneigung gegen diese Heirat hat?«

»Warum sollte sie? Du läßt dir nicht Gerechtigkeit widerfahren, Benjamin. Bist du nicht einer der hübschesten Burschen? bist du nicht liebenswürdig, wenn du willst und wann du willst, und bist du nicht ein Mann von Geist obendrein?«

»Es ist etwas Wahres an dem, was Sie sagen, Herr Minxit, aber die Weiber sind launenhaft, und ich habe mir sagen lassen, die Jungfer Arabella habe eine Neigung zu einem Edelmann hierherum, einem gewissen von Brückenbruch.«

»Ein Junker«, sagte Minxit, »eine Art von Schloßkompanieoffizier, der in teuern Pferden und gestickten Fräcken die schönen Domänen verzehrt hat, die ihm von seinem Vater hinterlassen waren! Er hat bei mir, die Wahrheit zu sagen, um Arabella angehalten, aber ich habe ihn mit seiner Werbung gehörig abfahren lassen; in weniger als zwei Jahren hätte er mein Vermögen aufgefressen. Du begreifst, daß ich meine Tochter keinem derartigen Wesen geben konnte. Zudem ist er duellwütig. Eines Tages würde er, so als Entschädigung, Arabella von seiner adligen Person befreit haben.«

»Sie haben recht, Herr Minxit; aber wenn Arabella dieses Wesen nun liebt...«

»Pfui, Benjamin! Arabella hat zuviel von meinem Blut in ihren Adern, um sich in einen Vicomte zu vernarren. Was ich brauche, ist ein Kind des Volkes, einen Mann wie du, Benjamin, mit dem ich lachen kann, trinken und philosophieren; einen tüchtigen Arzt, der mit mir meine Kundschaft bearbeitet und durch sein Wissen das ersetzt, was uns die Urinbeschau nicht enthüllen kann.«

»Einen Augenblick«, sagte mein Onkel, »ich erkläre Ihnen, im voraus, Herr Minxit, daß ich nicht Urin beschauen will.«

»Und warum das, mein Herr, warum wollen Sie nicht Urin beschauen? Pah, Benjamin, es war ein Mann von großem Verstand, jener Kaiser, der zu seinem Sohn sagte: ›Riechen diese Goldstücke etwa nach Urin?‹ Wenn du wüßtest, wieviel Geistesgegenwart, Einbildungskraft, Scharfblick und selbst Logik das Urinbeschauen erfordert, du wolltest dein Lebtag kein anderes Handwerk treiben. Man wird dich vielleicht einen Scharlatan nennen; aber was ist ein Scharlatan? Ein Mann, der mehr Geist besitzt als die Menge. Und ich frage dich, ist es der gute Wille, ihre Kunden zu täuschen, der den meisten Ärzten fehlt, oder der dazu nötige Witz? – Halt, da kommt mein Pfeifer, der mir wahrscheinlich die Ankunft eines Urinkolbens meldet. Ich werde dir gleich eine Probe meiner Kunst geben.«

»Nun, Pfeifer«, sagte Herr Minxit zu dem Musikanten, »was gibt es Neues?«

»Es ist ein Bauer, da, der Sie konsultieren will.«

»Und Arabella, hat sie ihn schon schwatzen lassen?«

»Jawohl, Herr Minxit; er bringt Ihnen Urin von seiner Frau, die auf einem Treppenabsatz gefallen und vier oder fünf Stufen heruntergerollt ist. Jungfer Arabella erinnert sich der Zahl nicht genau.«

»Teufel«, sagte Herr Minxit, »das ist sehr ungeschickt von Arabella! Einerlei, ich werde dem abhelfen. Benjamin, geh in die Küche, und erwarte mich mit dem Bauern; es wird dir aufgehen, was das ist, ein Arzt, der Urin beschaut.«

Herr Minxit trat durch die kleine Gartentür in sein Haus zurück, und fünf Minuten später erschien er in der Küche, erschöpft und durchfroren, eine Reitpeitsche in der Hand und in einem Mantel, bespritzt bis an den Kragen.

»Uff«, sagte er und warf sich auf einen Stuhl, »was für entsetzliche Wege! Ich bin fertig! Ich habe heute vormittag mehr als fünfzehn Meilen gemacht; man ziehe mir schleunigst die Stiefel aus und wärme mir mein Bett!«

»Herr Minxit, ich bitte Sie!« sagte der Bauer, indem er ihm seinen Kolben hinreichte.

»Geh zum Teufel«, sagte Minxit, »mit deinem Kolben! Du siehst doch, daß ich nicht mehr kann. So seid ihr aber alle; immer gerade, wenn ich von über Land komme, kommt ihr mich konsultieren.«

»Vater«, sagte Arabella, »der Mann ist auch müde; nötigen Sie ihn nicht, morgen noch einmal den Weg zu machen.«

»Na denn, laß deinen Kolben sehen«, sagte Herr Minxit äußerst mißvergnügt, und sich dem Fenster nähernd: »das ist Urin von deiner Frau, ist's nicht so?«

»Das ist wahr, Herr Minxit«, sagte der Bauer.

»Sie ist gefallen«, fuhr der Arzt fort, indem er das Glas aufs neue betrachtete.

»Ganz richtig, man kann es nicht genauer erraten.«

»Auf einer Vortreppe, nicht wahr?«

»Aber Sie sind wirklich ein Hexenmeister, Herr Minxit.«

»Und sie ist vier Stufen hinuntergerollt.«

»Diesmal sind Sie nicht ganz dabei, Herr Minxit; sie ist volle fünf hinuntergerollt.«

»Geh doch, das ist unmöglich; zähle die Stufen deiner Treppe noch einmal, und du wirst sehn, daß es nicht mehr als vier sind.«

»Ich versichere, Herr, daß es fünf sind und daß sie keine ausgelassen hat.«

»Das ist erstaunlich«, sagte Herr Minxit und untersuchte das Glas von neuem, »hier sind nur vier Stufen drin. Da fällt mir ein; hast du mir allen Urin gebracht, den deine Frau dir gab?«

»Ich habe etwas weggeschüttet, weil das Glas zu voll war.«

»Nun wundre ich mich nicht mehr, wenn ich nicht meine Rechnung fand; da haben wir ja das Defizit; es ist die fünfte Stufe, die du weggegossen hast, Tolpatsch! Also werden wir deine Frau behandeln als fünf Stufen von einer Vortreppe herabgefallen.« Und er gab dem Bauern fünf kleine Päckchen und ebensoviel Arzneiflaschen, alles mit lateinischen Zetteln.

»Ich hätte geglaubt«, sagte mein Onkel, »Sie würden ihr zunächst einen gehörigen Aderlaß verordnen.«

»Wenn es ein Sturz vom Pferde gewesen wäre, vom Baum, auf der Straße, ja; aber ein Sturz auf einer Vortreppe wird immer so behandelt.«

Nach dem Bauer kam ein junges Mädchen.

»Nun, wie geht es deiner Mutter?« fragte der Doktor.

»Viel besser, Herr Minxit; aber sie kommt nicht wieder zu Kräften, und ich möchte fragen, was sie tun soll.«

»Du fragst mich, was man mit ihr tun soll, und ich wette, ihr habt keinen Heller, um Kräftigungsmittel anzuschaffen!«

»Ach ja, lieber Herr Minxit, denn mein Vater hat seit acht Tagen keine Arbeit.«

»Warum, zum Teufel, läßt sich dann die Mutter einfallen, krank zu werden?«

»Seien Sie nicht in Sorge, Herr Minxit; sobald mein Vater wieder Arbeit hat, werden wir Ihre Besuche bezahlen; er hat mir besonders aufgetragen, Ihnen das zu sagen.«

»Gut, das ist eine weitere Dummheit! Er ist doch verrückt, dein Vater, mir meine Besuche bezahlen zu wollen, wenn er nicht einmal Brot hat!... Für wen hält er mich denn, dein Schwachkopf von Vater? Du kommst heute abend mit deinem Esel und holst dir einen Sack Mehl in meiner Mühle und einen Korb alten Wein, und ein Hammelviertel nimmst du gleich mit; das ist's für den Augenblick, was deine Mutter braucht. Wenn in zwei oder drei Tagen ihre Kräfte nicht wiederkehren, läßt du mich's wissen. Geh, mein Kind.«

»Nun«, sagte Minxit zu Benjamin, »wie findest du die Urinheilkunst?«

»Sie sind ein braver und edler Mann, Herr Minxit, das entschuldigt Sie. Aber Teufel, Sie werden mich nie herumkriegen, einen Sturz von der Treppe anders zu behandeln als mit einem Aderlaß.«

»Dann bist du nicht mehr als ein Rekrut in der Kunst; du weißt also nicht, daß der Bauer Arzneien haben muß, sonst glaubt er, du vernachlässigst ihn? Gut denn: du wirst also nicht Urin beschauen; das ist schade, denn du hättest ein hübsches Bild abgegeben.«

Siebtes Kapitel

Was an Herrn Minxits Tafel gesprochen wurde

Die Stunde des Mittagessens kam heran, Obwohl Herr Minxit außer den uns schon bekannten Personen nur wenige Gäste geladen hatte, den Pfarrer nämlich, den Amtsschreiber und einen Kollegen aus der Nachbarschaft, so war seine Tafel doch mit einer Fülle von Enten und Hühnern besetzt, von denen die einen in majestätischer Unversehrtheit in ihrer Sauce ruhten, die anderen ihre ausgerenkten Glieder symmetrisch über die Ellipse ihrer Schüssel ausbreiteten. Dazu gab es einen Wein von einer bestimmten Lage in Trucy, deren Reben, trotz der über unsre Weinberge wie unsre Gesellschaft hingegangenen Gleichmacherei, ihren angestammten Adel bewahrt haben und sich eines wohlverdienten Rufes erfreuen. »Aber«, sagte mein Onkel zu Herrn Minxit beim Anblick dieses homerischen Überflusses, »das ist ja ein ganzer Hühnerhof; damit könnte man eine Schwadron Dragoner nach dem großen Manöver satt machen. Erwarten Sie etwa unsern Freund Arthus?«

»Dann hätte ich einen Bratspieß mehr beisetzen lassen«, antwortete Herr Minxit lachend. »Aber wenn wir mit alledem nicht fertig werden, finden sich schon Leute, die unsere Unzulänglichkeit in Vollendung umsetzen; und meine Offiziere, nämlich meine Musik, und die Kunden, die mir morgen ihre Gläser bringen, muß ich nicht auch an sie denken? Mein Grundsatz ist: Wer nur für sich allein Essen bereiten läßt, ist nicht würdig zu essen.«

»Das ist richtig«, entgegnete Benjamin. Und nach dieser philosophischen Bemerkung hieb er auf die Hühner des Herrn Minxit ein, als ob er ihr persönlicher Feind gewesen wäre.

Die Gäste gefielen einander; übrigens gefiel mein Onkel jedermann, und jedermann gefiel ihm. Sie genossen ungezwungen und recht geräuschvoll der überfließenden Gastfreundschaft des Herrn Minxit. »Pfeifer«, sagte dieser zu einem der Diener, die bei Tafel servierten, »laß Burgunder bringen und sage der Musik, sie soll anrücken mit Pauken und Trompeten; die Bezechten nicht ausgenommen.« Die Musik kam bald und stellte sich längs des Saales auf. Nachdem Herr Minxit einigen Flaschen Burgunder den Hals klar gemacht hatte, hob er feierlich sein volles Glas: »Meine Herren«, sagte er, »auf das Wohl des Herrn Benjamin Rathery, des ersten Arztes der Amtmannschaft; ich stelle ihn Ihnen als meinen Schwiegersohn vor und bitte Sie, ihn zu lieben, wie Sie mich lieben. – Vorwärts, Musik!«

Darauf erschütterte ein Höllenlärm von Pauken und Becken, Trompeten und Triangeln, Pfeifen und Klarinetten den Saal, und mein Onkel sah sich genötigt, für die Mitgäste um Gnade zu bitten.

Diese etwas verfrühte und förmliche Veröffentlichung ließ die Jungfer Minxit den Mund verziehen und ein langes Gesicht machen. Benjamin, der andre Dinge zu tun hatte, als Epiloge zu halten auf das, was um ihn vorging, merkte von nichts; aber dieses Zeichen von Widerwillen entging meiner Großmutter nicht. Ihre Eigenliebe war schwer verwundet; denn wenn Benjamin nicht für jedermann der hübscheste Bursch im Lande war, so war er es zum mindesten für seine Schwester. Sie dankte zwar Herrn Minxit für die Ehre, die er ihrem Bruder antue, fügte aber, indem sie auf jeder Silbe herumbiß, als ob sie die arme Arabella zwischen den Zähnen hätte, hinzu, der hauptsächliche, ja der einzige Grund, der Benjamin bestimmt habe, eine Verschwägerung mit Herrn Minxit anzustreben, sei die hohe Wertschätzung, dessen sich dieser in der ganzen Gegend erfreue.

Benjamin glaubte, seine Schwester habe eine Dummheit gesagt, und beeilte sich fortzufahren: »Und auch die Anmut und Reize jeder Art, mit denen Jungfer Arabella so verschwenderisch ausgestattet ist und die dem glücklichen Sterblichen, der ihr Gatte sein wird, Tage von Gold und Seide durchwirkt versprechen.« Dann, um die Gewissensbisse über dieses traurige Kompliment, das einzige, das er bis jetzt für die Jungfer Minxit aufgebracht und das zu machen ihn erst seine Schwester genötigt hatte, zu ersticken, machte er sich daran, mit wütendem Heißhunger einen Hühnerschenkel zu verschlingen, und leerte in einem Zuge ein großes Glas Burgunder.

Da drei Ärzte beisammen waren, mußte das Gespräch auf die Medizin kommen, und es kam darauf.

»Sie sagten eben, Herr Minxit«, begann Fata, »daß Ihr Schwiegersohn der erste Arzt der Amtmannschaft sei. Ich bestreite das nicht für mich – obgleich man gewisse Kuren gemacht hat –; aber was halten Sie von Doktor Arnold in Clamecy?«

»Fragen Sie das Benjamin«, sagte Herr Minxit, »er kennt ihn besser als ich.«

»Oh, Herr Minxit«, antwortete mein Onkel, »ein Konkurrent!«

»Was tut das? Hast du es nötig, deine Konkurrenten schlechtzumachen? Sage, was du von ihm hältst, schon Fata zu Gefallen.«

»Da Ihr es wollt: ich meine, daß der Doktor Arnold eine prächtige Perücke hat.«

»Und warum«, fragte Fata, »soll ein Arzt mit Perücke nicht soviel taugen wie ein Arzt mit Zopf?«

»Die Frage ist um so heikler, als Sie selbst eine Perücke tragen, Herr Fata; aber ich will versuchen, mich zu erklären, ohne jemandes Eigenliebe zu verletzen, wer es auch immer sei.

Da ist zum Beispiel ein Arzt, der den Kopf voll von Kenntnissen hat, der alle medizinischen Abhandlungen in sich hineingeladen hat, der weiß, von welchen griechischen Worten die Namen der fünf- oder sechshundert Krankheiten kommen, mit denen unsre arme Menschlichkeit behaftet ist. Gut! Wenn er nun einen beschränkten Verstand hat, möchte ich ihm nicht meinen kleinen Finger zum Heilen anvertrauen, ich würde einem intelligenten Schwindler den Vorzug geben; denn die Wissenschaft jenes andern taugt soviel wie eine Laterne, in der kein Licht brennt. Man hat gesagt: der Grund und Boden ist soviel wert, wie der Mann wert ist; man hätte dasselbe Recht zu sagen: die Wissenschaft ist soviel wert, wie der Mann wert ist; und das gilt besonders von der Medizin, die eine Wissenschaft der Mutmaßung ist. Da heißt es, die Ursachen aus zweideutigen und unsicheren Wirkungen zu erraten. Dieser Puls, der unter dem Finger eines Dummkopfs stumm bleibt, spricht zu dem Mann von Geist in den wunderbarsten Aufschlüssen. Glaubt nur, zwei Dinge vor allen sind unerläßlich, um in der Medizin Erfolg zu haben, und diese beiden Dinge lassen sich nicht erlernen: Scharfsinn und Verstand.«

»Du vergißt«, sagte Herr Minxit lachend, »Pauken und Trompeten.«

»Halt«, rief Benjamin, »bei Euern Pauken und Trompeten kommt mir ein vortrefflicher Gedanke: Hätten Sie nicht in Ihrem Musikkorps eine Stelle frei?«

»Für wen denn?« fragte Herr Minxit.

»Für einen alten Sergeanten meiner Bekanntschaft und einen Pudel«, antwortete Benjamin.

»Und auf welchem Instrument wissen sich deine beiden Schützlinge zu verlautbaren?«

»Ich weiß es nicht«, sagte Benjamin; »auf welchem Sie wollen, vermutlich.«

»Wir können immer deinen alten Sergeanten meine vier Pferde striegeln lassen, bis mein Kapellmeister ihn in irgendeinem Instrument auf dem laufenden hat; oder er mag meine Drogen stoßen.«

»Wenn sie so wollen«, sagte mein Onkel, »so können wir ihn noch vorteilhafter verwenden. Er hat ein Gesicht, verbrutzelt wie ein Huhn, das vom Bratspieß kommt; man möchte meinen, er hätte sein ganzes Leben nichts anderes getan als den Äquator hin und her passiert; man könnte ihn für den Tropenmann in Person halten; dabei ist er trocken wie ein alter ausgebrannter Knochen. Wir werden also sagen, es wäre dies ein Subjekt, dem wir das Schmalz ausgezogen hätten, um unsre Pomaden daraus zu bereiten; das wird sich besser vertreiben als Bärenfett. Oder wir geben ihn für einen alten Nubier von hundertvierzig Jahren aus, der seine Tage bis zu diesem außerordentlichen Alter durch ein Lebenselixier verlängert hat, dessen Geheimnis er uns gegen eine lebenslängliche Pension abgetreten haben muß. Dieses kostbare Elixier nun verkaufen wir für die Kleinigkeit von fünfzehn Sous die Flasche. Das lohnt nicht die Mühe, sich darum zu drücken.«

»Donnerwetter!« sagte Herr Minxit, »ich sehe, du verstehst dich auf die Medizin mit großem Orchester; schicke mir deinen Mann, wann du willst; ich nehme ihn in meinen Dienst, sei es als Nubier, sei es als ausgebratenen Alten.«

In diesem Augenblick trat ein Bedienter ganz aufgeregt in den Saal und sagte zu meinem Onkel, es seien einige zwanzig Weiber unten, die seinem Esel den Schwanz auszupfen, und als er sie habe mit Peitschenhieben auseinanderjagen wollen, hätten sie ihn beinahe in Stücke gerissen mit ihren scharfen Nägeln.

»Ich sehe, was das ist«, sagte mein Onkel und lachte hellauf; »sie reißen dem Esel der Muttergottes die Haare aus, um Reliquien daraus zu machen.«

Herr Minxit wollte die Angelegenheit erklärt haben.

»Meine Herren«, rief er, als mein Onkel seinen Bericht beendet hatte, »wir sind gottlos, wenn wir Benjamin nicht anbeten. Pfarrer, Sie müssen aus ihm einen Heiligen machen!«

»Ich protestiere«, sagte Benjamin; »ich will nicht ins Paradies eingehen, denn ich würde keinen von euch dort treffen.«

»Ja, lachen Sie nur, meine Herren«, sagte meine Großmutter, die gleichwohl selber hatte lachen müssen, »da gibt's für mich nichts zu lachen; das ist immer das Ende von Benjamins schlechten Späßen: Herr Durand wird uns seinen Esel bezahlen lassen, wenn wir ihn nicht wieder so abgeben, wie er ihn uns anvertraut hat.«

»In jedem Fall«, sagte mein Onkel, »kann er uns immer nur den Schwanz bezahlen lassen. Der Mann, der mir den Wedel abgeschnitten hätte – und mein Wedel ist sicherlich, ohne ihm zu schmeicheln, soviel wert wie der von Herrn Durands Esel –, wäre der vor Gericht ebenso schuldig, als wenn er mich ganz umgebracht hätte?«

»Sicher nicht«, sagte Herr Minxit, »und wenn ich dir meine Meinung darüber sagen soll, so würde ich dich um deswillen nicht einen Pfifferling weniger einschätzen.«

Unterdessen füllte sich der Hof mit Weibern, die eine respektvolle Haltung zur Schau trugen, wie man sie um eine zu enge Kapelle herum sieht, während das Hochamt gehalten wird, und viele lagen auf den Knien.

»Ihr müßt uns diese Leute vom Hals schaffen«, sagte Minxit zu Benjamin.

»Nichts leichter als das«, antwortete dieser. Er ging hierauf ans Fenster und sagte zu den guten Leuten, sie hätten alle Zeit, die Heilige Jungfrau zu sehen, da sie zwei Tage bei Herrn Minxit Rast zu machen beabsichtige und am kommenden Sonntag nicht verfehlen werde, der großen Messe beizuwohnen. Auf diese Versicherung zog sich das Volk befriedigt zurück.

»Das sind freilich Beichtkinder«, sagte der Pfarrer, »die mir nicht viel Ehre machen; ich muß am Sonntag in meiner Predigt ein Wörtchen mit ihnen reden. Wie kann man so beschränkt sein, den kotigen Schwanz eines Esels für einen heiligen Gegenstand zu halten!«

»Aber, Pfarrer«, antwortete Benjamin, »Sie, der Sie bei Tische so Philosoph sind, haben Sie nicht in Ihrer Kirche zwei oder drei Knochen, so weiß wie Papier, die unter Glas gehalten werden und die Sie die Überreste des heiligen Moritz nennen?«

»Das sind recht ausgemergelte Reliquien«, fuhr Herr Minxit fort; »es ist mehr als fünfzig Jahre her, daß sie kein Wunder getan haben. Der Herr Pfarrer täte gut daran, sich ihrer zu entledigen und sie zu verkaufen, um Beinschwarz daraus zu brennen. Ich würde sie selbst nehmen, um Album graecum daraus zu machen, wenn er sie mir billig ließe.«

»Was ist das, Album graecum?« fragte meine Großmutter naiv.

»Madame«, erklärte Herr Minxit, indem er sich verneigte, »das ist Griechisch-Weiß; ich bedaure, Ihnen nicht mehr sagen zu können.«

»Was mich betrifft«, sagte der Amtsschreiber, ein kleiner Alter in weißer Perücke, dessen Auge voll von Leben und Spottlust war, »ich mache dem Pfarrer den bevorzugten Platz, den er den Schienbeinknochen des heiligen Moritz in seiner Kirche gegeben hat, nicht zum Vorwurf. Der heilige Moritz, das steht außer Zweifel, hatte Schienbeinknochen zu seinen Lebzeiten. Warum sollen sie nicht ebensogut hier sein wie anderswo? Ich wundere mich sogar, daß die Kirche nicht die Reitstiefel unseres Schutzpatrons besitzt. Aber ich möchte, der Herr Pfarrer wäre seinerseits toleranter und machte seinen Pfarrkindern den Glauben nicht zum Vorwurf, den sie dem Ewigen Juden entgegenbringen. Nicht genug zu glauben ist ebenso ein Zeichen von Unwissenheit, als zuviel zu glauben.«

»Wie«, versetzte darauf lebhaft der Pfarrer, »Sie, Herr Amtsschreiber, Sie glaubten an den Ewigen Juden?«

»Warum sollte ich nicht ebensogut an ihn glauben wie an den heiligen Moritz?«

»Und Sie, Herr Doktor«, wandte sich der Pfarrer an Fata, »glauben Sie an den Ewigen Juden?«

»Hm, hm!« machte dieser, während er eine große Prise Tabak in die Nase zog.

»Und Sie, verehrter Herr Minxit?«

»Ich«, unterbrach ihn Herr Minxit, »ich denke wie mein Amtsbruder, außer daß ich mir statt einer Prise Tabak ein Glas Wein zu Gemüte führe.«

»Sie aber wenigstens, Herr Rathery, der Sie für einen Philosophen gelten, Sie tun doch, hoffe ich, dem Ewigen Juden nicht die Ehre an, an seine ewigen Wanderungen zu glauben?«

»Warum nicht?« sagte mein Onkel, »Sie glauben doch auch an Jesus Christus!«

»Oh, das ist etwas anderes!« antwortete der Pfarrer. »Ich glaube an Jesum Christum, weil weder seine Existenz noch seine Göttlichkeit in Zweifel gezogen werden kann; weil die Evangelisten, die seine Geschichte geschrieben haben, glaubwürdige Männer sind; weil sie sich nicht täuschen konnten; weil sie kein Interesse hatten, ihre Nächsten zu täuschen, und weil, selbst wenn sie es gewollt hätten, der Betrug sich nicht hätte ausführen lassen.

Wenn die von ihnen verzeichneten Begebenheiten erfunden wären, wenn das Evangelium, wie der Telemach, nur eine Art von philosophisch-religiösem Roman wäre, so würde beim Erscheinen dieses verhängnisvollen Buches, das Verwirrung und Zwietracht über die ganze Oberfläche der Erde verbreiten sollte; das den Gatten von der Gattin, die Kinder von ihren Eltern trennte; das die Armut wieder zu Ehren brachte; das den Sklaven und den Herrn gleich machte; das gegen alle geltenden Vorstellungen verstieß; das alles ehrte, was bis dahin verachtet war, und alles, was verehrt war, ins höllische Feuer warf; das die alte Religion der Heiden niederriß und auf ihren Trümmern an Stelle der Altäre den Galgen eines armen Zimmermannssohnes aufrichtete...«

»Herr Pfarrer«, sagte Herr Minxit, »Ihre Periode ist zu lang; Sie sollten sie mit einem Glas Wein verschneiden.«

Der Pfarrer trank also ein Glas Wein und fuhr fort: »Bei Erscheinen dieses Buches, sage ich, hätten die Heiden einen gewaltigen Schrei der Entrüstung ausgestoßen, und die Juden, die es des größten Verbrechens anklagte, das ein Volk begehen kann, nämlich eines Gottesmordes, hätten es mit ihrem ewigen Einspruch verfolgt.«

»Aber«, sagte mein Onkel, »der Ewige Jude hat eine Autorität für sich, die nicht weniger Gewicht hat als das Evangelium, das ist die Reimchronik der Bürger von Brüssel in Brabant, die ihm unter den Toren ihrer Stadt begegneten und ihn mit einem Krug frischen Biers regalierten.

Die Evangelisten sind glaubwürdige Männer, zugegeben. Aber, wirklich, abgesehen von ihrer Begeisterung, was waren diese Evangelisten? Geringe Leute, Leute, die nicht Haus und Herd hatten, die keine Steuern zahlten und die heute der Staatsanwalt wegen Landstreicherei verfolgen würde. Die Bürger von Brüssel dagegen waren eingesessene Leute, Männer, die ihren Giebel nach der Straße hatten; mehrere, ich bin dessen sicher, waren

Syndikusse und Kirchenvorsteher. Wenn die Evangelisten und Bürger von Brüssel einen Streit vor Gericht haben könnten, bin ich gewiß, daß der Richter den Bürgern von Brüssel den Eid zuerkennen würde.

Die Bürger von Brüssel konnten sich nicht täuschen; denn am Ende ist ein Bürger kein Lebkuchenmann, kein Flederwisch; und es ist nicht schwerer, einen Greis von vor siebzehnhundert Jahren von einem heutigen zu unterscheiden als diesen von einem fünfjährigen Kind.

Die Bürger von Brüssel hatten keinerlei Interesse, ihre Mitbürger zu täuschen; es ging sie wenig an, ob es einen Menschen gäbe, der ewig wandert, oder ob es keinen solchen Menschen gäbe; und welche Ehre konnte es ihnen einbringen, mit dem Superlativ der Vagabunden an demselben Biertisch gesessen zu haben? mit einer Art von Gezeichnetem, hundertmal verächtlicher als ein Galeerensträfling, vor dem ich wenigstens nicht meinen Hut ziehen würde, frisches Bier getrunken zu haben? Ja, wenn man es recht nimmt, so haben sie mit der Veröffentlichung ihrer Reimchronik mehr gegen ihr Interesse als für dasselbe gehandelt; denn dieses Stück Reimerei ist nicht derart, um eine hohe Meinung von ihren poetischen Gaben aufkommen zu lassen. Und der Schneider Millot-Rataut, dessen große Christlitanei ich so manches Mal in der Umarmung eines Stückes Briekäse überraschte, ist ein Virgil im Vergleich mit ihnen.

Die Bürger von Brüssel hätten ihre Mitbürger nicht täuschen können, selbst wenn sie gewollt hätten. Wenn die in ihrer Reimchronik besungenen Taten erfunden wären, so hätten bei Erscheinen dieser Schrift die Einwohner von Brüssel Einspruch erhoben; die Polizei hätte in ihren Registern nachgeschlagen, ob ein Herr Isaak Laquedem an dem und dem Tage durch Brüssel gekommen sei, und sie hätte Einspruch erhoben. Die Schuhmacher, deren ehrbare Zunft durch das brutale Verfahren des Ewigen Juden, der selbst den Pechdraht zog, auf immer entehrt war, hätten nicht verfehlt, Einspruch zu erheben; mit einem Wort, es hätte ein Einspruchskonzert gegeben, um die Türme der Hauptstadt von Brabant zusammenstürzen zu lassen.

Ferner hat in Anschauung der Glaubwürdigkeit die Reimchronik vom Ewigen Juden beträchtliche Vorzüge gegenüber dem Evangelium; sie ist keineswegs wie ein Meteorstein vom Himmel gefallen, sie hat ein bestimmtes Datum. Das erste Exemplar wurde in der Königlichen Bibliothek niedergelegt, recht- und ordnungsmäßig mit dem Namen des Druckers und der Angabe seines Wohnorts versehen. Das Evangelium dagegen hat kein Datum. Der Brüsseler Reimchronik ist das Porträt des Ewigen Juden beigefügt: im Dreispitz, polnisch verschnürtem Rock, hohen Stiefeln und mit einem mächtig langen Wanderstab, wogegen keine Denkmünze das Bildnis Jesu Christi bis auf uns gebracht hat. Die Reimchronik vom Ewigen Juden ist in dem Jahrhundert der Aufklärung und Forschung geschrieben, das eher geneigt ist, seine Glaubensgebiete zu beschneiden, als ihnen noch etwas zuzufügen; das Evangelium dagegen ist plötzlich in Erscheinung getreten wie eine Fackel, man weiß nicht, von wem entzündet, inmitten der Finsternis eines dem gröblichsten Aberglauben hingegebenen Zeitalters, bei einem in tiefster Unwissenheit versunkenen Volke, dessen Geschichte nur eine lange Folge von Taten des Aberglaubens und der Barbarei ist.«

»Erlauben Sie, Herr Benjamin«, bemerkte der Notar, »Sie haben gesagt, daß die Bürger von Brüssel sich nicht über die Identität des Ewigen Juden täuschen konnten; und doch haben die Einwohner von Moulot Sie heute morgen für den Ewigen Juden gehalten; Sie haben sogar, in dieser Eigenschaft, in Gegenwart des ganzen Volkes von Moulot ein authentisches Wunder getan. Ihre Beweisführung hinkt also auf der einen Seite, und Ihre Regeln für die historische Gewißheit sind keineswegs unfehlbar.«

»Dieser Einwand ist gewichtig«, sagte Benjamin und kratzte sich hinterm Ohr; »ich gebe zu, daß ich ihn nicht entkräften kann; aber er findet ebensowohl auf den Jesus Christus des Herrn Pfarrers wie auf meinen Ewigen Juden Anwendung.«

»Was heißt das?« unterbrach meine Großmutter, die immer auf die Sache losging, »ich hoffe, daß du an Jesus Christus glaubst, Benjamin!«

»Ohne Zweifel, liebe Schwester, glaube ich an Jesus Christus. Ich glaube um so fester daran, als ohne den Glauben an seine Göttlichkeit man auch nicht an das Dasein Gottes glauben kann, da die einzigen Beweise, die es für das Dasein Gottes gibt, die Wunder Jesu Christi sind. Aber, potz Wetter! das hindert mich nicht, an den Ewigen Juden zu glauben; oder, um es deutlicher zu sagen, soll ich euch erklären, was für mich der Ewige Jude ist?

Der Ewige Jude ist das Abbild des jüdischen Volkes, von irgendeinem unbekannten Dichter aus dem Volke auf die Wände einer Hütte gezeichnet. Diese Symbolik ist so schlagend, daß man ein Kind sein müßte, um sie zu verkennen.

Der Ewige Jude hat kein Dach, keinen Herd, keinen Wohnsitz vor dem Gesetz und der Politik: das jüdische Volk hat kein Vaterland.

Der Ewige Jude muß wandern ohne Rast, ohne Ruh, ohne Atem schöpfen zu dürfen; – was für ihn in seinen hohen Reiterstiefeln sehr ermüdend sein muß. Er hat schon siebenmal den Weg rund um die Welt gemacht.

Das jüdische Volk ist nirgends als solches fest eingesessen; es wohnt überall und nirgendwo; es kommt und geht unaufhörlich wie die Wellen des Ozeans, und so hat es selbst, wie ein Schaum, der auf der Oberfläche der Nationen schwimmt, wie ein vom Strom der Zivilisation fortgetragener Strohhalm, schon viele Male die Reise um die Welt gemacht.

Der Ewige Jude hat beständig seine fünf Sous in der Tasche. Das jüdische Volk, obwohl unaufhörlich mißhandelt und an Hab und Gut geschädigt, kam immer wieder, wie ein Kork aus der Tiefe des Wassers an die Oberfläche, zu Wohlstand. Sein Reichtum wächst aus sich selbst heraus.

Der Ewige Jude kann nie mehr als fünf Sous auf einmal ausgeben. Das jüdische Volk, immer genötigt, seinen Reichtum geheimzuhalten, wurde knauserig und sparsam: es verschwendet nicht.

Die Strafe des Ewigen Juden ist ewig. Das jüdische Volk kann sich ebensowenig wieder zur Einheit einer Nation vereinigen wie die Asche einer blitzgetroffenen Eiche zu einem Baum. Bis ans Ende aller Tage bleibt es zerstreut über die Oberfläche der Erde.

Ernsthaft gesprochen ist der Glaube an den Ewigen Juden ohne Zweifel ein Aberglaube; aber ich kann wie im Evangelium sagen: wer frei von Aberglauben ist, schleudre auf die Einwohner von Moulot den ersten Spott! Tatsache ist, daß wir alle abergläubisch sind, die einen mehr, die andern weniger; und derjenige, der ein Gewächs hinterm Ohr hat, dick wie eine Kartoffel, macht sich über den lustig, der eine Warze am Kinn hat.

Es gibt keine zwei Christen, die dasselbe glauben, die dasselbe zugeben und dasselbe verwerfen. Der eine macht mager am Freitag und geht nicht in die Kirche; der andere geht in die Kirche und setzt freitags den Fleischtopf aufs Feuer; jene Dame schert sich um den Freitag so wenig wie um den Sonntag und würde sich doch für eine Verdammte halten, wenn sie nicht in der Kirche getraut wäre. Sei die Religion ein Tier mit sieben Hörnern: der, der nur an sechs Hörner glaubt, spottet über den, der an das siebente glaubt; wer ihr nur fünf Hörner zubilligt, spottet über den, der sechs anerkennt. Kommt der Deist und spottet über alle die, die glauben, daß die Religion überhaupt Hörner habe; zuletzt spaziert der Atheist herein und spottet über alle andern, und doch glaubt er an Cagliostro und läßt sich die Karten legen. Schließlich gibt es nur einen Menschen, der nicht abergläubisch ist; das ist der, der nichts glaubt, es sei ihm denn bewiesen.«

Es war Nacht und mehr als Nacht, als meine Großmutter erklärte, sie wolle nach Hause.

»Ich lasse Benjamin nur unter einer Bedingung fort«, sagte Herr Minxit, »wenn er mir nämlich verspricht, Sonntag an einer großen Jagdpartie teilzunehmen, die ich ihm zu Ehren ansetze: er muß doch mit seinen Wäldern und seinen inbefindlichen Hasen Bekanntschaft machen.«

»Aber«, sagte mein Onkel, »ich kenne ja nicht einmal das Abc der Jägerei. Ich würde recht wohl einen Hasenpfeffer oder eine Keule von einem Kaninchenfrikassee unterscheiden, aber Millot-Rataut soll mir seine große Christlitanei singen, wenn ich imstande bin, einen laufenden Hasen von einem laufenden Karnickel zu unterscheiden.«

»Um so schlimmer für dich, mein Freund; aber das ist ein Grund mehr für mich, daß du kommst: man muß von allem etwas wissen.«

»Sie werden sehen, Herr Minxit, ich werde ein Unglück anrichten; ich werde eines Ihrer musikalischen Instrumente umbringen.«

»Potz Wetter! das laß dir nicht einfallen; ich müßte ihn teurer bezahlen, als er seiner untröstlichen Familie wert ist. Aber um jeden Unfall zu vermeiden, wirst du mit deinem Degen jagen.«

»Gut denn: ich bin dabei«, sagte mein Onkel.

Und darauf verabschiedete er sich samt seiner teuren Schwester von Herrn Minxit.

»Weiß Sie«, sagte Benjamin unterwegs zu meiner Großmutter, »daß ich lieber Herrn Minxit heiraten möchte als seine Tochter?«

»Man muß nur wollen, was man kann, und alles, was man kann, muß man auch wollen«, antwortete meine Großmutter trocken.

»Aber...«

»Aber ... gib acht auf den Esel, und stoße ihn nicht wie heute morgen mit deinem Degen; das ist alles, was ich verlange.«

»Sie schmollt mit mir, meine Schwester? Ich möchte wohl wissen, warum.«

»Nun denn, ich will es dir sagen: weil du zuviel getrunken, zuviel geredet und kein Wort mit Arabella gesprochen hast. Jetzt laß mich in Ruhe!«

Achtes Kapitel

Wie mein Onkel einen Marquis küßte

Den folgenden Samstag schlief mein Onkel in Corvol. Man brach am andern Morgen mit Sonnenaufgang auf. Herr Minxit war von allen seinen Leuten und mehreren Freunden begleitet, unter denen sich auch der Amtsgenosse Fata befand. Es war einer jener prächtigen Tage, die der mürrische Winter wie ein Kerkermeister, der lächelt, von Zeit zu Zeit der Erde schenkt; der Februar schien vom Mai seine Sonne geliehen zu haben; der Himmel war durchsichtig, und der Südwind erfüllte die Luft mit einer wohligen Lauigkeit; der Fluß rauchte von weitem zwischen den Weiden; der weiße Morgenreif hing in Tröpfchen an den Zweigen der Büsche; die Schäferbuben sangen zum erstenmal im Jahre auf den Wiesen, und die Bächlein, die vom Flezgebirge niedersteigen, schwatzten, von der Sonne erweckt, am Fuß der Hecken. »Herr Fata«, sagte mein Onkel, »ein schöner Tag! Soll man den zwischen dem nassen Gezweig der Wälder verbringen?«

»Das ist nicht meine Meinung, Kollega«, antwortete dieser. »Wenn Sie mit zu mir kommen wollen, zeige ich Ihnen ein Kind mit vier Köpfen, das ich in ein Glas gesetzt habe.

Herr Minxit bietet mir hundert Taler dafür.«

 »Sie täten gut, es ihm abzulassen«, sagte mein Onkel, »und das Glas mit Johannisbeerlikör zu füllen.«

Da er indessen gut zu Fuß war und Varzy nur zwei kleine Meilen entfernt, entschloß er sich, dem Amtsbruder zu folgen. Sie verließen also, Fata und er, das Gros der Jäger und schlugen sich in einen Seitenweg, der sich auf die Wiesen verlor. Bald befanden sie sich Saint Pierre du Mont gegenüber. Dieser Saint Pierre du Mont aber ist ein großer Hügel, am Wege von Clamecy nach Varzy gelegen. Sein Fuß ist von Wiesen umzogen und überall von Quellen durchrieselt, sein Gipfel jedoch ist nackt und kahl. Man könnte ihn als einen großen Erdhaufen bezeichnen, den ein ungeheurer Maulwurf mitten in der Ebene emporgeworfen hat. Auf seinem haarlosen, grindigen Schädel saß damals ein Rest von altem Feudalschloß, der heute einem schmucken Landhaus Platz gemacht hat, das ein Viehmäster bewohnt; denn so zersetzen und ersetzen sich wieder in unmerklicher Wandlungsarbeit die Werke der Menschen wie der Natur.

Die Mauern dieser Burg waren baufällig, ihre Zinnen an manchen Stellen ausgebrochen; die Türme sahen aus, als hätte man sie in der Mitte heruntergeschlagen; sie waren nicht mehr als Stümpfe; ihre halbausgetrockneten Gräben waren mit hohem Gras und einem Wald von Schilf überwuchert, und ihre Fallbrücke war durch einen steinernen Übergang ersetzt. Der fremdartige Schatten dieser alten Trümmer des Feudalismus gab der ganzen Gegend etwas Finster-Trauriges. Alle Hütten waren vor ihm zurückgewichen: die einen waren auf die benachbarte Anhöhe gewandert, um das Dorf Flez zu bilden, die andern ins Tal hinabgestiegen, um sich zu einem Weiler längs der Straße zusammenzufinden.

Der Herr dieses alten Edelmannssitzes war damals ein gewisser Marquis von Kambyses. Herr von Kambyses war groß, beleibt, aus grobem Holz gehauen und hatte Hünenkräfte. Man hätte ihn eine alte Rüstung aus Fleisch nennen können. Er war gewalttätig, aufbrausend, empfindlich bis dort hinaus und im übrigen auf seinen Adel so versessen, daß er sich einbildete, die Kambysen seien etwas außer allem Vergleich in der Schöpfung.

Er war eine Zeitlang Offizier bei der Königlichen Schloßwache, ich weiß nicht, von welcher Farbe, gewesen, aber er fühlte sich unbehaglich bei Hofe; sein Eigenwille war da unterdrückt, seine Gewalttätigkeit hatte keine Luft, und er erstickte förmlich in der Staubwolke von Schranzen, die um den Thron wirbelten und sich drehten. Er war auf seine Besitzungen zurückgekehrt und lebte dort wie ein kleiner Monarch. Die Zeit hatte die alten Vorrechte des Adels, eines nach dem anderen, weggeräumt; er aber, er hatte sie sich tatsächlich noch zu wahren gewußt und übte sie in ihrem ganzen Umfang aus. Er war noch unumschränkter Herrscher, nicht nur auf seinen Domänen, sondern auch rings im Lande. Bis auf den alten Rundschild war er ein richtiger feudaler Edelmann. Er prügelte die Bauern, nahm ihnen ihre Weiber weg, wenn sie hübsch waren, brach mit seiner Meute in ihre Felder, trat ihre Ernten mit seinen Knechten nieder und tat den Bürgersleuten, die sich von ihm im Umkreis seines Berges betreffen ließen, tausend Plackereien an.

Er machte in Despotismus und Gewalt aus Laune, zum Zeitvertreib und besonders aus Eitelkeit. Um die hervorragendste Person im Lande zu sein, hatte er es sich in den Kopf gesetzt, die bösartigste zu sein. Er wußte kein besseres Mittel, seine Überlegenheit über die Menschen zu beweisen, als sie zu peinigen. Um berühmt zu sein, hatte er sich berüchtigt gemacht. Er war, den Umfang abgerechnet, wie der Floh, der seine Anwesenheit zwischen den Leintüchern nicht anders bemerkbar machen kann, als indem er sticht. Obwohl reich, hatte er Gläubiger. Aber er machte sich eine Ehre daraus, sie nicht zu bezahlen. So groß war der Schrecken seines Namens, daß man keinen Gerichtsvollzieher im Lande gefunden hätte, um ihn deshalb vorzuladen. Ein einziger, der alte Ballivet, hatte gewagt, ihm eine Ladung zu eigenen Händen und in persönlicher Zustellung zu übergeben, aber er hatte sein Leben dabei aufs Spiel gesetzt. Ehre sei ihm also, dem Papa Ballivet, Königlichem Gerichtsboten, der sein Amt ausübte über die ganze Welt und noch zwei Meilen darüber hinaus, wie die Schlechten-Witze-

Reißer im Lande sagten, um den Ruhm dieses großen Gerichtsboten zu schmälern.

Dieser hatte sich übrigens folgendermaßen verhalten: Er hatte seinen Zettel in ein halbes Dutzend perfid versiegelter Papiere verpackt und ihn so dem Herrn von Kambyses als ein vom Schlosse Vilaine kommendes Paket überreicht. Während der Marquis die Zustellung auspackte, hatte er sich still aus dem Staube gemacht, das Schloßtor gewonnen und sein Pferd, das er in einiger Entfernung an einen Baum gebunden hatte, zwischen die Beine genommen. Als der Marquis von dem Inhalt des Pakets Kenntnis genommen, befahl er, in Wut, von einem Gerichtsboten überlistet zu sein, seinen Leuten, ihn zu verfolgen; aber Papa Ballivet war schon außer ihrem Bereich und verhöhnte sie mit einer Gebärde, die ich hier nicht wiedergeben kann.

Übrigens machte sich Herr von Kambyses nicht mehr Gewissen daraus, seine Flinte auf einen Bauern als auf einen Fuchs abzudrücken. Er hatte ihrer schon zwei oder drei übel zugerichtet, die man im Lande nur die Krüppel des Herrn von Kambyses nannte, und einige Quasi-Notabilitäten von Clamecy waren die Opfer seiner schlechten Späße geworden. Obgleich er noch nicht alt war, hatte das Leben dieses ehrenwerten Herrn blutige Vergehungen genug für zwei Galeerensträflinge auf Lebenszeit aufzuweisen; aber seine Familie hatte Einfluß bei Hofe, die Gönnerschaft seiner adeligen Vettern entzog ihn jeder Verfolgung. Und schließlich nimmt jeder sein Vergnügen, wo er es findet. Der gute König Ludwig XV., der in Versailles so nett und fröhlich saß und den Edelleuten seines Hofes Feste gab, er wollte nicht, daß seine Edelleute in der Provinz sich auf ihren Besitzungen langweilten; es wäre ihm sehr gegen den Strich gegangen, wenn sie nicht hinlänglich Bauern zu prügeln und Städter zu ärgern gehabt hätten. Ludwig, genannt der Vielgeliebte, hielt darauf, stets die Liebe auch zu verdienen, die seine Untertanen ihm zukommen ließen. So ist es denn wohl zu verstehen, daß der Marquis von Kambyses unverletzlich war wie ein konstitutioneller König und daß es für ihn kein Gericht und keine Polizei gab. Benjamin liebte es, gegen Herrn von Kambyses loszuziehen; er nannte ihn den Geßler der Gegend und gab oft genug den Wunsch kund, ihm einmal gegenüberzustehen. Sein Begehren sollte nur zu bald erfüllt werden, wie man gleich sehen wird.

Mein Onkel, als ein Philosoph, der er war, erging sich in Betrachtungen vor dem alten, schwarzen und düstern Gemäuer, das das Blau des Himmels zerriß.

»Herr Rathery«, sagte sein Kollege, ihn am Ärmel ziehend, »es ist nicht gut sein in der Nähe dieses Schlosses, das sage ich Ihnen.«

»Wie, Herr Fata, auch Sie haben Angst vor einem Marquis?«

»Aber, Herr Rathery, ich bin ja doch ein Arzt in Perücke!«

»Da hat man's; so sind sie alle!« rief mein Onkel aus, indem er seinem Unwillen freien Lauf ließ; »sie sind dreihundert Bürgerliche gegen einen Adligen und leiden, daß ihnen ein Adliger über den Bauch spaziert; sie machen sich noch platt, sosehr sie können, daß ja der hochgeborne Herr nicht stolpert!«

»Was wollen sie, Herr Rathery, gegen die Gewalt ...«

»Aber ihr habt sie ja doch, die Gewalt, ihr Ärmsten! Ihr gleicht dem Ochsen, der sich von einem Kind aus seiner grünen Wiese zur Schlachtbank führen läßt. Oh, das Volk ist feige, feige! Ich sag es mit Bitterkeit, wie eine Mutter sagt, ihr Kind sei schlecht. Immer überantwortet es dem Henker die, die sich für es geopfert haben; und wenn es an einem Strick fehlt, sie zu hängen, so besorgt es ihn. Zweitausend Jahre sind über der Asche der Gracchen dahingegangen, siebzehnhundertfünfzig Jahre über dem Richtkreuz Christi, und es ist immer dasselbe Volk. Es hat bisweilen Mutanfälle und schnaubt Feuer aus Mund und Nase; aber die Knechtschaft ist sein normaler Zustand, in den es jedesmal zurückkommt wie ein abgerichteter Gimpel in seinen Käfig. Wenn man den Gießbach dahinbrausen sieht, den ein plötzliches Gewitter angeschwellt hat, so hält man ihn für einen Strom. Kommt man am folgenden Tag wieder, so findet man nicht mehr als ein verschämtes Wässerchen, das sich unter den Pflanzen an seinen Ufern versteckt und von seinem Hochgang nichts übriggelassen hat als einige Strohhalme in den Zweigen der Büsche. Es ist stark, wenn es stark sein will; aber, gebt acht, seine Stärke ist nur von der Dauer eines Augenblicks. Die, die sich das Volk zur Stütze nehmen, bauen ihr Haus auf die übereiste Fläche eines Sees.«

In diesem Augenblick kreuzte ein Mann in reichem Jagdanzug, gefolgt von lautgebenden Hunden und einem langen Schwanz von Knechten, die Straße. Fata erbleichte.

»Herr von Kambyses!« stammelte er, zu meinem Onkel gewandt, und er grüßte tief. Wogegen Benjamin kerzengerade und bedeckten Hauptes stehenblieb wie ein spanischer Grande.

Nichts war indessen geeigneter, den schrecklichen Marquis aufzubringen, als diese Überhebung eines hergelaufenen Burschen, der ihm die gewöhnlichste Ehrbezeugung versagte, und das an der Grenze seines Reichs und im Angesicht seines Schlosses. Außerdem war es ein sehr schlechtes Beispiel und konnte ansteckend wirken.

»Lümmel!« sagte er zu meinem Onkel, wie sich's für einen Edelmann gehört, »warum grüßt du mich nicht?«

»Und du selbst«, antwortete mein Onkel und bestrich ihn von oben bis unten mit seinem grauen Auge, »warum grüßt du mich nicht?«

»Weiß du nicht, daß ich der Marquis von Kambyses bin, Herr dieses ganzen Landes?«

»Und du, weißt du nicht, daß ich Benjamin Rathery bin, Doktor der Medizin in Clamecy?«

»Wahrhaftig«, sagte der Marquis, »bist du Bader? Ich mache dir mein Kompliment; einen schönen Titel hast du da!«

»Das ist ein Titel, der wohl soviel wert ist wie deiner! Um ihn zu erwerben, mußte ich mich langen und ernsten Studien unterziehen. Aber du, das Von vor deinem Namen, was hat dich das gekostet? Der König kann zwanzig Marquis an einem Tage machen; aber er soll mit all seiner Allmacht einen Arzt machen! Ein Arzt hat seinen Nutzen, du wirst es vielleicht später einmal erfahren; aber ein Marquis, wozu dient der?« Der Herr Marquis von Kambyses hatte gut gefrühstückt. Er war guter Laune.

»Das ist einmal ein spaßiger Kauz«, sagte er zu seinem Haushofmeister; »ich bin lieber ihm begegnet als einem Rehbock. Und der«, fügte er hinzu und zeigte mit dem Finger auf Fata, »wer ist das?«

»Fata aus Varzy, zu dienen, Euer Durchlaucht«, sagte dieser und machte eine zweite Kniebeuge.

»Fata«, sagte mein Onkel, »Sie sind ein Tropf, ich dachte mir's; aber ich werde Sie für dieses Verhalten zur Rechenschaft ziehen.«

»Was«, sagte der Marquis zu Fata, »kennst du denn diesen Menschen?«

»Sehr wenig, Herr Marquis, ich schwöre es Ihnen; ich kenne ihn nur daher, weil ich mit ihm bei Herrn Minxit diniert habe; aber mit dem Augenblick, wo er es an dem schuldigen Respekt gegen den hohen Adel fehlen läßt, kenne ich ihn nicht mehr.«

»Und ich«, sagte mein Onkel, »fange an, dich zu kennen.«

»Wie, Herr Fata aus Varzy«, fragte der Marquis weiter, »Sie dinieren bei diesem Narren, diesem Minxit?«

»Oh, ganz zufällig, edler Herr, eines Tages, als ich durch Corvol kam! Ich weiß wohl, daß dieser Minxit kein Umgang ist; ein hirnverbrannter Kerl, ganz gestochen von seinem Reichtum, der glaubt, er sei soviel wie ein Edelmann. – Au, au! Wer tritt mich da hinterwärts?«

»Ich«, sagte Benjamin, »in Stellvertretung für Herrn Minxit.«

»Jetzt«, sagte der Marquis, »haben Sie hier nichts mehr zu suchen, Herr Fata; lassen Sie mich mit Ihrem Weggenossen allein. – Also«, wandte er sich an meinen Onkel, »du weigerst dich noch immer, mich zu grüßen?«

»Wenn du mich zuerst grüßt, will ich dich zu zweit grüßen«, sagte Benjamin.

»Ist das dein letztes Wort?«

»Ja.«

»Du bist dir klar, was du tust?«

»Höre«, sagte mein Onkel, »ich will mich gebührlich gegen deinen Titel betragen und dir beweisen, wie kulant ich in allem bin, was Etikette betrifft.«

Darauf zog er einen Kupfer aus seiner Tasche und ließ ihn durch die Luft wirbeln.

»Kopf oder Wappen«, sagte er zum Marquis, »Arzt oder Edelmann; wen das Los bezeichnet, soll den andern zuerst grüßen; dann gibt es keine Ausrede.«

»Unverschämt!« sagte der dicke, aufgeblasene Haushofmeister, »sehen Sie nicht, daß Sie in skandalösester Weise den Respekt gegen Seine Durchlaucht verletzen? Wenn ich an seiner Stelle wäre, ich hätte Sie längst durchgeprügelt.« »Mein Freund«, antwortete Benjamin, »kümmern Sie sich um Ihre Ziffern. Ihr Herr bezahlt Sie, damit Sie ihn bestehlen, und nicht, um ihm Ratschläge zu geben.«

In diesem Augenblick trat ein Jagdhüter hinter meinen Onkel und schlug ihm mit der Hand seinen Dreispitz vom Kopf, der in den Schmutz fiel. Benjamin hatte ungewöhnliche Kräfte; er wandte sich um, während der Jagdhüter noch das breite Grinsen auf den Lippen hatte, das sein Streich dort hervorrief. Mit einem Schlag seiner Eisenfaust sandte mein Onkel den Mann mit dem Bandelier halb in den Graben, halb in die Hecke, die den Weg einfaßte. Seine Kameraden wollten ihn aus dieser amphibischen Lage, in der er festgehalten war, befreien; aber Herr von Kambyses widersetzte sich dem.

»Der Kerl soll lernen«, sagte er, »daß das Recht der Unverschämtheit nicht dem gemeinen Volk zusteht.«

Ich begreife wirklich meinen Onkel nicht, der doch sonst so sehr Philosoph war, daß er nicht gutwillig der Notwendigkeit wich. Ich weiß sehr wohl, daß es für einen stolzen Bürger des Volkes, der sich seines Wertes bewußt ist, ärgerlich ist, einen Marquis grüßen zu müssen. Aber wenn wir unter dem Druck der Gewalt sind, ist unsre freie Meinung aufgehoben; dann ist das keine Handlung mehr, die man vollzieht, sondern ein Ereignis, das eintritt. Wir sind nicht mehr als eine Maschine, die für ihr Tun nicht verantwortlich ist; der Mensch, der uns Gewalt antut, ist der einzige, dem man es vorwerfen kann, wenn etwas Schimpfliches oder Schuldhaftes in unsrer Handlung liegt. So habe ich den unbesieglichen Widerstand der Märtyrer gegen ihre Verfolger immer als eine Hartnäckigkeit angesehen, die sehr wenig würdig war, von der Kirche heiliggesprochen zu werden. Ihr, Antiochus, Ihr wollt mich in siedendes Öl werfen lassen, wenn ich mich weigere, Schweinefleisch zu essen? Ich muß Euch zunächst darauf aufmerksam machen, daß man einen Menschen nicht brät wie einen Gründling; aber wenn Ihr auf Euern Forderungen beharrt, so werde ich Euer Ragout essen, ja ich werde es mit Vergnügen essen, wenn es gut zubereitet ist; denn Euch allein, Euch, Antiochus, wird es schlecht bekommen. – Sie, Herr Kambyses, verlangen, indem Sie Ihre Flinte auf meine Brust richten, daß ich Sie grüßen soll? Gewiß! Herr Marquis, ich habe die Ehre. Ich weiß aber sehr wohl, daß Sie nach dieser Förmlichkeit keinen Deut mehr wert sind und ich keinen Deut weniger. Es gibt nur einen Fall, wo wir, was auch kommen mag, uns gegen die Gewalt stemmen müssen: wenn man uns zwingen will, einen die Nation bindenden für sie verderblichen Schritt zu tun; denn wir haben nicht das Recht, unser persönliches Interesse über das öffentliche zu setzen.

Aber kurz: das war nicht meines Onkels Meinung; da er auf seiner Weigerung bestand, ließ ihn Herr von Kambyses von seinen Leuten festnehmen und befahl, man solle auf das Schloß zurückkehren. Benjamin, von vorne gezogen und von hinten gestoßen, in seinen Degen verwickelt, wehrte sich mit aller Kraft gegen die ihm angetane Gewalt und fand noch Zeit, rechts und links einige Püffe auszuteilen. Wohl waren in den benachbarten Feldern Bauern bei der Arbeit; mein Onkel rief sie zu seiner Hilfe herbei; aber sie hüteten sich, seiner Aufforderung nachzukommen, und lachten sogar über sein Martyrium, um dem Marquis den Hof zu machen.

Als man im Schloßhof angelangt war, befahl Herr von Kambyses, das Tor zu schließen. Er ließ alle seine Leute zusammenrufen; man brachte zwei Sessel, einen für ihn und einen für den Haushofmeister, und es begann zwischen diesen beiden Menschen etwas wie eine Beratung über das Schicksal meines armen Onkels. Er selbst hielt sich, vor diese Parodie eines gerichtlichen Verfahrens gestellt, durchaus stolz und bewahrte sogar seine geringschätzige und spöttische Miene.

Der wackere Haushofmeister stimmte für fünfundzwanzig Peitschenhiebe und achtundvierzig Stunden Gefängnis im alten Turm; aber der Marquis war guter Laune, er hatte sogar, wie es scheint, einen kleinen Schwips von Sillery im Kopf.

»Hast du etwas zu deiner Verteidigung anzuführen?« sagte er zu Benjamin.

»Komme mit deinem Degen dreißig Schritte vor dein Schloß hinaus, und ich werde dir meine Verteidigungspunkte auseinandersetzen.«

Hierauf erhob sich der Marquis und sprach:

»Nach stattgehabter Beratung verurteilt das Gericht das hier anwesende Individuum, den Herrn Marquis von Kambyses, Herrn aller dieser Länder ringsum, Exleutnant der Königlichen Schloßwache, Jagdherrn der Amtmannschaft Clamecy, usw. usw., zu küssen, und dies auf eine Stelle, welche ihm besagter Herr von Kambyses bezeichnen wird.«

Zu gleicher Zeit knöpfte er seine Hosen auf. Das Dienervolk, das seine Absicht verstand, begann aus allen Kräften Beifall zu klatschen und rief: »Hoch lebe der Herr Marquis von Kambyses!«

Was meinen armen Onkel anlangt, so brüllte er vor Zorn; er sagte später, er habe einen Schlaganfall gefürchtet. Zwei Jagdhüter hielten auf ihn angeschlagen und hatten vom Marquis den Befehl erhalten, auf sein erstes Zeichen abzudrücken.

»Eins, zwei ...« sagte dieser.

Benjamin wußte, daß der Marquis ein Mann war, seine Drohungen auszuführen, er wollte nicht die Gefahr einer Flintenkugel laufen, und einige Sekunden später war der Urteilsspruch vollstreckt.

»Sehr gut«, sagte Herr von Kambyses, »ich bin mit dir zufrieden; du kannst dich jetzt rühmen, einen Marquis geküßt zu haben.«

Er ließ ihn von zwei bewaffneten Jagdhütern bis an das Hoftor führen; Benjamin floh wie ein Hund, dem ein Tunichtgut einen Holzpantoffel an den Schwanz gebunden hat; es war der Weg nach Corvol, und er nahm sich nicht die Zeit, die Richtung zu ändern, sondern landete geradeswegs bei Herrn Minxit.

Neuntes Kapitel

Herr Minxit rüstet zum Krieg

Nun hatte Herr Minxit – ich weiß nicht, durch wen, vermutlich durch das Gerücht, das sich in alles mischt – schon erfahren, daß Benjamin als Gefangener auf Saint Pierre du Mont zurückgehalten wurde. Er fand kein besseres Mittel, seinen Freund zu befreien, als das Junkernest im Sturm zu nehmen und es vom Erdboden wegzurasieren. Ihr, die ihr lacht, findet mir erst in der Geschichte einen gerechteren Krieg. Da, wo die Regierung ihren Gesetzen nicht Achtung zu verschaffen weiß, müssen die Bürger wohl oder übel sich selbst Gerechtigkeit verschaffen.

Der Hof des Herrn Minxit glich einem Alarmplatz; die Musik, zu Pferde und mit Waffen aller Art bewaffnet, stand schon in Schlachtordnung; der alte Sergeant, der seit kurzem in den Dienst des Doktors getreten war, hatte den Oberbefehl über dieses Elitekorps übernommen. Aus der Mitte seiner Reihen erhob sich eine breitmächtige Fahne, aus einem Fenstervorhang gemacht, auf die Herr Minxit, damit es ja alle wüßten, in Riesenbuchstaben geschrieben hatte: ›Die Freiheit Benjamins oder die Ohren des Herrn Kambyses.‹ Dies war sein Ultimatum.

Im zweiten Treffen stand die Infanterie, dargestellt von fünf oder sechs Meiereiburschen, mit ihren Hacken über der Schulter, und vier Dachdeckern aus dem Ort, jeder mit seiner Leiter bewaffnet.

Die Kalesche stellte die Bagage vor; sie war mit Faschinen zum Ausfüllen der Schloßgräben beladen, die freilich die Zeit schon an mehreren Stellen ausgefüllt hatte. Aber Herr Minxit hielt darauf, die Dinge nach den Regeln auszuführen; er hatte noch obendrein die Vorsicht gehabt, in einer der Wagentaschen sein Besteck und eine große Flasche Rum unterzubringen.

Der kriegerische Doktor, von einem Federhut überragt und einen blanken Degen in der Hand, tummelte sein Pferd um seine Truppe und beschleunigte mit Donnerstimme die Vorbereitungen zum Abmarsch.

Es ist Brauch, daß an eine Armee, bevor man sie ins Feld führt, eine Ansprache gerichtet wird. Herr Minxit war nicht der Mann, dieser Förmlichkeit nicht zu genügen, und so sprach er folgendes zu seinen Soldaten:

»Soldaten! Ich werde euch nicht sagen, daß die Augen Europas auf euch geheftet sind, daß eure Namen auf die Nachwelt kommen, daß sie in dem Tempel des Ruhmes eingegraben werden, usw. usw., denn alles das ist leeres, ausgedroschenes Stroh für die Einfältigen; die Sache verhält sich vielmehr so: in allen Kriegen kämpfen die Soldaten zum Nutzen ihres Kriegsherrn; sie haben meistenteils nicht einmal den Vorzug, zu wissen, wofür sie sterben; aber ihr, ihr werdet in eurem eigenen Interesse kämpfen, in dem Interesse eurer Weiber und Kinder – soweit ihr solche habt. – Herr Benjamin, den ihr alle zu kennen die Ehre habt, soll mein Schwiegersohn werden. In dieser Eigenschaft wird er mit mir gemeinsam über euch gebieten, und wenn ich nicht mehr bin, wird er euer Herr sein; er wird euch ewigen Dank für die Gefahren wissen, die ihr für ihn laufen werdet, und er wird euch dafür fürstlich belohnen.

Aber nicht allein, um meinem Schwiegersohn die Freiheit wiederzugewinnen, habt ihr die Waffen ergriffen: unser Feldzug wird außerdem das Ziel haben, das Land von einem Tyrannen zu befreien, der es bedrückt, der euer Korn niedertritt, der euch prügelt, wo er euch findet, und der wenig anständig ist mit euren Frauen. Für einen Franzosen genügt ein guter Grund, um sich mit Tapferkeit zu schlagen; ihr, ihr habt deren zwei; also seid ihr unbesiegbar. Die Toten sollen auf meine Kosten anständig beerdigt und die Verwundeten in meinem Hause gepflegt werden. Es lebe Benjamin Rathery! Tod dem Kambyses! Vernichtung seinem Adelssitz! ...«

»Bravo, Herr Minxit!« rief mein Onkel, der wie ein Besiegter durch eine Tür im Hintergrund aufgetaucht war. »Das war einmal eine wohlgetroffene Ansprache; wenn Sie sie in Lateinisch gehalten hätten, würde ich geglaubt haben, sie sei aus dem Livius.«

Beim Anblick meines Onkels brach ein allgemeines Hurra in der Armee aus. Herr Minxit kommandierte ›Rührt euch!‹ und führte Benjamin in den Speisesaal. Dieser erstattete ihm Bericht von seinem Abenteuer, und das in einer Ausführlichkeit und Treue, wie sie die Staatsmänner nicht immer aufweisen, wenn sie ihre Memoiren schreiben.

Herr Minxit war in einer schrecklichen Wut über die Beleidigung, die man seinem Schwiegersohn angetan hatte, und er knirschte mit allem, was von seinen Zähnen noch übrig war. Zunächst konnte er sich nur in Flüchen ausdrücken; als sich aber seine Entrüstung etwas gelegt hatte, sagte er:

»Benjamin, du bist beweglicher als ich; du wirst den Oberbefehl über die Armee übernehmen, und wir ziehen gegen das Schloß des Kambyses zu Felde; wo seine Türme standen, sollen Brennesseln und Hundszahn wachsen.«

»Wenn es Ihnen angenehm ist, werden wir es bis auf den Berg Saint Pierre du Mont herunterrasieren; aber, unbeschadet der Achtung, die ich Ihrem Rat schulde, ich glaube, wir müssen mit List vorgehen: wir müssen nächtlich die Mauern des Schlosses ersteigen; wir müssen uns des Kambyses und aller seiner Lakaien bemächtigen, während sie in Wein und Schlaf versunken sind, wie Virgil sagt; und es wird erforderlich sein, daß sie uns alle küssen.«

»Das lasse ich mir gefallen«, antwortete Herr Minxit. »Wir haben gut anderthalb Meilen zu marschieren, um an Ort und Stelle zu gelangen, und in einer Stunde ist es Nacht. Lauf, küß meine Tochter; und dann brechen wir auf.«

»Einen Augenblick!« sagte mein Onkel; »Teufel, wie Ihr's eilig habt! Ich habe den ganzen Tag nichts genossen, und ein Frühstück vor dem Ausrücken würde mir sehr wohl anstehen.«

»Dann«, sagte Herr Minxit, »werde ich die Truppen wegtreten lassen, und man soll ihnen eine Ration Wein austeilen, um sie in Atem zu halten.«

»Richtig!« antwortete mein Onkel; »sie werden Zeit haben, sich gütlich zu tun, während ich meinen Imbiß zu mir nehme.«

Zum Glück für den Adelssitz des Marquis sagte sich der Advokat Page auf dem Heimweg von einem Augenschein bei Herrn Minxit zu Tisch an.

»Sie kommen wie gerufen, Herr Page«, sagte der kriegerische Doktor, »ich werbe Sie für unsern Feldzug an.«

»Welchen Feldzug?« fragte Page, der nicht die Rechte studiert hatte, um die Kriegskunst zu üben.

Hierauf erzählte ihm mein Onkel sein Abenteuer und den Plan, wie er sich zu rächen gedenke.

»Nehmt Euch in acht«, sagte der Advokat, »die Sache ist ernster, als Ihr meint. Um zunächst den Erfolg ins Auge zu fassen: hofft Ihr mit sieben oder acht Hinkebeinen eine Garnison von dreißig Domestiken zu überwältigen, die von einem Leutnant der Schloßwache angeführt wird?«

»Zwanzig Mann, und alle felddiensttauglich, Herr Advokat«, antwortete Herr Minxit.

»Mag sein«, sagte Page kühl; »aber das Schloß des Herrn von Kambyses ist mit Mauern verschanzt; werden diese Mauern, wie jene von Jericho, beim Schall der Zimbeln und der großen Pauke einfallen? Angenommen immerhin, daß Ihr das Schloß des Marquis im Sturm nehmt, so ist das ohne Zweifel eine schöne Waffentat; aber dieser Heldenstreich wird Euch schwerlich das Kreuz Ludwigs des Heiligen eintragen; wo Ihr nur einen guten Streich und gerechte Vergeltung seht, wird die Justiz Einbruch, Einsteigen, Hausfriedensbruch, Überfall zur Nachtzeit sehen, und alles das gegen einen Marquis! Das mindeste dieser Vergehen zieht Galeerenstrafe nach sich, das laßt Euch gesagt sein. Nach Eurem Siege müßt Ihr Euch also bescheiden, die Heimat aufzugeben, und wofür? um Euch von einem Marquis den Ritterkuß erteilen zu lassen!

Wenn man sich rächen kann ohne Schaden und Gefahr, lasse ich die Sache gelten; aber sich zu seinem eigenen Nachteil rächen, das ist eine Lächerlichkeit, eine Torheit. Du, Benjamin, sagst, man habe dich beleidigt; aber was ist das, eine Beleidigung? Fast immer ein Akt der Brutalität, begangen von dem Stärkeren auf Kosten des Schwächeren. Wie soll nun die Brutalität eines andern deiner Ehre etwas anhaben können? Ist es dein Fehler, daß der Mensch ein elender Wilder ist, der kein anderes Recht kennt als die Gewalt? Bist du für seine Gemeinheiten verantwortlich? Wenn dir ein Ziegel auf den Kopf fiele, würdest du auf ihn losstürzen, um ihn in Stücke zu schlagen? Würdest du dich von einem Hund beleidigt fühlen, der dich gebissen hätte, und würdest du ihn fordern? Wenn die Beleidigung einen entehrt, so ist es der Beleidiger: alle anständigen Leute sind auf Seiten des Beleidigten. Wenn ein Metzger einen Hammel mißhandelt, entrüstet man sich etwa gegen den Hammel?

Wenn das Übel, das du deinem Beleidiger zufügst, dich von dem heilen könnte, was er dir angetan hat, würde ich deinen Rachedurst begreifen; aber falls du der Schwächere bist, ziehst du dir nur neue Mißhelligkeiten zu; falls du dagegen der Stärkere bist, so hast du die Mühe, deinen Gegner zu schlagen, auf deiner Seite. So spielt denn der Mensch, der sich rächt, immer die Rolle des Genarrten. Die Vorschrift Christi, die uns befiehlt, denen zu vergeben, die uns beleidigt haben, ist nicht nur eine schöne Moralvorschrift, sondern auch ein guter Rat. Aus alledem schließe ich, daß du gut tun wirst, mein teurer Benjamin, die Ehre, die der Marquis dir angetan hat, zu vergessen und mit uns bis in die Nacht zu trinken, um die Erinnerung daran völlig zu zerstören.«

»Was mich betrifft, so teile ich die Ansicht des Gevatters Page durchaus nicht; es ist immer angenehm und manchmal nützlich, das Übel, das man uns zugefügt hat, gehörig zu vergelten: es ist eine Lektion, die man dem Übeltäter erteilt. Er soll wissen, daß es auf seine Kappe geht, wenn er sich seinen böswilligen Instinkten überläßt. Die Schlange, die dich gestochen hat, fortkriechen zu lassen, wenn man ihr den Kopf zertreten kann, und dem Bösartigen zu verzeihen, das ist ein und dasselbe; in diesem Falle ist der Edelmut nicht nur eine Einfältigkeit, sondern auch ein Unrecht gegen die Gesellschaft. Wenn Jesus Christus gesagt hat: ›Vergebt euren Feinden‹, so hat der heilige Petrus dem Malchus das Ohr abgehauen. Das ist der Ausgleich.«

Mein Onkel war sehr starrköpfig, so starrköpfig, als wenn er der Sohn eines Gauls und einer Eselin gewesen wäre – und überhaupt ist die Starrköpfigkeit ein Erbfehler in unserer Familie –; indessen gab er zu, daß der Advokat Page recht habe.

»Ich glaube, Herr Minxit«, sagte er, »Sie täten gut daran, Ihren Degen in die Scheide zu stecken und Ihren Federhut in sein Futteral. Man soll keine Kriege führen, außer um ganz schwerwiegende Dinge, und der König, der ohne die äußerste Notwendigkeit einen Teil seines Volkes zu jenen Schlachtbänken führt, die man Felder der Ehre nennt, ist ein Mörder. Sie fühlten sich vielleicht geschmeichelt, Herr Minxit, einen Platz unter den Heroen einzunehmen; aber der Ruhm eines Generals, was ist das? Städte in Trümmern, Dörfer in Asche, Felder in Verwüstung, der Vertierung der Soldaten hingegebene Weiber, in Gefangenschaft fortgeschleppte Kinder, in den Kellern zerschlagene Weinfässer. Alles das ist schrecklich, und mich schaudert, wenn ich daran denke.«

»Was erzählst du mir da?« antwortete Herr Minxit; »es handelt sich nur um ein paar Rippenstöße, die man einigen alten zerfallenen Mauern beibringen will.«

»Nun also!« sagte mein Onkel, »warum sich die Mühe geben, sie einzurennen, wenn sie selbst den guten Willen haben, umzufallen? Glaubt mir: gebt diesem schönen Lande den Frieden wieder; ich wäre ein nichtswürdiger Feigling, wenn ich es zulassen wollte, daß, um eine mir ganz persönlich zugefügte Beleidigung zu rächen, ihr euch alle vielfältigen Gefahren aussetzen solltet, die notwendig aus unserm Feldzug hervorgehen.«

»Ich aber«, sagte Herr Minxit, »ich habe nicht minder persönliche Beleidigungen an diesem Junker zu rächen; er hat mir, um mich zu narren, Pferdeurin zum Beschauen geschickt statt Menschenurin.«

»Ein schöner Grund, sich sechs Jahre Galeere aufzuladen! Nein, Herr Minxit, die Nachwelt würde Sie nicht freisprechen. Wenn Sie nicht an sich denken, denken Sie an Ihre Tochter, an Ihre geliebte Arabella! Was hätte sie noch für Spaß daran, so guten Rahmkäse zu machen, wenn Sie nicht mehr da wären, ihn zu essen?«

Dieser Appell an die väterlichen Gefühle des alten Doktors verfehlte nicht seine Wirkung.

»Wenigstens versprichst du mir«, sagte er, »dem Herrn von Kambyses seine Unverschämtheit heimzuzahlen; denn du bist mein Schwiegersohn, und somit stehen wir in Ehrensachen solidarisch einer für den andern.«

»Oh, was das betrifft, beruhigen Sie sich, Herr Minxit, ich werde auf den Marquis ein wachsames Auge haben; ich werde ihn mit der geduldigen Aufmerksamkeit einer Katze beobachten, die einer Maus auflauert; einen oder den andern Tag werde ich ihn einmal allein und ohne Gefolge erwischen; dann soll er sein Adelsrapier mit meinem Degen messen, oder ich haue ihn durch nach Herzenslust. Natürlich, ich kann nicht schwören wie die alten Haudegen, meinen Bart wachsen zu lassen oder trocken Brot zu essen, bis ich mich gerächt habe, denn das eine widerspräche unserer Berufssitte und das andere meinem Temperament; aber ich schwöre, nicht eher Ihr Schwiegersohn zu werden, als bis die mir angetane Beleidigung eine glänzende Genugtuung erfahren hat.«

»Nichts da!« antwortete Herr Minxit, »du gehst zu weit, Benjamin; ich nehme diesen gottlosen Schwur nicht an. Du mußt im Gegenteil meine Tochter heiraten; du kannst dich ebensogut nachher wie vorher rächen.«

»Aber bedenken Sie doch, Herr Minxit: von dem Augenblick an, wo ich die Verpflichtung übernommen habe, mich mit dem Marquis auf Tod und Leben zu schlagen, habe ich nicht mehr über mein Leben zu verfügen; ich kann mir nicht erlauben, Ihre Tochter zu heiraten, um sie vielleicht am Morgen nach ihrer Hochzeit als Witwe zu hinterlassen.«

Der gute Doktor suchte den Entschluß meines Onkels zu erschüttern; als er jedoch sah, daß er nicht zum Ziele komme, entschied er sich, seinen Anzug zu wechseln und seine Armee zu beurlauben. So endete dieser große Feldzug, der die Menschheit wenig Blut, aber Herrn Minxit viel Wein gekostet hat.

Zehntes Kapitel

Wie sich mein Onkel von dem Marquis küssen ließ

Benjamin hatte in Corvol geschlafen.

Am andern Morgen, als er mit Herrn Minxit das Haus verließ, war der erste Mensch, auf den sie stießen, Fata. Dieser, der nicht das reinste Gewissen hatte, wäre ebensogern zwei großen Wölfen auf der Straße begegnet als meinem Onkel und Herrn Minxit. Da er jedoch nicht ausweichen konnte, entschloß er sich, gute Miene zum bösen Spiel zu machen, das heißt, er ging auf meinen Onkel zu.

»Sehr schönen guten Tag, Herr Rathery! Wie geht es Ihnen, ehrenwerter Herr Minxit? Wie haben Sie sich denn bei unserm Geßler herausgezogen, Herr Benjamin? Ich hatte eine so schreckliche Angst, er möchte Ihnen etwas antun! Ich habe darüber die ganze Nacht kein Auge zugetan.«

»Fata«, sagte Herr Minxit, »ersparen Sie sich Ihre Unterwürfigkeiten für den Marquis, wenn Sie ihm wieder begegnen. Ist es wahr, daß Sie zu Herrn von Kambyses gesagt haben, Sie kennten Benjamin nicht mehr?«

»Nicht, daß ich wüßte, bester Herr Minxit.«

»Ist es wahr, daß Sie zu demselben Marquis gesagt haben, ich sei kein anständiger Umgang?«

»Das konnte ich gar nicht sagen, mein werter Herr Minxit; Sie wissen, wie sehr ich Sie schätze, mein Freund.«

»Ich versichere auf Ehre, daß er das doch gesagt hat«, sagte mein Onkel mit der eisigen Kälte eines Richters.

»Sehr wohl«, sagte Herr Minxit; »dann wollen wir unsere Rechnung ins reine bringen.«

»Fata«, ließ sich Benjamin vernehmen, »ich mache Sie darauf aufmerksam, daß Herr Minxit Sie durchpeitschen wird. Da, nehmen Sie meine Reitgerte; der Körperschaft zu Ehren verteidigen Sie sich: ein Arzt kann sich nicht durchprügeln lassen wie ein Zehnguldenesel.«

»Ich habe das Gesetz für mich«, schrie Fata; »wenn er mich schlägt, so soll ihn jeder Schlag teuer zu stehen kommen.«

»Ich lasse dreihundert Taler springen«, sagte Herr Minxit, indem er seine Reitpeitsche pfeifen ließ; »da, Fata, Fatorum, Schicksal, Vorsehung der Alten! da, da, da, da!«

Die Bauern waren unter die Türen getreten, um Fata durchprügeln zu sehen; denn, ich sage es zur Schande unserer armen Menschheit, nichts ist dramatischer als ein Mensch, den man mißhandelt.

»Meine Herren«, schrie Fata, »ich stelle mich unter Ihren Schutz«; aber niemand verließ seinen Platz, denn Herr Minxit hatte, dank dem Ansehen, das er genoß, fast das Recht der niederen Gerichtsbarkeit im Dorfe.

»Dann«, zeterte der unglückliche Fata weiter, »dann nehme ich Sie zu Zeugen für die meiner Person angetanen Gewalttätigkeiten; ich bin Doktor der Medizin!«

»Wart«, sagte Herr Minxit, »ich will stärker zuschlagen, damit diejenigen, die die Schläge nicht sehen, sie wenigstens hören und du dem Amtmann Striemen vorweisen kannst.« Und wirklich schlug er verstärkt darauf, der Berserker, der er war.

»Verlaß dich drauf«, rief Fata davonlaufend, »du sollst es mit Herrn von Kambyses zu tun kriegen; er wird nicht dulden, daß man mich mißhandelt, weil ich ihn grüße.«

»Du kannst deinem Kambyses sagen«, entgegnete Minxit, »daß ich mich den Teufel um ihn schere, daß ich mehr Männer habe als er Schranzen, daß mein Haus fester ist als sein Schloß und daß, wenn er mir morgen mit seinen Leuten auf der Ebene von Fertiant stehen will, ich sein Mann bin.«

Wir wollen hier gleich erwähnen, um die Sache abzumachen, daß Fata Herrn Minxit vor den Amtmann laden ließ, um ihn für die an seiner Person begangenen Gewalttätigkeiten zur Verantwortung zu ziehen; daß er jedoch keinen einzigen Zeugen auftreiben konnte, der darüber Aussage erstattet hätte, obwohl sich die Sache in Gegenwart von einem guten Hundert Menschen abgespielt hatte.

Als mein Onkel in Clamecy anlangte, übergab ihm seine Schwester einen Brief mit dem Pariser Poststempel und folgendem Inhalt:

› *Herr Rathery*,

ich weiß aus guter Quelle, daß Sie das Fräulein Minxit heiraten wollen; ich verbiete es Ihnen ausdrücklich.

Vicomte von Brückenbruch‹

Mein Onkel ließ sich von Kaspar einen Bogen Papier größten Formats holen, er nahm Beißkurzens Tintenzeug und antwortete sogleich auf diesen Erlaß:

› *Herr Vicomte*,

Sie können mich ....

Genehmigen Sie die Versicherung ausgezeichneter Hochachtung, mit der ich die Ehre habe zu sein

Ihr ganz ergebener Diener

B. Rathery.‹

Was wollte mein Onkel, daß der Vicomte könne? Ich weiß es nicht; ich habe vergebliche Versuche gemacht, das Geheimnis dieser Zurückhaltung zu durchdringen; aber ich habe euch immerhin einen Begriff von der Festigkeit, der Klarheit, der Knappheit und Bestimmtheit seines Stils gegeben, wenn er sich die Mühe nahm, zu schreiben.

Indessen hatte sich mein Onkel keineswegs seiner Racheideen begeben, im Gegenteil, am folgenden Freitag, nachdem er seine Kranken besucht, ließ er seinen Degen schleifen und zog über seinen roten Frack Beißkurzens langen Rock. Da er um keinen Preis seinen Zopf opfern und ihn doch nicht in die Tasche stecken konnte, verbarg er ihn unter einer alten Perücke und zog, solchergestalt verkleidet, aus, seinen Marquis zu beobachten. Sein Hauptquartier schlug er in einer Art von Schenke auf, die hart an der Straße von Clamecy gelegen war, dem Schloß des Herrn von Kambyses gegenüber. Der Herr dieser Behausung hatte sich gerade das Bein gebrochen. Mein Onkel, immer bereit, seinem Mitmenschen zu Hilfe zu eilen, wenn er irgendwo kaputt war, gab sich als Arzt zu erkennen und bot dem Patienten seine Kunst an. Die trostlose Familie ermächtigte ihn, die beiden Stücke des gebrochenen Schienbeins wieder an Ort und Stelle zu bringen, was schleunigst und unter größter Bewunderung zweier langer Lakaien in kambysischer Livree geschah, die im Gastzimmer zechten.

Als die Operation beendet war, begann mein Onkel sich in einem der Oberzimmer der Herberge einzurichten, gerade über dem Wirtshausschild, und er ging daran, das Schloß mittels eines Fernrohres, das er von Herrn Minxit mitgenommen hatte, unter Beobachtung zu nehmen. Eine Stunde langweilte er sich so herum und hatte noch nichts entdeckt, woraus er hätte Nutzen ziehen können, als er einen Lakaien des Herrn von Kambyses Hals über Kopf den Berg herunterjagen sah. Vor der Tür der Schenke sprang er vom Pferd und fragte, ob der Arzt noch da sei. Auf die bejahende Antwort der Magd eilte er in das Zimmer meines Onkels hinauf, und mit tiefgezogenem Hute bat er ihn, seine Dienste dem Herrn von Kambyses angedeihen zu lassen, der eine Fischgräte verschluckt habe. Mein Onkel hatte nicht übel Lust, eine abschlägige Antwort zu geben. Aber er überlegte sich, daß dieser Umstand seine Rachepläne begünstigen könne, und entschloß sich, dem Domestiken zu folgen.

Dieser geleitete ihn in das Zimmer des Marquis. Herr von Kambyses saß in seinem Sessel, den Kopf in die Hände gestützt, die Ellbogen auf den Knien, und schien einer heftigen Unruhe zu unterliegen. Die Marquise, eine hübsche Brünette von fünfundzwanzig Jahren, stand an seiner Seite und suchte ihn zu beruhigen. Beim Eintreten meines Onkels hob der Marquis den Kopf und sagte:

»Ich habe beim Diner eine Gräte verschluckt, die mir in der Kehle steckt; ich hatte erfahren, daß Sie im Dorfe seien, und habe Sie, obwohl ich nicht die Ehre habe, Sie zu kennen, in der Überzeugung rufen lassen, daß Sie mir ihre Hilfe nicht verweigern werden.«

»Wir schulden sie jedermann«, antwortete mein Onkel mit eisiger Kälte, »den Armen so gut wie den Reichen, den Edelleuten so gut wie den Bauern, dem Sünder so gut wie dem Gerechten.«

»Dieser Mensch macht mir Angst«, sagte der Marquis zu seiner Frau, »schicke ihn fort.«

»Aber«, sagte die Marquise, »du weißt selbst, daß kein Arzt sich dem unterzieht, auf das Schloß zu kommen; da du nun diesen hast, wisse ihn wenigstens zu behalten.«

Der Marquis fügte sich diesem Rat. Benjamin untersuchte den Schlund des Kranken und wiegte bedenklich den Kopf. Der Marquis erbleichte.

»Was ist?« fragte er, »wäre das Übel noch schlimmer, als wir glaubten?«

»Ich weiß nicht, was Sie glaubten«, antwortete Benjamin feierlich, »aber das Übel wäre in der Tat sehr schlimm, wenn man nicht auf der Stelle Maßnahmen ergriffe, es zu bekämpfen. Sie haben eine Salmgräte verschluckt, und zwar eine Schwanzgräte, da, wo sie am giftigsten sind.«

»Das ist wahr«, sagte die Marquise verwundert; »aber wie haben Sie das entdeckt?«

»Aus der Besichtigung des Schlundes, meine Gnädigste.« In Wirklichkeit hatte er dies auf sehr einfache Weise erkannt: als er am Speisesaal vorüberging, dessen Tür offenstand, hatte er auf der Tafel einen Salm gesehen, von dem nur das Schwanzstück fehlte; woraus er schloß, daß dem Schwanz dieses Fisches die verschluckte Gräte angehört habe.

»Wir haben nie sagen hören«, stammelte der Marquis erschrocken, »daß Salmgräten giftig seien.«

»Das hindert nicht, daß sie es sind, und zwar sehr«, sagte Benjamin; »und es täte mir leid, wenn die Frau Marquise es bezweifeln wollte, denn ich würde ihr widersprechen müssen. Die Salmgräten enthalten, wie die Blätter des Manzenillenbaums, einen so scharfen und ätzenden Saft, daß, wenn die Gräte auch nur eine halbe Stunde länger im Schlund des Herrn Marquis sitzenbliebe, sie eine Entzündung hervorrufen würde, deren ich nicht mehr Herr zu werden vermöchte, und ein Eingriff wäre unmöglich geworden.«

»In diesem Fall, Doktor, operieren Sie doch auf der Stelle, ich bitte sehr darum«, sagte der Marquis in steigender Angst.

»Einen Augenblick«, sagte mein Onkel; »die Sache geht nicht so schnell, wie Sie wünschen; es ist vorher eine kleine Förmlichkeit zu erfüllen.«

»So erfüllen Sie sie schleunigst und beginnen Sie.«

»Diese Förmlichkeit geht Sie an; Sie allein vermögen sie zu erfüllen.«

»So sage mir doch wenigstens, worin sie besteht, Unglückschirurg! Willst du mich hier sterben lassen dank deiner Untätigkeit?«

»Ich hege doch Bedenken,« sagte Benjamin zögernd. »Wie soll man einen solchen Vorschlag anbringen, wie der ist, den ich Ihnen zu machen habe?

Einem Marquis! einem Manne, der in gerader Linie von Kambyses, dem König der Ägypter, abstammt!...«

»Ich glaube gar, Elender, du benutzest meine Lage, um dich über mich lustig zu machen!« rief der Marquis aus, in seine ursprüngliche Heftigkeit zurückverfallend.

»Nicht im mindesten«, erwiderte Benjamin kalt. »Sie entsinnen sich eines Mannes, den Sie etwa vor drei Monaten von Ihren Häschern in Ihr Schloß zerren ließen, weil er Sie nicht gegrüßt hatte, und dem Sie den blutigsten Schimpf angetan haben, den ein Mann dem andern anzutun vermag?«

»Einen Mann, den ich mich küssen ließ... Wahrhaftig, du bist es! ich erkenne dich an deinen sechs Fuß drei Zoll.«

»Nun wohl! Dieser Mensch von sechs Fuß drei Zoll, dieser Mann, den Sie für eine Mücke ansahen, für ein Staubkörnchen, dem Sie niemals wieder begegnen würden, fordert jetzt von Ihnen Genugtuung für die Schmach, die Sie ihm zugefügt haben.«

»O mein Gott! ich verlange ja nichts Unbilliges; bestimme die Summe, auf welche du deine Ehre einschätzest, und ich lasse sie dir sofort auszahlen.«

»Hältst du dich denn, Marquis von Kambyses, für reich genug, die Ehre eines rechtschaffenen Mannes zu bezahlen? Denkst du, ich sei käuflich wie eine Beamtenrobe? Glaubst du, ich lasse mich für Geld beleidigen? Nein, nein! Eine Wiederherstellung meiner Ehre ist es, die ich haben muß, eine Ehrenheilung! verstehst du, Marquis von Kambyses?«

»Gut, sei es drum!« sagte Herr von Kambyses, dessen Blicke an dem Zeiger der Uhr hingen und der mit Schrecken die verhängnisvolle halbe Stunde entfliehen sah. »Ich will vor der Marquise erklären, ich will, wenn Sie wollen, schriftlich erklären, daß Sie ein Ehrenmann sind und ich unrecht hatte, Sie zu beleidigen.«

»Der Teufel! du hast deine Schulden bald bezahlt. Glaubst du denn, wenn man einen anständigen Menschen beschimpft hat, genüge es, anzuerkennen, daß man unrecht gehabt habe, und damit sei alles wiedergutgemacht? Morgen würdest du samt deiner Gesellschaft von Junkern schön über den Tropf lachen, der mit dieser Vorspiegelung einer Genugtuung zufrieden wäre. Nein, nein, Auge um Auge, Zahn um Zahn! Die Strafe der Vergeltung ist es, die du über dich ergehen lassen mußt. Der Schwache von gestern ist der Starke von heute geworden, der Wurm hat sich in die Schlange verwandelt. Du wirst meiner Justiz nicht entgehen, wie du der des Amtmanns entgehst; da gilt keine Protektion, die dich mir entziehen könnte. Ich habe dich geküßt, so mußt du mich küssen.«

»Hast du denn vergessen, Elender, daß ich der Marquis von Kambyses bin?«

»Du aber hattest damals freilich vergessen, du, daß ich Benjamin Rathery war! Der Schimpf, der ist wie Gott: alle Menschen sind gleich vor ihm; es gibt weder große Beschimpf er noch kleine Beschimpfte.« »Lakai«, rief der Marquis, den die Wut die angebliche Gefahr vergessen ließ, in der er sich befand, »führt diesen Menschen in den Hof und läßt ihm hundert Peitschenhiebe geben; ich will ihn schreien hören.«

»Sehr wohl«, sagte mein Onkel; »aber in zehn Minuten wird die Operation unmöglich geworden sein, und in einer Stunde sind Sie tot.«

»Ei, kann ich nicht durch meinen Läufer einen Chirurgen aus Varzy holen lassen?«

»Wenn Ihr Läufer den Chirurgen zu Hause findet, so wird dieser gerade recht kommen, um Sie sterben zu sehen und um der Frau Marquise seinen Beistand angedeihen zu lassen.«

»Aber es ist ja nicht möglich«, jammerte die Marquise, »daß Sie unbeugsam bleiben. Ist es nicht ein größeres Vergnügen, zu vergeben, als sich zu rächen?«

»Oh, Madame«, versetzte Benjamin, indem er sich mit Grazie verneigte, »ich bitte Sie zu glauben, daß, wenn mir die gleiche Beleidigung von Ihnen zuteil geworden wäre, ich sie Ihnen nicht verübeln würde.«

Frau von Kambyses lächelte, und da sie begriff, daß bei meinem Onkel nichts zu erreichen war, beredete sie ihren Gemahl nunmehr selbst, sich der Notwendigkeit zu fügen, und stellte ihm vor, daß er nur noch fünf Minuten hatte, sich zu entscheiden.

Der Marquis, der Angst unterliegend, bedeutete zwei Bedienten, die im Zimmer waren, sich zurückzuziehen.

»Nicht doch«, sagte der unerbittliche Benjamin, »so ist es nicht gemeint. Lakai, Sie gehen im Gegenteil und benachrichtigen alle Leute des Herrn von Kambyses, sich hierher zu begeben: sie sind Zeugen der Beleidigung gewesen, sie sollen auch Zeugen ihrer Sühne sein. Die Frau Marquise allein hat das Recht, sich zurückzuziehen.«

Der Marquis warf einen Blick auf die Uhr und sah, daß nur noch drei Minuten übrig waren; da der Lakai sich nicht rührte, sagte er:

»So laufen Sie doch, Peter! Tut, was der Herr euch befiehlt. Seht ihr nicht, daß er in diesem Augenblick der Herr der Situation ist?«

Die Domestiken kamen einer nach dem andern; nur der Haushofmeister fehlte noch; aber Benjamin, unbeugsam bis zum Ende, wollte nicht anfangen, bis auch er zugegen war.

*

»Gut«, sagte Benjamin, »jetzt sind wir quitt, und alles ist vergessen; ich werde mich nun eingehend mit Ihrer Kehle beschäftigen.«

Rasch und geschickt zog er die Gräte heraus und legte sie dem Marquis in die Hand. Während dieser sie neugierig musterte, sagte mein Onkel:

»Ich muß Ihnen frische Luft geben.«

Er öffnete ein Fenster, sprang in den Hof und hatte mit zwei, drei Sätzen seiner langen Beine das Hoftor erreicht. Während er in vollem Lauf den Berg hinuntereilte, schrie der Marquis aus einem Fenster ihm nach:

»Halten Sie! Herr Benjamin Rathery, haben Sie die Güte, meinen und der Frau Marquise Dank entgegennehmen zu wollen; ich muß Sie doch für Ihre Operation bezahlen.« Aber Benjamin war nicht der Mann, sich durch schöne Worte fangen zu lassen. Unten am Hügel begegnete er dem Läufer des Marquis.

»Landry«, sagte er zu ihm, »meine Empfehlungen an die Frau Marquise; und Herrn von Kambyses können Sie über die Salmgräten beruhigen; sie sind nicht giftiger als die eines Hechts; nur muß man sie nicht verschlucken. Er soll sich einen heißen Umschlag um den Hals machen, und in zwei oder drei Tagen wird er geheilt sein.«

Sobald mein Onkel außer Bereich der Behelligungen von Seiten des Marquis war, wandte er sich nach rechts, durchschritt den Wiesengrund von Flez mit den tausend Bächlein, von denen er durchschnitten wird, und begab sich nach Corvol. Er wollte Herrn Minxit mit dem Erstbericht seines Feldzugs regalieren. Schon von fern gewahrte er ihn, wie er vor seiner Tür stand, und indem er zum Zeichen des Triumphes sein Taschentuch schwang, rief er: »Wir sind gerächt!«

Der gute Mann lief ihm entgegen, so schnell es seine dicken kurzen Beine erlaubten, und warf sich mit einer Rührung in seine Arme, als ob Benjamin sein Sohn gewesen wäre; mein Onkel behauptet sogar, er habe zwei dicke Tränen über seine Wangen laufen sehen, die er zu verbergen suchte. Der alte Arzt, nicht minder stolz und zornmütig als Benjamin, war außer sich vor Freude. Zu Hause angekommen, tat er es nicht anders, als daß die Musikanten, zur höheren Feier dieses glorreichen Tages, bis in die Nacht Fanfaren bliesen; hierauf befahl er ihnen, sich zu betrinken, welcher Befehl auf das pünktlichste zur Ausführung kam.

Elftes Kapitel

Wie mein Onkel seinem Tuchhändler half, ihn auszupfänden

Immerhin kam Benjamin nicht so ganz ruhig über die Folgen seiner Kühnheit nach Clamecy zurück; indes, am folgenden Tage überbrachte ihm ein Läufer des Schlosses, samt einer beträchtlichen Geldsumme, einen Brief folgenden Inhalts:

›Der Herr Marquis von Kambyses bittet Herrn Benjamin Rathery, zu vergessen, was zwischen ihnen vorgefallen ist, und als Preis der Operation, die er so geschickt ausgeführt hat, die unbedeutende Summe anzunehmen, die er ihm sendet.‹

»Oh«, sagte mein Onkel, nachdem er den Brief gelesen, »der werte Herr möchte meine Verschwiegenheit erkaufen; er hat sogar den Anstand, sie vorauszubezahlen; schade, daß er nicht mit allen seinen Lieferanten so verfährt. Hätte ich ihm ganz einfach und gewöhnlich, ohne Vorereignisse, die Gräte, die sich in seinem Hals festgeklemmt hatte, herausgezogen, so hätte er mir zwei Taler in die Hand gedrückt und mich in die Gesindestube zu einem Teller Suppe geschickt. Die Moral davon ist, daß man bei den Großen besser tut, sich in Respekt zu setzen, als sich angenehm zu machen; Gott soll mich verdammen, wenn ich mich in meinem Leben je gegen diesen Grundsatz verfehle!

In jedem Fall, da ich nicht die Absicht habe, verschwiegen zu sein, kann ich auch nicht mit gutem Gewissen das Geld behalten, das er mir für meine Verschwiegenheit schickt; man muß entweder ehrlich sein gegen jedermann oder sich überhaupt nicht damit befassen. Aber zählen wir ein wenig das Geld in diesem Beutel! sehen wir, wieviel er für die Operation zahlt und wieviel für mein Schweigen: fünfzig Taler! Wetter! der Kambyses ist nobel; er will dem Drescher, der von drei Uhr morgens bis acht Uhr abends den Flegel schwingt, nicht mehr als zwölf Sous zubilligen, und dies ohne jede Gewähr, daß er ihn nicht noch dazu prügeln läßt, mir aber zahlt er fünfzig Taler für eine Viertelstunde meines Tagwerks; das nenn ich Großmut!

Für das Ausziehen dieser Gräte hätte Herr Minxit vielleicht dreißig Taler berechnet; aber freilich, er treibt die Medizin mit großem Orchester und großer Aufmachung; er hat vier Pferde und ein Dutzend Musikanten zu füttern. Für mich, der ich nur mein Besteck und meinen Leichnam zu versorgen habe, einen Leichnam allerdings von sechs Fuß drei Zoll, sind sechs Taler alles, was das wert ist. Also: von fünfzig sechs abgezogen, sind vierundvierzig Taler, die ich dem Marquis zurückschicken muß; und trotzdem habe ich noch beinahe Gewissensbisse, ihm sein Geld abzunehmen.

Denn diese Operation, für die ich ihn sechs Taler zahlen lasse, möchte ich nicht um tausend Taler meinerseits – zahlbar nach meinem Tode, versteht sich – drangeben. Der arme große Herr, wie er klein und schrumpelig vor mir wurde mit seinem bleichen, flehenden Gesicht und seiner Salmgräte im Rachen! Wie ehrbar tat der Adel in seiner Person Buße vor dem Volk in meiner Person! Er hätte es gern geduldet, daß ich ihm sein Wappen auf den Rücken gebunden hätte. Wenn gestern in seinem Saal irgendein Bildnis seiner Ahnen gehangen hat, so muß es rot geworden sein vor Scham. Jene kleine Stelle, auf die er mich geküßt hat, müßte man nach meinem Tode ausschneiden und in das Pantheon überführen – wenn das Volk einmal ein Pantheon haben wird, wohlverstanden.

Aber, Marquis, deshalb seid Ihr noch nicht heraus: bevor drei Tage um sind, weiß die ganze Amtmannschaft Euer Abenteuer, ja ich will es selbst von Millot-Rataut, unserm Christlitanei-Verfertiger, der Nachwelt überliefern lassen; er muß mir über diesen Gegenstand eine Handvoll Alexandriner fabrizieren. Was diese sechs Taler anlangt, so ist es gefundenes Geld; ich will nicht, daß sie durch die Hände meiner teuern Schwester gehen. Morgen ist Sonntag; morgen also gebe ich den Freunden für dieses Geld ein Gabelfrühstück, wie ich es ihnen noch nie gegeben habe, ein Gabelfrühstück, das bar bezahlt wird. Es ist gut, ihnen zu zeigen, wie ein Mann von Geist sich rächen kann, auch ohne bei seinem Degen Zuflucht zu suchen.«

Nachdem die Sache so geordnet war, ließ sich mein Onkel herbei, an den Marquis wegen der Rücksendung seines Geldes zu schreiben. Ich wäre entzückt, meinen Lesern eine weitere Probe von dem Briefstil meines Onkels geben zu können; unglücklicherweise findet sich indes sein Schreiben nicht unter den historischen Dokumenten, die mein Großvater uns überliefert hat. Vielleicht hat mein andrer Onkel, der Tabakskrämer, eine Tüte daraus gedreht.

Während Benjamin in vollem Schreiben begriffen war, trat der Lieferant seiner roten Fräcke mit einem langen Wisch in der Hand bei ihm ein.

»Was ist das?« sagte Benjamin, indem er die Feder hinlegte; »wieder Ihre Rechnung, Herr Gutfärb, immer und ewig Ihre Rechnung? Ach, du mein Gott! Sie präsentieren sie mir nun schon so oft, daß ich sie auswendig kann: sechs Ellen Scharlach, doppelte Breite, nicht wahr? mit zehn Ellen Futter und drei Garnituren ziselierter Knöpfe?«

»Ganz recht, Herr Rathery, völlig in Ordnung; macht total fünfzig Taler, zehn Groschen, sechs Heller. Ich will nicht in den Himmel kommen, wenn ich nicht mindestens dreißig Taler an dieser Lieferung verliere!«

»Wenn das so ist«, versetzte mein Onkel, »warum außerdem noch Zeit verlieren, alle diese häßlichen Papierfetzen zu bekritzeln? Sie wissen sehr wohl, Herr Gutfärb, daß ich niemals Geld habe.«

»Ich sehe im Gegenteil, Herr Rathery, daß Sie welches haben und daß ich zu gelegener Zeit komme. Da steht ja ein Beutel auf dem Tisch, der so etwa meine Summe enthalten muß, und wenn Sie mir gestatten wollen...«

»Einen Augenblick«, sagte mein Onkel und legte geschwind seine Hand auf den Beutel, »das Geld gehört nicht mir, Herr Gutfärb; gerade schreibe ich hier den Rücksendungsbrief, auf den nun durch Ihre Schuld ein Klecks gekommen ist. Da, wenn Sie davon Kenntnis nehmen wollen –«, und er hielt ihm den Brief hin.

»Nicht nötig, Herr Rathery, ganz und gar nicht nötig; alles, was ich wissen möchte, ist, wann Sie Geld haben werden, das Ihnen gehört.«

»Ach, Herr Gutfärb, wer kann in die Zukunft blicken? Was Sie mich fragen, möchte ich selbst gern wissen.«

»Bei dieser Sachlage, Herr Rathery, werden Sie es mir nicht verübeln, wenn ich auf der Stelle zu Parlanta gehe, um ihn zum weiteren Verfolg des gegen Sie schwebenden Vollstreckungsverfahrens anzuhalten.« »Sie sind schlechter Laune, werter Herr Gutfärb; auf was für einen kratzigen Tuch-schnipsel sind Sie denn heute getreten?«

»Schlechter Laune, Herr Rathery? Sie werden zugeben, daß man es sein könnte; es sind nun drei Jahre, daß Sie mir das Geld schulden und mich von Monat zu Monat auf ich weiß nicht was für eine epidemische Krankheit vertrösten, die ich nicht kommen sehe; Sie sind daran schuld, daß ich täglich Auseinandersetzungen mit Frau Gutfärb habe, die mir vorwirft, ich wisse nicht zu meinem Gelde zu kommen, und die sich manchmal zu solcher Lebhaftigkeit auswächst, mich viechsdumm zu nennen.«

»Frau Gutfärb ist ohne weiteres eine sehr liebenswürdige Dame; Sie sind glücklich zu preisen, Herr Gutfärb, eine solche Gattin zu haben, und ich bitte Sie, mich ihr baldmöglichst zu empfehlen.«

»Besten Dank, Herr Rathery; aber meine Frau ist, was man sagt, ein bißchen genau. Geld ist ihr lieber als Komplimente, und sie sagt, wenn Sie es mit meinem Zunftgenossen Grophez zu tun gehabt hätten, säßen Sie längst im Schuldturm.«

»Zum Teufel noch einmal«, rief mein Onkel, wütend, daß Gutfärb nicht Leine ziehen wollte, »es ist Ihre Schuld, daß wir noch nicht quitt sind! Alle Ihre Zunftbrüder waren oder sind krank; Lammfromm hat zwei Brustfell-entzündungen gehabt dieses Jahr, Zwillicher ein Faulfieber, Drell hat Rheuma, Natin den Durchfall seit sechs Monaten. Sie dagegen, Sie erfreuen sich einer unanfechtbaren Gesundheit, ungeachtet dessen, daß Sie so mißfarben aussehen wie eines Ihrer Nankingstücke und Frau Gutfärb wie eine Bildsäule von frischer Butter. Das hat mich irregemacht! Ich dachte, Sie würden, die Renommierstücke meiner Klientel bilden. Wenn ich gewußt hätte, was ich heute weiß, nie hätten Sie meine Kundschaft bekommen.« »Aber, Herr Rathery, es will mir doch scheinen, als ob weder

Frau Gutfärb noch ich verpflichtet sind, krank zu werden, um Ihnen die Mittel zu verschaffen, Ihre Schulden abzutragen.«

»Und ich erkläre Ihnen, Herr Gutfärb, daß Sie moralisch dazu verpflichtet sind. Wie wollten Sie denn Ihre Wechsel bezahlen, wenn Ihre Kunden keine Anzüge trügen? Diese Hartnäckigkeit des Sichwohlbefindens ist ein schändliches Begehen; es ist ein Fallstrick, den Sie mir gelegt haben. Sie hätten zur Stunde mit einer Rechnung von mindestens fünfzig Talern in meinem Buche zu stehen. Ich will Ihnen aber nur vierundvierzig Taler, zehn Groschen, sechs Heller rechnen für die Krankheiten, die Sie hätten haben sollen. Sie müssen zugeben, daß ich billig bin. Sie sind glücklich genug dran, für die Arzneien bezahlen zu dürfen, ohne sie schlucken zu müssen, und ich kenne manche, die an Ihrer Stelle sein möchten. Also: wenn wir von fünfzig Talern, zehn Groschen, sechs Hellern, die Sie berechnen, vierundvierzig Taler, zehn Groschen, sechs Heller abziehen, gibt das sechs Taler, die ich Ihnen schulde. Wenn Sie sie wollen, hier sind sie! Ich rate Ihnen als Freund, sie zu nehmen; Sie werden nicht so bald eine ähnliche Gelegenheit finden.«

»Als Abschlagszahlung«, sagte Gutfärb, »will ich sie gern nehmen.«

»Nein, als endgültigen Ausgleich der ganzen Rechnung«, versetzte mein Onkel; »und ich bedarf noch aller meiner Seelenstärke, um Ihnen das Opfer zu bringen. Ich hatte dies Geld für ein Junggesellenfrühstück bestimmt; ich hatte sogar die Absicht, Sie einzuladen, obgleich Sie Familienvater sind.«

»Das ist wieder einer von Ihren schlechten Späßen, Herr Rathery; ich habe nie etwas anderes als das von Ihnen erhalten können; und doch wissen Sie ganz gut, daß ich gegen Sie einen Pfändungsbefehl in aller Form in der Tasche habe und ihn augenblicks könnte vollstrecken lassen.«

»Ja doch! Aber das ist es gerade, worüber ich mich beklage, Herr Gutfärb. Sie haben kein Vertrauen zu Ihren Freunden. Warum sich unnötige Auslagen machen? Können Sie nicht zu mir kommen und sagen: ›Herr Rathery, ich habe die Absicht, Sie auspfänden zu lassen‹? Ich würde Ihnen geantwortet haben: ›Bitte, nehmen Sie die Pfändung selbst vor, Herr Gutfärb; Sie brauchen dazu keinen Gerichtsvollzieher, ich will Ihnen selbst den Büttel machen, wenn Ihnen das angenehm sein kann.‹ Übrigens ist dazu immer noch Zeit: pfänden Sie mich heute, pfänden Sie mich auf der Stelle, genieren Sie sich nicht; alles, Was ich habe, ist zu Ihrer Verfügung; ich ermächtige Sie, alles einzupacken und wegzuschleppen, was Ihnen hier gefällt.«

»Wie, Herr Rathery, Sie hätten die Güte...?«

»Wie können Sie fragen! Herr Gutfärb, ich wäre geradezu entzückt, von Ihnen eigenhändig gepfändet zu werden; ich würde Ihnen sogar helfen, mich auszupfänden.«

Mein Onkel öffnete hierauf ein altes Gebäude von Kommode, an der noch hier und da ein paar messingne Beschlagsfetzen hingen, und zog zwei oder drei abgetragene Zopfbänder aus einer Schublade.

»Da!« sagte er zu Gutfärb und hielt sie ihm hin; »Sie sollen nicht alles verlieren. Diese Gegenstände wollen wir nicht in Rechnung setzen, die gebe ich Ihnen drein.«

»Puh!« machte Herr Gutfärb.

»Dieses Portefeuille in rotem Maroquin hier ist mein chirurgisches Besteck.« Als Herr Gutfärb die Hand darauflegen wollte, sagte Benjamin:

»Alles ganz gut und schön! aber das Gesetz erlaubt Ihnen nicht, das anzurühren. Das ist mein berufliches Handwerkszeug, und ich habe das Recht, es zu behalten.«

»Aber...«, brachte Gutfärb hervor.

»Das ist nun ein Pfropfenzieher mit Ebenholzgriff und mit Silber eingelegt; was diesen Gegenstand betrifft«, bemerkte Benjamin, indem er ihn in die Tasche steckte, »so hinterziehe ich ihn meinen Gläubigern, und zudem habe ich ihn nötiger als Sie.«

»Aber«, wandte Gutfärb ein, »wenn Sie alles das behalten, was Sie nötiger brauchen als ich, so werde ich keinen Karren brauchen, um meine Beute davonzufahren.«

»Nur Geduld«, sagte mein Onkel, »Sie werden nichts verlieren, wenn Sie's abwarten. Hier, sehen Sie, auf diesem Brett sind alte Arzneikolben, ein paar sind gesprungen, für ihre Unversehrtheit leiste ich keine Gewähr; ich lasse sie Ihnen, samt allen Spinnweben, die darin sind. Auf diesem andern Brett sehen Sie einen großen ausgestopften Geier; es kostet Sie nur die Mühe, ihn auszunisten, und er kann Ihnen als Wahrzeichen dienen.«

»Herr Rathery!« zischte Gutfärb.

»Das da, das ist die Hochzeitsperücke Beißkurzens, die ich weiß nicht wie hierherkommt. Ich biete sie Ihnen nicht an, weil ich weiß, daß Sie nur noch eine Atzel tragen.«

»Was wissen Sie davon, Herr Rathery?« brüllte Gutfärb, mehr und mehr gestachelt.

»In diesem Glase hier«, fuhr mein Onkel in unzerstörbarem Gleichmut fort, »befindet sich ein Bandwurm, den ich in Weingeist aufbewahre. Sie können sich Strumpfbänder daraus machen lassen, Sie, Frau Gutfärb und Ihre Kinder. Indessen kann ich nicht umhin, Sie darauf aufmerksam zu machen, daß es schade wäre, dieses schöne Tier zu verstümmeln: Sie können sich rühmen, das längste Lebewesen der Schöpfung zu besitzen, die Riesenschlange nicht ausgenommen. Übrigens mögen Sie den Wurm bewerten, wie Sie wollen.«

»Sie machen sich also lustig über mich, Herr Rathery; alles das hat nicht den geringsten Wert.«

»Ich weiß wohl«, sagte mein Onkel kalt, »dafür haben Sie auch keinen Büttel zu bezahlen. Halt, hier ist zum Exempel ein Gegenstand, der für sich allein Ihre ganze Forderung aufwiegt: es ist der Stein, den ich vor zwei, drei Jahren dem Herrn Bürgermeister aus der Blase geschnitten habe; Sie können ihn nach Art einer Tabaksdose ziselieren lassen; wenn man ihn mit einem Goldreif und ein paar hübschen Edelsteinen fassen läßt, gibt es ein nettes Geschenk für Frau Gutfärbs Namenstag.«

Gutfärb, wütend, tat einen Schritt nach der Tür.

»Einen Augenblick«, sagte mein Onkel, indem er ihn beim Rockzipfel zu fassen kriegte. »Was Sie pressiert sind, Herr Gutfärb! Ich habe Ihnen erst den kleinsten Teil meiner Schätze gezeigt. Hier! ein alter Kupferstich, den Hippokrates vorstellend, den Vater der Heilkunst; ich bürge Ihnen für die Ähnlichkeit. Weiter drei einzelne Bände der Medizinischen Wochenschrift, die Ihr Entzücken an den langen Winterabenden ausmachen werden.«

»Noch einmal, Herr Rathery...«

»Mein Gott, regen Sie sich nicht auf, Papa Gutfärb; wir sind gerade am Wertvollsten meiner fahrenden Habe angelangt.«

Dabei öffnete mein Onkel einen alten Schrank und zog zwei rote Fräcke daraus hervor, die er Herrn Gutfärb vor die Füße warf; eine Wolke von Staub und ein Schwärm Spinnen entfloh ihnen und verbreitete sich über das ganze Zimmer. »Schauen Sie hier«, sagte er zu ihm, »das sind die beiden letzten Fräcke, die Sie mir verkauft haben! Sie haben mich unerhört betrogen, Herr Schlechtfärb: sie sind verblichen im Lauf eines einzigen Morgens wie zwei Rosenblätter, und meine teure Schwester konnte sie nicht einmal dazu verwenden, Ostereier für die Kinder zu färben. Sie verdienten, daß ich Ihnen einen Abzug für die Farbe machte.«

»Oh, oh«, rief Herr Gutfärb außer sich, »das ist zu stark, zu stark! Niemals hat man so unverschämt einen Gläubiger zum besten gehabt. Morgen früh, Herr Rathery, werden Sie von mir hören!«

»Sehr verbunden, Herr Gutfärb; ich werde immer entzückt sein, von Ihnen zu hören, daß Sie wohlauf sind. – Apropos, heda, Herr Gutfärb, Sie vergessen Ihre Zopfbänder!«

Als Gutfärb das Haus verließ, trat der Advokat Page hinein. Er fand meinen Onkel in einem schallenden Gelächter.

»Was hast du dem Gutfärb getan?« fragte er; »gerade begegnete ich ihm auf der Treppe, fast berstend vor Zorn; er war in einem solchen Wutanfall, daß er mich nicht einmal grüßte.«

»Der alte Schafskopf«, sagte Benjamin; »nun ist er noch böse auf mich, weil ich kein Geld habe! Als ob mir das nicht mehr gegen den Strich gehen müßte als ihm!«

»Du hast kein Geld, armer Benjamin? Desto schlimmer! doppelt schlimm! denn ich wollte dir gerade einen goldenen Handel vorschlagen.«

»Schlag immer vor«, sagte Benjamin.

»Da ist der Vikar Djhiarkos, der sich eines Quarts Burgunder entäußern will, das ihm eine seiner Betschwestern zum Geschenk gemacht hat; er hat einen Katarrh, und der Doktor Arnold hat ihn auf Tee gesetzt; da dieses Regime lange dauern wird, hat er Angst, sein Wein könne einen Stich bekommen. Er bestimmt den Erlös dafür, eine arme Waise einzurichten, die ihre letzte Tante verloren hat. Somit schlage ich dir ein gutes Geschäft und eine gute Tat zugleich vor.«

»Ja«, sagte Benjamin, »aber ohne Geld ist selbst eine gute Tat keine leichte Sache. Gute Taten sind teuer; man nimmt sie nicht so vor, wann man will. Indessen, was ist deine Meinung über den Wein?«

»Exquisit!« sagte Page und schnalzte mit der Zunge; »er hat mich kosten lassen: es ist Beaune erster Klasse.«

»Und wieviel will der tugendhafte Djhiarkos dafür?«

»Sieben Taler«, antwortete Page.

»Ich habe nur sechs; wenn er ihn für sechs Taler lassen will, ist der Handel abgeschlossen. Die Probe soll dann umsonst sein.«

»Sieben Taler; nehmen oder lassen. Sieben Taler, um eine arme Waise dem Elend zu entreißen und sie vor dem Laster zu bewahren; du wirst zugeben, daß das nicht zuviel ist.«

»Aber wenn du einen Taler hättest, Page«, erwiderte mein Onkel, »könnten wir ihn zu zweit kaufen.«

»Ach«, sagte Page, »es ist gut vierzehn Tage her, daß ich keinen gesehen habe. Ich glaube, das Geld hat Angst vor unsrer Gebührenordnung; es zieht sich zurück...«

»Jedenfalls nicht zu den Ärzten«, vollendete mein Onkel.

»So ist also an dein Quart nicht zu denken?«

Als einzige Antwort stieß Page einen tiefen Seufzer aus.

In diesem Augenblick erschien meine Großmutter und trug, wie ein Jesuskindlein, eine dicke Rolle Leinwand in ihren Armen. Sie legte die Leinwand meinem Onkel voll Begeisterung auf die Knie. »Hier, Benjamin«, sagte sie, »ich habe einen prächtigen Handel gemacht: heute morgen, als ich zum Markt ging, habe ich diese Leinwand einer Betrachtung unterzogen. Du brauchst Hemden, und ich fand, daß sie gerade das richtige für dich sei. Frau April hätte fünfundzwanzig Taler dafür gegeben; dann ließ sie den Händler gehen; aber ich sah an der Art, wie sie ihm nachäugte, daß sie die Absicht hatte, ihn zurückzurufen. ›Zeigen Sie mal Ihre Leinwand‹, sagte ich sofort zu dem Landmann. Ich habe ihm sechsundzwanzig Taler geboten und glaubte nicht, daß er sie mir zu dem Preis lassen würde: die Leinwand ist dreißig Taler wert so gut wie einen Pfennig, und Frau April ist wütend auf mich, daß ich ihr dazwischenkam.«

»Und diese Leinwand«, rief mein Onkel, »hat Sie gekauft... gekauft?«

»Gekauft«, sagte meine Großmutter, die nichts von der Aufwallung Benjamins begriff. »Es ist nichts dagegen zu machen; der Bauer wartet unten auf sein Geld.«

»Nun denn, geh Sie zum Teufel!« schrie Benjamin und schleuderte die Rolle durch das ganze Zimmer, »Sie mitsamt... das heißt, Verzeihung, meine teure Schwester, Verzeihung, nein: geh Sie nicht zum Teufel, das ist zu weit; geh Sie nur und bringe Sie Ihre Leinwand dem Händler zurück: ich habe kein Geld, sie zu bezahlen.«

»Und das Geld, das du heute morgen von Herrn von Kambyses erhalten hast?« fragte meine Großmutter.

»Mein Gott, das Geld gehört nicht mir. Herr von Kambyses hat mir zuviel geschickt.«

»Was soll das heißen, zuviel?« forschte meine Großmutter und sah Benjamin mit erstaunten Blicken an.

»Nun ja: zuviel! Frau Schwester, zuviel, versteht Sie, zuviel; er schickt mir fünfzig Taler für eine Operation von sechs; versteht Sie endlich?« »Und du bist Esel genug, ihm sein Geld wiederzuschicken? Wenn mein Mann mir einen solchen Streich spielen wollte!«

»Ja, ich war Esel genug; was will Sie, nicht jedermann kann den Geist besitzen, den Sie bei Beißkurz fordert. Ich war Esel genug dafür und bereue es nicht; ich will mich nicht zum Scharlatan machen lassen, Ihr zu Gefallen. Mein Gott, was hat man hienieden seine Plage, ein anständiger Mensch zu bleiben! Die Nächsten und Liebsten sind gerade die ersten, uns in Versuchung zu führen.«

»Aber, Unglücklicher, es fehlt dir an allem« du hast kein Paar seidene Strümpfe mehr anzuziehn, und während ich deine Hemden auf der einen Seite flicke, fallen sie auf der andern in Fetzen.«

»Und weil meine Hemden auf der einen Seite in Fetzen fallen, während du sie auf der andern flickst, soll ich auf die Ehrbarkeit verzichten, nicht wahr, liebe Schwester?«

»Aber deine Gläubiger, wann wirst du sie bezahlen?«

»Wenn ich Geld habe. Mehr läßt sich doch nicht sagen; ich möchte den Reichsten sehen, der mehr kann!«

»Und der Leinwandhändler, was soll ich dem sagen?«

»Sage ihm, was du willst; sage ihm, ich trüge keine Hemden, oder ich hätte dreihundert Dutzend in meinem Kasten; so kann er den Grund nehmen, der ihm am besten paßt.«

»Geh, mein armer Benjamin«, sagte meine Großmutter, während sie ihre Leinwand davontrug, »mit all deinem Geist wirst du doch dein Lebtag lang ein Schwachkopf bleiben.«

»Eigentlich«, sagte Page, als meine Großmutter unten auf der Treppe war, »hat deine teure Schwester recht; du treibst die Rechtschaffenheit bis zur Dummheit.«

Mein Onkel sprang lebhaft auf und packte den Advokaten beim Arm, den er mit seiner Eisenfaust so heftig quetschte, daß Page aufschrie.

»Page«, sagte er, »das ist nicht nur Ehrlichkeit, das ist ein edler und gerechter Stolz, das ist Achtung nicht nur gegen mich selbst, sondern auch gegen unsere arme unterdrückte Klasse. Willst du, daß dieser Krautjunker sagen darf, er habe mir eine Art Trinkgeld geschickt und ich habe es angenommen? Sollen sie, deren Wappen nur Bettlerzeichen sind, uns den Vorwurf der Bettelei heimzahlen können, den wir so oft gegen sie erhoben haben? Sollen wir ihnen das Recht geben, öffentlich zu verkünden, daß auch wir Almosen annehmen, sobald man nur so gut ist, uns welche zu reichen? Höre, Page, du weißt, daß ich den Burgunder liebe; du weißt ebenfalls nach dem, was meine Schwester eben gesagt hat, daß ich Hemden nötig habe; aber um alle Weinberge der Cote d'Or und um alle Hanffelder der Niederlande wollte ich nicht, daß es in der Amtmannschaft einen Blick gäbe, vor dem ich den meinen niederschlagen müßte. Nein, ich werde dieses Geld nicht behalten, und wenn ich mir mein Leben damit erkaufen könnte. An uns, den Männern von Herz und Bildung, ist es, dem Volke Ehre zu erweisen, in dessen Mitte wir geboren sind; von uns muß es lernen, daß man nicht von Adel sein muß, um ein Mann zu sein; daß es sich durch Selbstachtung aus der Erniedrigung erheben kann, in die es hinabgestiegen ist, und daß es endlich der Tyrannenfaust, die es niederhält, zurufen darf: ›Wir sins soviel wert wie ihr; aber wir sind mehr an Zahl als ihr; warum sollen wir fortfahren, eure Sklaven zu sein, und warum wollt ihr ferner unsre Herren sein? O Page, möchte ich diesen Tag sehn! Dann will ich Krätzer trinken mein Leben lang!‹«

»Das ist alles gut und schön«, sagte Page; »aber alles das verschafft uns unsern Burgunder nicht.« »Sei ruhig, Gierhals, du sollst nichts dabei verlieren: Sonntag gebe ich euch allen mit diesen sechs Talern, die ich dem Herrn von Kambyses aus dem Rachen gezogen habe, ein Gabelfrühstück, und beim Nachtisch erzähle ich euch ihre Geschichte. Ich muß gleich an Herrn Minxit schreiben. Auf Arthus muß ich verzichten, sintemal ich nur sechs Taler für das Frühstück habe; er müßte denn an dem Tage vorher ordentlich zu Mittag gegessen haben; aber wenn du vor mir Rapin, Parlanta und die andern triffst, so benachrichtige sie, damit sie sich nicht anderwärts versagen.«

Ich muß hier gleich beifügen, daß das Frühstück, da Herr Minxit nicht kommen konnte, um eine Woche vertagt wurde, dann aber auf unbestimmte Zeit verschoben, da mein Onkel in die Lage geriet, sich von seinen sechs Talern trennen zu müssen.

Zwölftes Kapitel

Wie mein Onkel Herrn Susurrans an einen Küchenhaken hängte

Was für ein Wunder ist doch die Fruchtbarkeit der Blumen! Sie werfen ihren Samen um sich wie einen Regen, überlassen ihn dem Winde wie Staub, entsenden ihn, den Almosen gleich, die ihren Weg zu rauchigen Dachkammern finden, auf die Spitzen trostloser Felsen, zwischen die verwitterten Steine geborstener Mauern, mitten hinein in stürzende und hängende Trümmer, ohne sich darum zu beunruhigen. Und sie finden eine Unze Erde, die ihn keimen läßt, einen Tropfen Regen, der seine Wurzel näßt, einen Sonnenstrahl, der ihm Wachstum, und einen andern, der ihm Farbe verleiht. Die Winde des scheidenden Frühlings entführen den Wiesen ihren letzten Wohlgeruch; dann ist die Erde mit Blütenblättern bedeckt, die verbleichen. Aber wenn die Winde des Herbstes darüber hingehen werden und die Felder mit ihren feuchten Schwingen bestreichen, wird ein anderes Blumengeschlecht die Erde mit neuem Gewande bedeckt haben, und ihr schwacher Duft wird der letzte Hauch des Jahres sein, das da stirbt und uns sterbend noch einmal lächelt.

In allen andern Punkten gleichen die Frauen den Blumen; nur in dem der Fruchtbarkeit haben sie keinerlei Ähnlichkeit mit ihnen. Die meisten Frauen, besonders die Frauen, die sind, wie sie sein sollen – und ich bitte euch, ihr meine Freunde und Brüder aus dem Volk, mir zu glauben, daß ich nur des Sprachgebrauchs halber diesen Ausdruck wähle, denn für mich ist die Frau, wie sie sein soll, die liebenswürdigste und hübscheste –; die Frauen, wie sie sein sollen, also, sind nicht mehr produktiv. Diese Damen sind Mütter der kleinstmöglichen Familie; sie sind unfruchtbar aus Haushälterischkeit. Wenn die Frau Amtsschreiber ihren kleinen Amtsschreiber, die Frau Notar ihren kleinen Notar zuwege gebracht hat, glauben sie, dem menschlichen Geschlecht gegenüber ihre Pflicht getan zu haben, und danken ab. Napoleon, der eine Liebhaberei für Rekruten hatte, sagte, die Frau sei ihm die liebste, die die meisten Kinder gebäre. Napoleon hatte gut reden, er, der seinen Kindern Königreiche wie Gutshöfe zur Aussteuer geben konnte! Tatsache ist, daß Kinder sehr teuer sind und daß diese Ausgabe nicht nach jedermanns Gehaben ist: nur der Arme kann sich den Luxus einer vielköpfigen Familie gestatten. Man bedenke nur, daß bei den Reichen schon die Monate, wo sie eine Amme brauchen, soviel kosten wie etwa ein Kaschmir. Das Wurm wächst schnell; es kommen die gesalzenen Rechnungen des Pensionsvorstehers, des Schusters, und des Schneiders. Das Jüngelchen von heute ist morgen ein junger Herr, der Schnauzbart sprießt, und siehe da, schon ist er Bakkalaureus! Nun wißt ihr erst recht nichts mehr mit ihm anzufangen. Nur um ihn loszuwerden, kauft ihr ihm einen schönen Beruf; aber nicht lange, und ihr gewahrt an den Wechseln, die man aus allen vier Enden der Stadt auf euch zieht, daß dieser Beruf eurem Doktor nichts einbringt als Einladungen und Visitenkarten. So müßt ihr ihn bis zum dreißigsten Jahr und darüber mit Glacéhandschuhen, Havanazigarren und Mätressen ausstatten. Ihr werdet zugeben, daß dies wenig angenehm ist. Wenn es für junge Männer von zwanzig Jahren ein Findelhaus gäbe, wie es eines für kleine Kinder gibt oder vielmehr nicht gibt, ich versichere euch, das Haus wäre voll!

Aber im Jahrhundert meines Onkels Benjamin war das anders: das war das Goldene Zeitalter der Hebärzte und Hebammen. Die Frauen gaben sich ohne Unruhe und ohne Hintergedanken ihren Instinkten hin; arm und reich, alle hatten Kinder, und selbst die, die gar kein Recht dazu hatten. Die Kinder aber, man wußte gleich, wohin damit: die Konkurrenz, dies Ungetüm mit Stahlzähnen, das alle kleinen Leute frißt, war noch nicht da. Jedermann fand seinen Platz unter der schönen Sonne Frankreichs, und in jedem Beruf hatte man die Ellbogen frei. Die Stellen boten sich, wie eine Frucht am Baum, den Fähigen selbst an, und sogar die Dummen fanden ihr Unterkommen, jeder nach der Besonderheit seiner Dummheit. Der Ruhm war so freigebig und zugänglich wie das Glück. Man brauchte zweimal weniger Geist als heutzutage, um ein Schriftsteller zu sein, und mit einem Dutzend Alexandrinern war man ein Dichter.

Damit soll nun nicht gesagt sein, daß ich mich nach der blinden Fruchtbarkeit der alten Zeit zurücksehne, die wie eine Maschine produzierte, ohne zu wissen, was sie tat: ich habe so schon Nachbarn genug. Ich wollte euch nur begreiflich machen, wieso zu der Zeit, von der ich spreche, meine Großmutter, obwohl sie noch nicht dreißig Jahre zählte, doch schon bei ihrem siebenten Kinde war. Meine Großmutter war also bei ihrem siebenten Kinde. Mein Onkel wollte unter allen Umständen, daß seine teure Schwester an seiner Hochzeit teilnehme, und hatte demzufolge Herrn Minxit das Einverständnis abgerungen, die Heirat bis nach dem Wochenbett meiner Großmutter zu verschieben. Das Kindszeug des neuen Ankömmlings war ganz weiß, schön bebändert, und von Tag zu Tag erwartete man des Kindes Eintritt in das Dasein. Die sechs andern Kinder waren alle am Leben und alle sehr vergnügt, auf der Welt zu sein. Wohl fehlte es einmal an einem Paar Holzschuhe, ein andermal an einer Mütze; bald hatte der eine im Ellbogen ein Loch, der andere an der Ferse, aber jedes hatte sonntags sein weißes, glattgebügeltes Hemd; kurzum, sie gediehen vortrefflich und blühten in ihren Lumpen.

Mein Vater indessen, der Älteste, war der Schönste und Bestausstaffierte unter den sechsen. Das kam vielleicht daher, daß sein Onkel Benjamin ihm seine alten kurzen Hosen angedeihen ließ, an denen, um lange für Kaspar daraus zu machen, so wenig zu ändern war, daß man oft überhaupt nichts daran änderte. Durch die Protektion des Gevatters Guillaumot, der Mesner war, sah er sich zur Würde eines Chorknaben emporgehoben, und, ich sage es mit Stolz, er war einer der besten Chorknaben im Sprengel; wenn er bei der Karriere geblieben wäre, die ihm der Gevatter Guillaumot aufgetan hatte, so würde er, an Stelle eines schönen Feuerwehrleutnants, der er heute ist, einen prächtigen Pfarrherrn abgegeben haben. Es ist wahr: ich würde dann noch im Nichts schlafen, wie der gute Lamartine sagt, der selbst bisweilen schläft; aber der Schlaf ist eine wundervolle Sache. Sei dem, wie ihm wolle, mein Vater verdankte seinen kirchlichen Verrichtungen den Vorzug, einen superben himmelblauen Schoßrock zu besitzen. Dieses Glück war ihm folgendermaßen zugefallen: das Banner des heiligen Martin, des Schutzpatrons von Clamecy, war zugunsten eines neuen außer Dienst gesetzt worden; meine Großmutter hatte, mit dem Adlerblick, den man an ihr kennt, entdeckt, daß in diesem geweihten Stoff eine Weste und eine Hose für ihren Ältesten stecke, und hatte sich das abgelegte Banner um eine Kleinigkeit von der Kirchenverwaltung zuschlagen lassen. Der Heilige prangte mitten darauf; der Künstler hatte ihn dargestellt, wie er mit seinem Schwert ein Stück von seinem Mantel haut, um die Blöße eines Bettlers damit zu bedecken. Das war jedoch kein ernstliches Hindernis für die Absichten meiner Großmutter. Der Stoff wurde gewendet und der heilige Martin auf die Innenseite verlegt, was ihm übrigens in seiner Glückseligkeit gleichgültig war.

Der Schoßrock war von einer Näherin der Brückenstraße zu gutem Ende gebracht worden. Er hätte vielleicht sowohl meinem Onkel Benjamin wie meinem Vater gepaßt; aber meine Großmutter hatte ihn so machen lassen, damit, nachdem man ihn erst vom Ältesten hatte abtragen lassen, dann der Jüngere noch ein zweitesmal das gleiche tun dürfe. Mein Vater tat sich anfänglich dick in seinem himmelblauen Schoß rock; ich glaube sogar, daß er aus seinen Kircheneinkünften zur Bezahlung der Fasson beigetragen hatte. Aber er mußte bald gewahren, daß ein prächtiges Aussehen häufig ein Kelch des Leidens ist. Benjamin, dem nichts heilig war, hatte ihn den Schutzpatron von Clamecy getauft. Die Kinder fingen diesen Spottnamen auf, und er trug meinem Vater so manchen Puff ein. Mehr als einmal begegnete es ihm, daß er mit einem Schoß seines himmelblauen Habits in der Tasche nach Hause kam. Der heilige Martin war sein persönlicher Feind geworden. Oft hättet ihr ihn zu Füßen des Altars in düsteres Sinnen versunken sehen können. Und auf was sann er? Auf ein Mittel, seinen Schoßrock loszuwerden; und eines Tages antwortete er auf das ›Dominus vobiscum ‹ des Messelesenden in der Meinung, mit seiner Mutter zu sprechen: »Und ich sage dir, daß ich ihn nicht mehr anziehen werde, deinen himmelblauen Schoßrock!«

In solcher Gemütsverfassung war mein Vater, als ihn eines Sonntags nach der großen Messe mein Onkel, der eine Visite in Val-des-Rosiers zu machen hatte, aufforderte, ihn zu begleiten. Kaspar, der lieber auf der

Promenade Klicker spielte, als meines Onkels Begleiter zu machen, antwortete, er könne nicht, da er einer Taufe zu administrieren habe.

»Das ist kein Hindernis«, sagte Benjamin; »mag ein andrer an deine Stelle treten.«

»Ja, aber ich muß um ein Uhr zur Katechismusstunde.«

»Ich glaubte, du seiest konfirmiert.«

»Das heißt, ich war auf dem Punkte, konfirmiert zu werden. Du hast mich daran gehindert, indem du mich am Abend vor der heiligen Handlung betrunken machtest.«

»Und warum betrankst du dich?«

»Weil du selbst grau warst und mir mit dem flachen Degen drohtest, wenn ich nicht auch grau würde.«

»Ich hatte unrecht«, sagte Benjamin; »aber das ist einerlei, du läufst keine Gefahr, wenn du mit mir gehst; ich habe nur für einen Augenblick zu tun, und wir sind vor der Katechismusstunde zurück.«

»Da verlasse sich einer drauf!« antwortete Kaspar; »wo ein andrer nicht mehr als eine Stunde zu tun hätte, machst du dir einen halben Tag zu schaffen. An jedem Wirtsschild hältst du still. Auch hat mir der Herr Pfarrer verboten, mit dir zu gehen, denn du gebest mir ein schlechtes Beispiel.«

»Gut, frommer Kaspar; wenn du mich nicht begleiten willst, lade ich dich nicht zu meiner Hochzeit ein; wenn du mir dagegen den Gefallen tust, gebe ich dir ein Sechskreuzerstück.« »Gib es mir gleich«, sagte Kaspar.

»Und warum willst du es gleich haben, Schlingel? Mißtraust du meinem Wort?«

»Nein; aber ich habe keine Lust, dein Gläubiger zu sein. Ich habe in der Stadt sagen hören, daß du keinen Menschen bezahlst und daß man dich nicht auspfänden will, weil deine ganze Habe keine sechs Groschen wert ist.« »Wohl gesprochen, Kaspar!« sagte mein Onkel, »da hast du deren drei, jetzt lauf und melde meiner teuren Schwester, daß ich dich mitnehme.«

Meine Großmutter kam bis an die Haustür, um Kaspar anzuempfehlen, auf seinen Schoßrock wohl achtzuhaben; denn, sagte sie, er müsse ihn auf der Hochzeit seines Onkels tragen.

»Machst du Spaß?« fragte Benjamin; »muß man einem französischen Chorknaben sein Banner ans Herz legen?«

»Onkel«, sagte Kaspar, »bevor wir uns auf den Weg machen, sage ich dir eines: wenn du mich wieder Bannerträger, Blaumeise oder Patron von Clamecy nennst, gehe ich mit deinen drei Groschen durch und spiele Klicker.«

Bei den ersten Häusern des Orts begegnete mein Onkel Herrn Susurrans, seines Zeichens Krämer ganz klein, ganz dünn, aber aus Schwefel und

Salpeter gebraut wie das Pulver. Herr Susurrans besaß eine Art Meierhof in Val-des-Rosiers; er trat gerade den Rückweg nach Clamecy an und trug ein Fäßchen unterm Arm, das er wohl einzuschmuggeln hoffte, und am Ende seines Stocks ein Paar Kapaunen, auf die Frau Susurrans wartete, um sie an den Spieß zu stecken. Herr Susurrans kannte meinen Onkel und schätzte ihn, denn Benjamin kaufte bei ihm den Zucker, um seine Tränklein zu versüßen, und den Puder, den er in seinen Zopf tat. Herr Susurrans also lud ihn ein, in den Hof zu kommen und sich zu erfrischen. Mein Onkel, für den der Durst ein Normalzustand war, machte keine Förmlichkeiten. Der Krämer und sein Kunde hatten sich beim Feuer niedergelassen, jeder auf einem Schemel; das Fäßchen hatten sie zwischen sich gesetzt. Aber sie ließen es nicht sauer werden auf seinem Platz, und wenn es nicht in den Händen des einen war, war es an den Lippen des andern.

»Der Appetit kommt ebensowohl beim Trinken als beim Essen; wenn wir die Hähnchen äßen –?« sagte Herr Susurrans.

»In der Tat«, antwortete mein Onkel, »das würde Sie der Mühe überheben, sie heimzutragen, und ich verstehe nicht, wie Sie sich mit einer solchen Knechtsverrichtung belasten konnten.«

»Mit welcher Sauce sollen wir sie essen?«

»Mit der kürzesten«, sagte Benjamin; »hier ist ein vortreffliches Feuer, sie zu braten.«

»Ja«, sagte Herr Susurrans, »aber wir haben gerade nur so viel Küchengeschirr hier, um eine Zwiebelsuppe zu machen; wir haben keinen Spieß.«

Benjamin, wie alle großen Männer, ließ sich von den Umständen nie ratlos finden.

»Man soll nicht sagen können, daß zwei Männer von Geist wie wir kein gebratenes Geflügel essen können in Ermangelung eines Bratspießes. Wenn Sie mir vertrauen, so spießen wir unsere Hähne auf meine Degenklinge, und Kaspar dreht sie säuberlich am Griff.«

Du wärest nie auf diesen Ausweg verfallen, Freund Leser, aber mein Onkel hatte auch Einbildungskraft genug, um zehn Romanschreiber unsrer Zeit daraus zu machen.

Kaspar, der nicht oft junge Hähnchen aß, ging vergnügt an sein Geschäft; nach einer Stunde waren die Kapaunen fertig. Man drehte einen Zuber um und zog ihn an das Feuer; man legte Bestecke darauf, und ohne von der Stelle zu rücken, fanden sich die Genossen bei Tische. Die Gläser fehlten, aber das Fäßchen feierte darum nicht; man trank aus dem Spundloch wie zu Zeiten Homers. Das war nicht bequem, aber so war der stoische Charakter meines Onkels, daß er es vorzog, auf diese Weise guten Wein zu trinken als Krätzer aus Kristallgläsern. Ungeachtet der Schwierigkeiten aller Art, die das Unternehmen bot, waren die Hähne bald expediert.

Längst war von dem unglücklichen Federvieh nichts mehr übrig als zwei nackte Gerippe, und die beiden Freunde tranken noch immer. Herr Susurrans, der, wie schon berichtet, nur ein kleines Männchen war, dessen Magen und Gehirn sich beinahe berührten, war so betrunken, wie man es nur sein kann; aber Benjamin, der große Benjamin, hatte den größeren Teil seiner Vernunft bewahrt und bemitleidete seinen schwachen Gegner; was Kaspar anlangt, dem man ab und zu das Fäßchen herübergereicht hatte, so hatte er die Grenzen der Mäßigkeit um ein geringes überschritten; der kindliche Respekt erlaubt mir nicht, mich eines andern Ausdrucks zu bedienen.

Dies war der moralische Zustand der Zechgenossen, als sie sich von dem Zuber erhoben. Es war vier Uhr, und sie machten sich daran, sich in Marsch zu setzen. Herr Susurrans, der sich wohl erinnerte, daß er seiner Frau Hähnchen mitbringen sollte, suchte sie, um sie wieder an das Ende seines Rohrstocks zu hängen; er fragte meinen Onkel, ob er sie nicht gesehen habe.

»Eure Hühner?« sagte Benjamin, »spaßt Ihr? Ihr habt sie gegessen.«

»Ja, alter Narr«, setzte Kaspar hinzu, »Ihr habt sie gegessen, sie waren am Degen meines Onkels aufgespießt, und ich war es, der den Spieß drehte.«

»Das ist nicht wahr«, schrie Herr Susurrans; »denn wenn ich sie gegessen hätte, hätte ich keinen Hunger mehr, und ich verspüre einen Appetit, um einen Wolf zu verschlingen.«

»Dagegen sage ich nichts«, antwortete mein Onkel; »aber es bleibt dabei, daß Ihr Eure Hühner eben gegessen habt. Halt, wenn Ihr daran zweifelt, so sind hier ihre beiden Gerippe; die mögt Ihr an Euer Stockende hängen, wenn Euch das Spaß macht.«

»Das hast du gelogen, Benjamin; ich erkenne keineswegs die Gebeine meiner Hühner wieder, und du bist es, der sie mir genommen hat, und du wirst sie mir zurückerstatten!«

»Nun gut, sei's drum«, sagte mein Onkel; »schickt morgen zu mir, und ich will sie Euch zurückerstatten.«

»Du wirst sie mir auf der Stelle zurückerstatten!« brüllte Herr Susurrans, indem er sich auf die Fußspitzen erhob, um meinem Onkel die Faust unter die Kehle zu halten.

»Nana, Papa Susurrans«, sagte Benjamin, »wenn Ihr spaßt, so laßt Euch gesagt sein, daß dies den Spaß zu weit treiben heißt, und ...«

»Nein, Elender, ich spaße nicht«, schrie Herr Susurrans und postierte sich vor die Tür; »du wirst hier nicht herauskommen, weder du noch dein Neffe, ohne mir meine Hühner zurückerstattet zu haben.«

»Onkel«, flüsterte Kaspar, »willst du, daß ich diesem alten Schwächling ein Bein stelle?«

»Unnötig, Kaspar, unnötig, mein Freund«, sagte Benjamin; »du bist ein Mann der Kirche, und es kommt dir nicht zu, in einem Handel Partei zu ergreifen. Also«, fügte er hinzu, »eins, zwei, Herr Susurrans, wollen Sie uns gehenlassen?«

»Wenn ihr mir meine Hühner zurückerstattet habt«, antwortete Herr Susurrans, indem er halb linksum machte und seine Stockspitze meinem Onkel entgegenhielt, als wäre sie ein Bajonett.

Benjamin drückte den Stock mit der Hand beiseite, packte den kleinen Wicht mitten um den Leib und hängte ihn am Hosenriemen an einem eisernen Haken auf, der über der Tür hervorstand und zum Aufhängen des Küchengeschirrs diente.

Susurrans, als Pfanne behandelt, zappelte wie ein Käfer an der Nadel. Er heulte und schlug um sich und schrie Mord und Brand.

Mein Onkel erblickte einen Lütticher Almanach, der auf dem Kamin lag.

»Da«, sagte er, »verehrter Herr Susurrans, das Studium, schreibt Cicero, ist ein Trost in allen Lagen des Lebens: vergnügen Sie sich mit Studium, bis man kommt und Sie abhängt; denn was mich anbelangt, so habe ich keine Zeit, mit Ihnen Konversation zu machen. Womit ich die Ehre habe, Ihnen einen guten Abend zu wünschen.«

Zwanzig Schritte entfernt begegnete mein Onkel dem Pächter, der herbeilief und meinen Onkel fragte, warum sein Herr Feuer und Totschlag schreie.

»Jedenfalls, weil das Haus brennt und man Euern Herrn mordet«, antwortete ruhig mein Onkel; er pfiff Kaspar, der zurückgeblieben war, und setzte seinen Weg fort.

Das Wetter war milder geworden; der Himmel, der zuvor in voller Klarheit leuchtete, war matt- und schmutzigweiß, wie eine Gipsdecke, die noch nicht trocken ist. Es fiel ein sachter, feiner Regen, dicht und durchdringend, der an den Zweigen in Tropfen entlanglief und Baum und Busch weinen machte.

Der Hut meines Onkels saugte sich wie ein Schwamm voll dieses Regens, und bald wurden seine beiden Spitzen zu zwei Traufen, die ihm ein schwarzes Gewässer auf die Schultern ergossen. Benjamin, in Sorge um seinen Frack, drehte diesen um, und da er sich der Ermahnung seiner Schwester erinnerte, befahl er Kaspar, das gleiche zu tun. Dieser dachte nicht an den heiligen Martin und kam der Weisung meines Onkels nach.

In einiger Entfernung begegneten sie einem Trupp Bauern, der von der Vesper heimkam. Beim Anblick des Heiligen, der sich auf Kaspars Schoßrock zeigte, den Kopf nach unten und die vier Hufe seines Pferdes in der Luft, als ob er gerade vom Himmel gefallen wäre, stießen die Lümmel ein entsetzliches Gelächter aus und gingen bald zu einem großen Gejohle über. Ihr kennt meinen Onkel gut genug, um mir zu glauben, daß er sich nicht ungestraft von diesem Gesindel höhnen ließ. Er zog seinen Degen. Kaspar seinerseits bewaffnete sich mit Steinen, und von Kampfeseifer hingerissen, stellte er sich ins Vordertreffen. Nun erst gewahrte mein Onkel, daß der heilige Martin allein die Schuld an diesem Abenteuer trug, und es kam ihn ein solcher Lachkrampf an, daß er sich, um nicht zu fallen, auf seinen Degen stützen mußte.

»Kaspar«, rief er mit erstickender Stimme, »Patron von Clamecy, dein Heiliger steht auf dem Kopf, dein Heiliger wird seinen Helm verlieren!«

Kaspar, der begriff, daß er der Gegenstand dieses ganzen Gelächters war, vermochte diese Erniedrigung nicht zu ertragen; er zog seinen Rock aus, warf ihn zur Erde und trampelte darauf herum. Als mein Onkel sich gefaßt hatte, wollte er ihn zwingen, das Habit aufzunehmen und wieder anzuziehen. Aber Kaspar brachte sich in den Feldern in Sicherheit und ward nicht mehr gesehn. Benjamin hob den Rock mitleidig auf und hängte ihn an die Spitze seines Degens. Unterdem erschien Herr Susurrans auf der Bildfläche; er war ein wenig ernüchtert und entsann sich nun sehr deutlich, seine Hühner gegessen zu haben; aber er hatte seinen Dreispitz verloren. Benjamin, den es belustigte, den kleinen Mann aus dem Häuschen geraten zu sehen, und ihn, wie wir andern untergeordneten und taktlosen Sterblichen sagen würden, in Harnisch jagen wollte, behauptete, er habe auch seinen Hut gegessen; aber die Muskelkraft Benjamins machte solchen Eindruck auf Susurrans, daß er sich glatt weigerte, böse zu werden; ja er trieb den Geist des Widerspruchs so weit, meinem Onkel Entschuldigungen auszusprechen.

Benjamin und Herr Susurrans kamen selbander in Clamecy an. Etwa in der Mitte der Vorstadt trafen sie den Advokaten Page.

»Wohin des Weges?« fragte dieser meinen Onkel.

»Ei, weiß Gott, das kannst du dir doch denken; ich gehe zu meiner teuern Schwester essen.«

»Das ist ganz und gar nicht der Fall«, sagte Page; »du wirst mit mir in den ›Kronprinzen‹ essen gehn.«

»Und wenn ich annähme, welchem Umstand hätte ich diesen Vorzug zu danken?«

»Ich will dir das in zwei Worten erklären: Ein reicher Holzhändler aus Paris, dem ich einen schweren Prozeß gewonnen habe, hat mich und seinen Zweitbevollmächtigten zum Essen eingeladen. Diesen kennt er nicht. Wir stehen im Fasching: ich habe beschlossen, daß du dieser Prokurator sein solltest, und war gerade im Begriff, zu dir zu gehn und dir dies zu vermelden. Das ist ein unser würdiges Abenteuer, Benjamin, und ich habe jedenfalls dein Genie nicht unterschätzt, als ich hoffte, du werdest darin eine Rolle übernehmen.«

»In der Tat«, sagte Benjamin, »ein sehr hübsch ausgedachter Maskenspaß. Aber ich weiß nicht«, fügte er lachend hinzu, »ob Ehre und Zartgefühl mir erlauben, den Prokurator ordentlich vorzustellen.«

»Bei Tisch«, versetzte Page, »ist der ehrenhafteste Mann der, der sein Glas am gewissenhaftesten leert.«

»Ja, aber wenn mir dein Holzhändler von seinem Prozeß spricht?« »So werde ich für dich antworten.«

»Und wenn er morgen darauf verfällt, seinem Prokurator einen Besuch abzustatten?«

»So werd ich ihn eben zu dir führen.«

»Das ist alles ganz gut; aber ich habe – oder wage mir wenigstens zu schmeicheln – nicht das Aussehen eines Prokurators.«

»Du wirst es annehmen; du hast schon ganz gut verstanden, dich für den Ewigen Juden auszugeben.«

»Und mein roter Frack?«

»Unser Mann ist ein Pariser Maulaffe; wir machen ihn glauben, daß dies die Abzeichen der Prokuratoren in der Provinz seien.«

»Und mein Degen?«

»Wenn er ihm auffällt, sagst du, daß du damit deine Federn schneidest.«

»Aber wer ist eigentlich sein Prokurator?«

»Süßlich ist es. Würdest du die Unmenschlichkeit besitzen, mich in Gesellschaft von Süßlich essen zu lassen?«

»Ich weiß wohl, daß Süßlich nicht amüsant ist, aber wenn er erfährt, daß ich für ihn gegessen habe, belangt er mich auf Schadenersatz.«

»Dann werde ich deine Verteidigung vor Gericht übernehmen. Vorwärts, komm, ich bin sicher, das Essen ist schon aufgetragen. – Aber da fällt mir ein, unser Amphitryon hat mir aufgetragen, auch Süßlichs Ersten Schreiber mitzubringen; wo, zum Teufel, soll ich einen Schreiber Süßlichs auffischen?« Benjamin lachte wie toll.

»Famos!« schrie er und rieb sich die Hände; »ich habe, was du suchst! Hier«, fügte er hinzu und legte die Hand auf Herrn Susurrans Schulter, »hier ist dein Schreiber.«

»Pfui«, sagte Page, »ein Krämer!«

»Was ist dabei?«

»Er riecht nach Käse.«

»Du hast keine feine Nase. Page; er riecht nach Talg.«

»Aber er ist sechzig.«

»Wir stellen ihn als den Altmeister der Schreiberzunft vor.«

»Ihr seid Quälgeister und Schlingel!« sagte Susurrans, in sein jähzorniges Temperament zurückverfallend, »ich bin kein Bandit, kein Wirtshausläufer.«

»Nein«, unterbrach mein Onkel, »er besäuft sich allein in seinem Keller.«

»Das ist möglich, Herr Rathery, aber immerhin betrinke ich mich nicht auf Kosten anderer und will nicht teilnehmen an euren Räubereien.«

»Und doch müssen Sie«, sagte mein Onkel, »heute abend daran teilnehmen; wenn nicht, erzähle ich überall, wo ich Sie aufgehängt habe.«

»Und wo hast du ihn denn aufgehängt?« fragte Page.

»Stelle dir vor ...«, sagte Benjamin.

»Herr Rathery!« ... schrie Herr Susurrans und legte den Finger auf den Mund.

»Also, willigen Sie ein, mit uns zu gehen?«

»Aber, Herr Rathery, bedenken Sie, daß meine Frau mich erwartet; man wird glauben, ich sei tot, ermordet; man wird mich auf der Straße nach Val-des-Rosiers suchen.«

»Desto besser; so wird man vielleicht Ihren Dreispitz finden.«

»Herr Rathery, mein guter Herr Rathery!« bat Susurrans und rang die Hände.

»Geht doch«, sagte mein Onkel, »stellt Euch nicht an wie ein Kind! Ihr schuldet mir eine Genugtuung, und ich schulde Euch ein Essen; so werden wir mit einem Schlage quitt.«

»Lassen Sie mich wenigstens meine Frau benachrichtigen.«

»Nicht im mindesten«, sagte Benjamin und stellte sich zwischen ihn und Page; »ich kenne Frau Susurrans von Ansehen hinter ihrem Ladentisch. Sie würde Euch zu Hause einsperren, und ich will nicht, daß Ihr uns entgeht; ich würde Euch nicht um zehn Pistolen hergeben.«

»Und mein Fäßchen«, sagte Susurrans, »was soll ich nun mit ihm anfangen, wo ich Advokatenschreiber bin?«

»Das ist wahr«, sagte Benjamin, »wir können Euch unserm Klienten nicht mit einem Fäßchen vorstellen.«

Sie waren gerade mitten auf der Beuvronbrücke. Mein Onkel nahm das Fäßchen aus Susurrans Händen und warf es in den Bach.

»Spitzbube von Rathery! Verbrecher von Rathery!« schrie Susurrans, »du sollst mir mein Fäßchen bezahlen! Es hat mich zwei Taler gekostet; aber dich, was es dich kosten wird, wirst du sehen!«

»Herr Susurrans«, sagte Benjamin und nahm eine majestätische Stellung an, »ahmen wir den Weisen nach, der da sagte: ›Omnia mea mecum porto‹; will sagen: alles was mich behindert, werfe ich in den Fluß. Halt übrigens! Hier an der Spitze meines Degens habe ich einen prächtigen

Rock, den Sonntagsrock meines Neffen, einen Rock, der in einem Museum figurieren könnte und der allem dreißigmal soviel Fasson gekostet hat als Euer ganzes elendes Fäßchen. Nun denn, ich opfere ihn ohne das mindeste Widerstreben; werfen Sie ihn über die Brücke, und wir sind quitt.«

Da Herr Susurrans davon nichts wissen wollte, schleuderte Benjamin den Rock über das Geländer, und indem er den Arm Pages und den von Susurrans nahm, sagte er:

»Nun aber vorwärts! Der Vorhang kann hochgehn; wir sind bereit, aufzutreten.«

Aber der Mensch denkt und Gott lenkt: als sie durch die Altgasse zum Wirtshaus hinaufwollten, sahen sie sich plötzlich Frau Susurrans gegenüber. Diese ging ihrem Ehegemahl, da sie ihn nicht heimkommen sah, mit einer Laterne entgegen.

Als sie ihn in Gesellschaft meines Onkels und Pages erblickte, beides Leute von verdächtigem Rufe, machte ihre Unruhe dem Zorne Platz.

»Endlich, Monsieur, da wären Sie!« schrie sie; »wahrhaftig ein Glück! Ich dachte schon, Sie kämen heute abend überhaupt nicht. Ein hübsches Leben, das Sie da führen, und ein hübsches Beispiel, das Sie Ihrem Sohne geben!«

Sodann bestrich sie ihre Ehehälfte mit einem raschen Blick und bemerkte, in wie hohem Maße diese unvollständig war.

»Und Ihre Hühner, mein Herr! und dein Hut, Elender! und dein Fäßchen, Säufer! was hast du damit gemacht?«

»Meine Gnädigste«, antwortete Benjamin ernsthaft, »die Hühner haben wir gegessen; was den Dreispitz betrifft, so hat er das Unglück gehabt, ihn unterwegs zu verlieren.«

»Was, das Ungeheuer hat seinen Dreispitz verloren, seinen soeben erst ganz neu aufgebügelten Dreispitz?«

»Ja, meine Gnädigste, er hat ihn verloren, und Sie können von Glück sagen, daß er, in der Verfassung, in der er war, nicht auch noch seine Perücke verloren hat. Was das Fäßchen anlangt, so hat man es ihm am Zollhaus abgenommen, und die Zollbehörde hat ihm den Prozeß gemacht.«

Da Page sich das Lachen nicht verbeißen konnte, sagte Frau Susurrans:

»Ich sehe wohl, wie es steht: Ihr habt meinen Mann verführt, und obendrein macht ihr euch noch über uns lustig. Sie täten sehr viel besser daran, sich Ihrer Kranken anzunehmen und Ihre Schulden zu bezahlen, Herr Rathery!«

»Schulde ich Ihnen etwas, meine Gnädigste?« antwortete mein Onkel stolz.

»Jawohl, meine Liebe«, begann Herr Susurrans, der sich im Schutze seiner Frau stark fühlte, »er hat mich verleitet; er hat mir mit seinem Neffen meine Hühner gegessen; sie haben mir meinen Dreispitz weggenommen und haben mein Fäßchen in den Bach geworfen; er wollte auch noch, der Hundsfott, der er ist, mich zwingen, mit ihm in den ›Kronprinzen‹ essen zu gehn und in meinem Alter die Person eines Advokatenschreibers zu spielen. – Gehen Sie nur, Sie unwürdiger Mensch! Ich werde mich sogleich zu Herrn Süßlich begeben und ihm melden, daß Sie an seiner und seines Schreibers Statt essen wollen.«

»Sie sehen, meine Gnädigste«, sagte mein Onkel, »daß Ihr Gatte betrunken ist und nicht weiß, was er sagt; wenn Sie mir folgen wollen, so bringen Sie ihn unverzüglich zu Bett, sobald Sie nach Hause kommen, und lassen ihn alle zwei Stunden einen Aufguß von Kamillen und Lindenblüten nehmen. Während ich ihn stützte, hatte ich Gelegenheit, seinen Puls zu fühlen, und ich versichere Sie, daß er gar nicht gut ist.«

»O du Verbrecher! o du Schuft! o du Revolutionär! du wagst es noch, meiner Frau zu sagen, ich sei krank, weil ich zuviel getrunken hätte, während du es bist, der grau ist! Wart nur, auf der Stelle gehe ich zu Süßlich, und du wirst von ihm hören!«

»Sie müssen bemerken, Madame«, sagte Page eisig, »daß dieser Mensch faselt. Sie werden sich gegen alle Ihre ehelichen Pflichten versündigen, wenn Sie Ihren Mann nicht Kamille und Lindenblüte nehmen lassen, wie es eben Herr Rathery, der sicher der befähigtste Arzt der Amtmannschaft ist, vorschrieb. Er beantwortet die Beleidigungen dieses Narren damit, daß er ihm das Leben rettet.«

Susurrans wollte von neuem loslegen.

»Vorwärts!« sagte seine Frau zu ihm, »ich sehe, daß diese Herren recht haben; du bist betrunken und kannst nicht mehr reden; auf der Stelle folgst du mir, oder ich schließe die Tür ab, wenn ich nach Hause komme, und du magst zu Bett gehn, wo du willst.«

»So ist's recht«, sagten Page und mein Onkel, und sie lachten noch, als sie an dem Tor des ›Kronprinzen‹ anlangten. Der erste Mensch, dem sie im Hof begegneten, war Herr Minxit, der gerade zu Pferde steigen wollte, um nach Corvol zurückzukehren.

»Meiner Treu«, sagte mein Onkel und fiel dem Pferd in die Zügel, »Sie werden heute abend nicht fortreiten, Herr Minxit; Sie müssen mit uns essen; wir haben einen Schmauskumpan verloren, aber Sie sind gut dreißig seiner Art wert.«

»Wenn's dir Vergnügen macht, Benjamin... Junge, führe mein Pferd in den Stall und sage, man soll mir ein Bett zurechtmachen.«

Dreizehntes Kapitel

Wie mein Onkel für die glückliche Niederkunft seiner Schwester die Nacht im Gebet zubrachte

Meine Zeit ist kostbar, liebe Leser, und ich nehme an, daß es die eure nicht minder ist; so will ich mich denn nicht daran ergötzen, euch dieses denkwürdige Mahl zu beschreiben; ihr kennt die Gastfreunde hinlänglich, um euch eine Vorstellung davon zu machen, welcherart sie soupierten. Mein Onkel verließ um Mitternacht den ›Kronprinzen‹, drei Schritte vorwärts und zwei zurück machend, wie gewisse Pilger von ehemals, die das Gelübde getan hatten, auf diese Weise nach Jerusalem zu wallen. Als er heimkam, bemerkte er in Beißkurzens Zimmer Licht, und in der Meinung, daß dieser noch irgendeine Vorladung kritzele, trat er ein, um ihm guten Abend zu wünschen. Meine Großmutter war gerade in den Wehen; die Hebamme, ganz erschrocken von der Erscheinung meines Onkels, den man zu dieser Stunde nicht erwartete, unternahm es, ihn offiziell von dem Ereignis, das stattfinden sollte, in Kenntnis zu setzen. Benjamin stieg, inmitten des Nebelgewölks, das sein Gehirn verdunkelte, die Erinnerung auf, daß seine Schwester im ersten Jahre ihrer Ehe eine schwere Niederkunft gehabt hatte, die ihr Leben in Gefahr brachte, und alsbald war er in zwei Tränenbäche aufgelöst. »Ach«, jammerte er in einem Ton, um die ganze Mühlenstraße aus dem Schlaf zu wecken, »meine teure Schwester wird sterben; ach, sie wird sicherlich st ...«

»Frau Lalande«, rief meine Großmutter aus der Tiefe ihres Bettes, »setzen Sie mir diesen besoffenen Bullenbeißer vor die Tür!«

»Gehen Sie, Herr Rathery«, sagte Frau Lalande, »es hat nicht die geringste Gefahr; das Kind zeigt sich mit den Schultern, und in einer Stunde wird Ihre Schwester entbunden sein.«

Aber Benjamin schrie nur immer: »Ach, sie wird sterben, meine teure Schwester!«

Beißkurz, der sah, daß die Ansprache der Hebamme nicht die geringste Wirkung hervorbrachte, glaubte nun seinerseits eingreifen zu müssen.

»Gewiß, Benjamin, mein Freund, mein lieber Schwager, das Kind zeigt sich mit den Schultern; tu mir den Gefallen, dich schlafen zu legen, ich bitte dich.«

So sprach mein Großvater.

»Und du, Beißkurz, mein Freund, mein lieber Schwager«, antwortete mein Onkel, »ich bitte dich, tu mir den Gefallen, und...«

Meine Großmutter begriff, daß sie nicht auf ein ernstliches Einschreiten von Beißkurz Benjamin gegenüber würde rechnen können, und entschied sich, diesen selbst vor die Tür zu setzen.

Mein Onkel ließ sich mit der Gefügigkeit eines Hammels hinausschieben. Sein Entschluß war bald gefaßt, und er beabsichtigte, sich neben Page schlafen zu legen, der auf einem der Wirtstische im ›Kronprinzen‹ schnarchte wie ein Blasebalg. Als er aber über den Kirchplatz ging, kam ihm der Einfall, Gott um die glückliche Niederkunft seiner teuern Schwester zu bitten. Das Wetter hatte sich unterdessen in den schönsten Frost gedreht, und es herrschte eine Kälte von fünf bis sechs Grad. Dessenungeachtet kniete Benjamin auf den Stufen des Portals nieder, faltete die Hände, wie er es bei seiner teuern Schwester gesehen hatte, und schickte sich an, einige Gebetsbrocken zu lallen. Als er sein zweites Ave begann, übermannte ihn der Schlaf, und er schnarchte mit seinem Freund Page um die Wette. Am andern Morgen um fünf Uhr, als der Küster kam, das Angelus zu läuten, gewahrte er eine kniende Masse, die etwa wie ein Mensch aussah. Er stellte sich in seiner Einfalt zunächst vor, daß es ein Heiliger sei, der aus seiner Nische heruntergestiegen sei, um irgendeine Bußübung zu vollbringen, und er machte Anstalt, ihn in die Kirche zurückzubringen. Als er aber näher herantrat, erkannte er beim Schein seiner Laterne meinen Onkel, der einen Zoll Glatteis auf dem Rücken hatte und an der Nasenspitze einen Eiszapfen von einer halben Elle.

»Holla, he, Herr Rathery!« rief er Benjamin ins Ohr. Da dieser nicht antwortete, ging er ruhig sein Angelus läuten, und als er zu Ende geläutet hatte, begab er sich zu Herrn Rathery zurück. Für den Fall, daß er doch nicht tot wäre, lud er ihn wie einen Sack auf seine Schultern und brachte ihn seiner Schwester ins Haus. Meine Großmutter war seit gut zwei Stunden entbunden; die Nachbarinnen, die die Nacht um sie gewesen waren, wandten ihre Sorge Benjamin zu. Sie legten ihn auf eine Matratze vors Feuer, wickelten ihn in heiße Tücher, in heiße Deckbetten und schoben ihm einen heißen Ziegelstein unter die Füße; in ihrem Übereifer hätten sie ihn am liebsten gleich in den Ofen geschoben. Mein Onkel taute nach und nach auf; sein Zopf, der so steif war wie sein Degen, begann auf das Kissen zu weinen, seine Gelenke lösten sich aus der Starre, die Sprache kam ihm wieder, und der erste Gebrauch, den er von ihr machte, war, daß er nach Glühwein verlangte. Man machte ihm rasch einen Kessel; als er die Hälfte davon getrunken hatte, geriet er in einen solchen Schweiß, daß man glaubte, er würde sich verflüssigen. Er schlürfte den Rest, schlief wieder ein, und um acht Uhr des Morgens befand er sich so vorzüglich wie nur möglich. Wenn der Herr Pfarrer über diese Tatsachen ein Protokoll abgefaßt hätte, mein Onkel wäre unfehlbar heiliggesprochen worden. Man hätte ihn jedenfalls den Schankwirten als Schutzpatron gegeben; und ohne ihm schmeicheln zu wollen, er hätte mit seinem Zopf und seinem roten Frack ein prächtiges Wirtshausschild abgegeben.

Eine Woche und darüber war seit der glücklichen Entbindung meiner Großmutter verflossen, und schon dachte sie an ihren ersten Kirchgang. Diese Art Quarantäne, die ihr die kirchlichen Bestimmungen auferlegten, brachte große Unannehmlichkeiten mit sich, für sie im besonderen und für die Familie im allgemeinen. Erstens, wenn irgendein wenig bedeutenderes Ereignis, ein ordentlicher Skandal zum Beispiel, die ruhige Oberfläche ihres Viertels kräuselte, konnte sie dies nicht mit ihren Nächsten aus der Mühlgasse beschwatzen gehen, was für sie eine grausame Entbehrung bedeutete. Ferner war sie genötigt, Kaspar in eine Küchenschürze gewickelt auf den Markt oder zum Metzger zu schicken. Nun verlor entweder Kaspar das Geld für das Rindfleisch im Klickerspiel, oder er brachte Halsstück anstatt Keule; oder mehr noch, wenn man ihn nach Kohl für die Suppe schickte, war diese schon angerichtet, bevor Kaspar zurückkam. Benjamin lachte, Beißkurz ärgerte sich, und meine Großmutter prügelte Kaspar.

»Warum aber auch«, sagte eines Tages mein Großvater zu ihr, mißmutig, daß er wegen Kaspars Ausbleiben einen Kalbskopf ohne Zwiebeln essen mußte, »warum machst du deine Besorgungen nicht selbst?«

»Warum! warum!« erwiderte meine Großmutter, »weil ich nicht zur Messe gehen kann, ohne Frau Lalande zu bezahlen.«

»Was Teufel auch, teure Schwester«, ließ sich Benjamin nun vernehmen, »wartete Sie nicht mit Ihrer Niederkunft, bis Sie Geld hatte?«

»Frage doch lieber deinen Schwachkopf von Schwager, warum er mir seit vier Wochen nicht ein elendes Zweitalerstück ins Haus gebracht hat.«

»Also«, sagte Benjamin, »wenn du ein halbes Jahr ohne Geld gelassen würdest, so würdest du dich ein halbes Jahr in dein Haus einsperren lassen wie in ein Lazarett?«

»Ja«, erwiderte meine Großmutter, »denn wenn ich ausginge, ohne zur Messe gewesen zu sein, würde der Pfarrer auf der Kanzel von mir sprechen, und man würde mit Fingern auf mich zeigen.«

»Wenn dem so ist, so sag doch dem Pfarrer, er solle dir seine Haushälterin schicken, um dir deinen Haushalt zu führen; denn Gott ist zu gerecht, um zu verlangen, daß Beißkurz Kalbskopf ohne Zwiebeln esse, weil du ihm ein siebentes Kind geboren hast.«

Glücklicherweise langte das ersehnte Zweitalerstück in Begleitung einiger anderer an, und meine Großmutter konnte zur Messe gehen.

Als sie mit Frau Lalande nach Hause zurückkam, fand sie meinen Onkel in Beißkurzens Lederstuhl ausgestreckt, die Fersen auf dem Feuerständer und einen Napf Glühwein vor sich; denn es muß eingestanden werden, daß Benjamin seit seiner Genesung in Erkenntlichkeit gegen den Glühwein, der ihm das Leben gerettet hatte, jeden Morgen eine Ration davon zu sich nahm, die für zwei ausgepichte Seeoffiziere genügt hätte. Er pflegte, um dieses riesige Extra zu rechtfertigen, zu sagen, seine Temperatur sei noch immer unter Null.

»Benjamin«, sagte meine Großmutter, »ich möchte dich um einen Gefallen bitten.«

»Einen Gefallen?« antwortete Benjamin; »und was könnte ich tun, teure Schwester, um Ihr gefällig zu sein?«

»Du hättest es erraten haben sollen, Benjamin: du sollst bei meinem Jüngsten Gevatter stehn.«

Benjamin, der gar nichts erraten hatte und dem im Gegenteil dieses Ansinnen ganz überraschend kam, wiegte den Kopf hin und her und antwortete mit einem bedenklichen »Aber...«

»Wie«, sagte meine Großmutter und warf ihm einen funkensprühenden Blick zu, »willst du mir das vielleicht abschlagen?«

»Nicht doch, teure Schwester, ganz im Gegenteil, aber...«

»Was aber? Du beginnst mich ungeduldig zu machen mit deinem Aber.«

»Weil ... sehe Sie: ich bin noch nie Pate gewesen, und ich wüßte nicht, wie ich mich anstellen sollte, mein Amt zu versehen.«

»Schöne Schwierigkeit! Man wird dir's schon beibringen; ich werde den Vetter Guillaumot bitten, dir einige Stunden zu erteilen.«

»Ich zweifle nicht an dem Talent und dem Eifer des Vetters Guillaumot; aber wenn ich Unterricht im Gevatterstehen nehmen soll, so fürchte ich, daß dieser Wissenszweig nicht zu meiner Art von Intelligenz paßt; du tätest vielleicht besser daran, einen ausgelernten Paten zu nehmen; Kaspar zum Beispiel, der Chorknabe ist, würde dir in jeder Beziehung anstehen.«

»Gehen Sie doch, Herr Rathery«, sagte Frau Lalande, »Sie müssen die Einladung Ihrer Schwester annehmen; das ist Familienpflicht, und Sie können sich ihr nicht entziehen.«

»Ich sehe, wohin das will, Frau Lalande«, sagte Benjamin; »obwohl ich nicht reich bin, genieße ich doch den Ruf nicht knickerig zu sein, und Sie würden es am Ende vorziehen, mit mir zu tun zu haben als mit Kaspar, nicht wahr?«

»Pfui, Benjamin! Pfui, Herr Rathery!« riefen meine Großmutter und Frau Lalande zugleich aus.

»Um es frei herauszusagen, liebe Schwester«, fuhr Benjamin fort, »so habe ich nicht die mindeste Lust, Pate zu sein. Ich will mich gern so gegen meinen Neffen betragen, als ob ich ihn über das Taufbecken gehalten hätte; ich will mit Befriedigung den Glückwunsch anhören, den er mir jährlich zum Namenstag aufsagt, und mache mich anheischig, ihn reizend zu finden, selbst wenn er von Millot-Rataut wäre. Ich will ihm erlauben, mich zu Neujahr zu küssen, und will ihm zu Weihnachten einen Hampelmann zum Aufziehen schenken oder ein Paar Hosen, je nachdem du es lieber hast. Ich werde selbst geschmeichelt sein, wenn du ihn Benjamin nennen würdest. Aber mich wie ein langer Esel vor den Taufstein stellen mit einer Kerze in der Hand – um Gott, teure Schwester, verlange Sie das nicht von mir, meine Menschenwürde bäumt sich dagegen auf. Ich hätte Angst, Djhiarkos würde mir ins Gesicht lachen. Und dann, wie kann ich versichern, der kleine Schreihals werde dem Satan und seinen Werken entsagen? Weiß ich es, ob er dem Satan und seinen Werken entsagen wird? Wer beweist mir, daß er dem Satan und seinen Werken entsagen wird? Wenn die Verantwortlichkeit des Paten nur ein Schein ist, wie viele meinen, wozu dann ein Pate? wozu eine Patin? wozu zwei Bürgschaften an Stelle von einer? Und warum muß meine Unterschrift von einem andern indossiert werden? Wenn dagegen diese Verantwortlichkeit ernst gemeint ist, warum soll ich die Konsequenzen tragen? Wenn unsere Seele das Köstlichste ist, was wir haben, heißt es nicht ein Narr sein, sie als Pfand für die eines andern einzusetzen? Und dann, was drängt Sie denn so, Ihren Sprößling taufen zu lassen? Ist er eine Gänseleberpastete oder ein westfälischer Schinken, der sich nicht hält, wenn man ihn nicht gleich einsalzt? Warte Sie, bis er fünfundzwanzig Jahre alt ist, dann kann er wenigstens selbst antworten; und dann, wenn er dann eine Bürgschaft braucht, so werde ich wissen, was ich zu tun habe. Bis zu seinem achtzehnten Jahre kann Ihr Sohn sich nicht in die Armee einschreiben lassen; bis zu seinem einundzwanzigsten kann er keine ihn gesetzlich bindende Verpflichtung eingehen; bis zu seinem fünfundzwanzigsten kann er sich nicht ohne Ihr und Beißkurzens Einverständnis verehelichen, und Sie will, daß er mit neun Tagen genug Unterscheidungsvermögen besitze, um sich eine Religion zu wählen! Gehe Sie doch, Sie sieht selbst, daß das gegen die Vernunft ist.«

»Oh, oh, meine Teure«, rief die Hebamme aus, entsetzt über die Logik meines Onkels, die sich nicht in den Dogmen fand, »Ihr Bruder ist ein Verlorener! Hüten Sie sich wohl, ihn Ihrem Kind als Paten zu geben; es würde ihm Unglück bringen!«

»Frau Lalande«, sagte Benjamin strengen Tones, »ein Entbindungskurs und die Schule der Logik ist zweierlei. Es wäre eine Schwachheit meinerseits, wenn ich mit Ihnen streiten wollte; ich begnüge mich, Sie zu fragen, ob Johannes der Täufer im Jordan, für eine Sesterze und ein Körbchen getrockneter Datteln, die Neugeborenen taufte, die ihm auf den Armen ihrer Ammen von Jerusalem gebracht wurden.«

»Meiner Seel!« sagte Frau Lalande ganz eingeschüchtert, »ich will's lieber glauben als mich überzeugen.«

»Wie Madame, Sie wollen es lieber glauben als sich überzeugen? Ist das die Sprache einer in ihrer Religion gelernten Hebamme? Nun wohl, da Sie diesen Ton anschlagen, gebe ich mir die Ehre, Ihnen folgendes Dilemma vorzulegen...«

»Laß uns doch in Ruhe mit deinen Dilemmas!« unterbrach meine Großmutter; »was weiß denn Frau Lalande, was ein Dilemma ist!«

»Wie, Madame«, fuhr die Hebamme auf, von der Bemerkung einer Großmutter verletzt, »ich weiß nicht, was ein Dilemma ist? Die Gattin eines Chirurgen soll nicht wissen, was ein Dilemma ist? Fahren Sie fort, Herr Rathery, ich höre!«

»Das ist ganz unnötig«, warf meine Großmutter trocken ein; »ich habe beschlossen, daß Benjamin Pate ist, und er wird es sein; es gibt kein Dilemma auf der Welt, das ihn davon entheben könnte.«

»Ich appelliere an Beißkurz!« rief Benjamin.

»Beißkurz hat dein Urteil schon im voraus gesprochen: er ist heute morgen nach Corvol gegangen, Jungfer Minxit einladen, die Gevatterin zu sein.«

»So also«, rief mein Onkel aus, »verfügt man über mich, ohne mein Einverständnis; man ist nicht einmal so anständig, mir etwas davon zu sagen! Nimmt man mich für eine Strohpuppe, für ein Lebkuchenmännchen? Eine schöne Figur, die meine sechs Fuß drei Zoll neben den fünf Fuß neun der Jungfer Minxit machen werden, die mit ihrem platten Taillenkaliber aussehen wird wie ein bebänderter Klettermast! Wißt ihr, daß die Vorstellung, Seite an Seite mit ihr in die Kirche zu gehn, mich seit sechs Monaten peinigt und daß ich, in Auflehnung gegen diesen Alp, beinahe auf den Vorzug verzichtet hätte, ihr Gatte zu werden?«

»Sehen Sie, Frau Lalande«, sagte meine Großmutter, »diesen Benjamin an, wie niederträchtig er ist: er liebt die Jungfer Minxit mit Leidenschaft, und doch muß er sich über sie lustig machen.«

»Hm!« machte die Hebamme.

Benjamin, der nicht an Frau Lalande gedacht hatte, bemerkte, daß er einen Lapsus linguae begangen habe. Um den Vorwürfen seiner Schwester zu entgehen, beeilte er sich, zu erklären, daß er mit allem einverstanden sei, was man von ihm verlange, und verzog sich, ehe die Hebamme fortging.

Die Taufe sollte am folgenden Sonntag stattfinden. Meine Großmutter hatte sich für diese Zeremonie in Ausgaben gestürzt; sie hatte Beißkurz ermächtigt, alle seine Freunde und die meines Onkels zu einem Mittagessen einzuladen. Was Benjamin anlangt, so fand er sich in der Lage, den Anforderungen, die die Rolle eines freigebigen Paten an den Geldbeutel stellt, die Stirn zu bieten; er hatte gerade von der Regierung eine Gratifikation von dreißig Talern für den Eifer erhalten, mit dem er sich für die Verbreitung der Impfung im Lande und für die Rehabilitierung der von Landwirten und Ärzten zugleich angegriffenen Kartoffel ins Zeug gelegt hatte.

Vierzehntes Kapitel

Die Rede meines Onkels vor dem Amtmann

Am folgenden Samstag – am Sonntag sollte die Taufe sein – wurde mein Onkel vor den Amtmann geladen, um sich dazu verurteilen zu hören, daß er leiblich verhaftet sei, Herrn Gutfärb die Summe von fünfzig Talern, zehn Groschen, sechs Hellern für gelieferte Waren zu bezahlen: so drückte sich die richterliche Verfügung aus, deren Kosten einen Taler sieben Groschen betrugen. Ein andrer als mein Onkel hätte über diesen ungeschickten Zufall Jammerlieder in allen Tonarten angestellt; aber die Seele dieses großen Mannes war gefeit gegen die Angriffe des Schicksals. Der Wirbelwind von Elend, der die Gesellschaft in einem Strudel umherjagt, die Nebelschwaden von Tränen, in die sie eingehüllt ist, drangen nicht zu ihm herauf. Wohl stak sein Leib mitten im Schlamme des Menschendaseins: wenn er zuviel getrunken hatte, so hatte er Schädelweh; wenn er zu lange marschiert war, brannten ihm die Füße; wenn der Weg schmutzig war, bespritzte er sich bis zum Kreuz; wenn er endlich kein Geld hatte, seine Zeche zu zahlen, setzte ihn der Wirt in die Kreide. Aber wie der Fels, dessen Fuß die Wellen bespülen, während sein Haupt von Sonne strahlt, wie der Vogel, der sein Nest im Gestrüpp am Wege hat und im Himmelsblau badet, schwang sich seine Seele in höhere Regionen von ewiger Ruhe und Heiterkeit. Er, er hatte nicht mehr als zwei Bedürfnisse: Hunger und Durst; und wenn der Himmel auf die Erde niedergestürzt wäre und nur eine Flasche unversehrt gelassen hätte, mein Onkel würde sie in Seelenruhe auf die Wiedererstehung des vernichteten Menschengeschlechtes auf irgendeinem rauchenden Boden irgendeines neuen Sterns geleert haben. Für ihn war die Vergangenheit nichts mehr und die Zukunft noch nichts. Er verglich die Vergangenheit einer geleerten Flasche und die Zukunft einem Huhn, das des Bratspießes wartet.

»Was liegt daran«, pflegte er zu sagen, »welche Flüssigkeit die Flasche enthielt? Und was das Huhn betrifft, warum soll ich mich selbst rösten lassen, um es über dem Feuer hin und her zuwenden? Vielleicht, wenn es gar ist und der Tisch gedeckt, ich mir schon die Serviette vorgebunden habe, kommt plötzlich irgendein Hund von Molosser und geht mit dem dampfenden Geflügel zwischen den Zähnen ab.

O Ewigkeit, o Nichts, Gewesenes dunkle Tiefen!

so ruft der Dichter aus; ich für mein Teil, alles, was ich aus diesen dunklen Tiefen retten möchte, wäre mein roter Frack, wenn er in der Nähe herumschwämme; das Leben ist ganz in der Gegenwart, und die Gegenwart ist die fliehende Minute. Was aber ist mir ein Glück oder Unglück einer Minute?

Man nehme einen Bettler und einen Millionär. Gott sagt zu ihnen: Ihr habt nicht mehr als eine Minute Bleibens auf der Erde. Ist sie abgelaufen, billigt er ihnen eine zweite, dann eine dritte zu und läßt sie so neunzig Jahre alt werden. Glaubt ihr, daß der eine viel glücklicher ist als der andere? Alles Elend, das den Menschen betrifft, er allein ist daran schuld; die Genüsse, die er sich erarbeitet, wiegen nicht das Viertel des Schweißes auf, den er darangesetzt hat. Er gleicht einem Jäger, der einen ganzen Tag ein Feld wegen eines mageren Hasen oder eines dürren Rebhuhns abklappert. Wir brüsten uns mit der Überlegenheit unserer Intelligenz, aber was hilft es, daß wir den Lauf der Gestirne berechnen, daß wir fast auf die Minute genau angeben können, wann der Mond zwischen Erde und Sonne tritt, daß wir die Einöden des Ozeans mit hölzernen Flossen oder hänfernen Flügeln durcheilen, wenn wir uns der Güter nicht zu freuen wissen, die Gott in unser Dasein gelegt hat? Die Tiere, die wir mit dem Namen Vieh beleidigen, verstehen sich weit besser als wir auf die Dinge des Lebens. Der Esel ergeht sich im Gras und weidet es ab, ohne sich darüber zu beunruhigen, ob es wieder wachsen wird. Dem Bären fällt es nicht ein, die Herden eines Pächters zu hüten, damit dieser warme Handschuhe und eine Pelzmütze für den Winter hat; der Hase schlägt nicht die Trommel bei irgendeinem Regiment in der Hoffnung, auf seine alten Tage versorgt zu sein; der Geier läßt sich nicht als Briefträger anstellen, um ein paar rote Litzen an seinen kahlen Hals zu bekommen: alle sind mit dem zufrieden, was ihnen die Natur gegeben hat, mit dem Bett, das sie ihnen im Gras, mit dem Dach, das sie ihnen unter dem blauen Sternenhimmel bereitet hat.

Sobald ein Sonnenstrahl die Ebene bestrahlt, beginnt der Vogel auf seinem Ast zu zwitschern, das Insekt summt um den Blütenbusch, der Fisch spielt an der Oberfläche seines Teichs, die Eidechse sonnt sich auf den heißen Steinen ihres Gemäuers; kommt ein Regenguß, so birgt sich jedes in seinem Schlupfwinkel und schläft friedlich in Erwartung der Sonne, die da morgen scheinen wird. Warum macht es der Mensch nicht ebenso? Der große König Salomo nehme mir's nicht übel, aber die Ameise ist das törichteste von allen Tieren: anstatt während der schönen Jahreszeit auf der Heide zu spielen, teilzunehmen an diesem wundervollen Feste, das der Himmel sechs Monate lang der Erde gibt, verliert sie ihren ganzen Sommer damit, Blättchen auf Blättchen zu häufen, und endlich, wenn die Stadt fertig ist, geht ein Wind darüberhin und fegt sie mit seinem Flügel hinweg.

Benjamin also machte Gutfärbs Gerichtsboten betrunken und wickelte Muttersalbe in das Stempelpapier der Vorladung.

Der Herr Amtmann, vor dem mein Onkel erscheinen sollte, ist eine zu gewichtige Persönlichkeit, als daß ich es versäumen möchte, euch sein Konterfei zu geben. Übrigens hat mir auch mein Großvater auf seinem

Totenbett noch ans Herz gelegt, das zu tun, und um nichts in der Welt möchte ich mich dieser frommen Pflicht entziehen.

Der Herr Amtmann also war, wie so viele andere, von armen Eltern gebürtig. Sein erster Kinderwickel war aus einem alten Gendarmenumhang geschnitten worden, und er hatte seine juristischen Studien damit begonnen, daß er den großen Säbel seines Herrn Vaters putzte und dessen roten Gaul striegelte. Ich wüßte nicht auseinanderzusetzen, wie sich, von der untersten Stufe der gerichtlichen Hierarchie, der Herr Amtmann zu der höchsten Magistratur im Lande emporgeschwungen hatte; alles, was ich sagen kann, ist, daß die Blindschleiche so gut wie der Adler auf den höchsten Felsgipfeln anzutreffen ist.

Der Herr Amtmann hatte unter anderem die tolle Vorstellung, eine hohe Persönlichkeit zu sein. Die Niedrigkeit seiner Herkunft war sein Hauptschmerz. Er begriff nicht, wie ein Mann wie er nicht als Edelmann auf die Welt gekommen wäre. Er schrieb das einem Irrtum des Schöpfers zu. Er würde seine Frau, seine Kinder und seinen Schreiber hingegeben haben um ein winziges Stückchen von einem Wappen. Die Natur war eine recht wohlwollende Mutter gegen den Herrn Amtmann gewesen; in Wahrheit, sie hatte ihm sein Teil Intelligenz nicht zu groß und nicht zu klein gemacht, aber sie hatte ihm ein gutes Teil Hinterlist und Unbedenklichkeit dazugegeben. Der Herr Amtmann war weder dumm noch geistreich; er hielt sich auf der Grenze, nur mit der kleinen Eigenheit, daß er niemals den Fuß in das Lager der Leute von Geist setzte, wogegen er sich in häufigen Ausflügen in das leicht zugängliche und offene Gefilde der andern Seite erging. Da er nicht den Witz der Geistreichen haben konnte, begnügte sich der Herr Amtmann damit, den der Dummen zu haben: er machte Wortspiele. Diese Wortspiele allerliebst zu finden, machten sich die Prokuratoren nebst ihren Weibern zur Pflicht; sein Amtsdiener hatte die Obliegenheit, sie in der Öffentlichkeit zu verbreiten und sie sogar den minderen Intelligenzen zu erklären, die ihren Sinn nicht gleich verstanden. Dank diesem angenehmen gesellschaftlichen Talent hatte sich der Herr Amtmann in gewissen Kreisen den Ruf eines Mannes von Geist erworben; aber diese Reputation hatte er, wie mein Onkel sagte, mit falscher Münze bezahlt.

Der Herr Amtmann war ... ja, war er ein rechtschaffener Mann? Ich wage nicht, das Gegenteil zu behaupten. Wie man weiß, definiert das Strafgesetzbuch die Diebe, und die Gesellschaft hält alle die für ehrliche Leute, die nicht unter diese Definition fallen; nun, der Herr Amtmann war nicht definiert vom Strafgesetzbuch. Der Herr Amtmann war, kraft allerhand Intrigen, dazu gelangt, nicht nur die Amtsgeschäfte, sondern auch die Vergnügungen der Stadt zu leiten. Als Magistrat war der Herr Amtmann eine recht wenig empfehlenswerte Persönlichkeit. Er verstand sich wohl auf das Gesetz, aber wenn es seinen Zu- oder Abneigungen widerstritt, ließ er es reden, was es wollte. Man sagte ihm nach, er habe an seiner Waage eine goldene und eine hölzerne Schale, und in der Tat, ich weiß nicht, wie es kam, aber seine Freunde hatten immer recht und seine Feinde immer unrecht. Wenn es sich um ein Vergehen handelte, so hätten die letzteren immer das höchste Strafmaß verdient, und wenn er es noch größer hätte machen können, er hätte es mit Wonne getan. Freilich, das Gesetz ist nicht immer zu beugen: wenn sich der Herr Amtmann in der Notlage befand, gegen einen Menschen zu erkennen, von dem er etwas fürchtete oder hoffte, so zog er sich aus der Affäre, indem er sich selbst als unzuständig ablehnte, und ließ von seinen Parteigängern seine Unparteilichkeit preisen.

Der Herr Amtmann liebäugelte mit der allgemeinen Bewunderung: er haßte herzlich, aber insgeheim alle die, die ihn durch irgendeine Überlegenheit verdunkelten. Wenn man sich den Anschein gab, an seine Wichtigkeit zu glauben, wenn man ihn um sein geneigtes Wohlwollen bat, machte man ihn zum glücklichsten Mann der Welt. Aber wenn man ihm ein Hutanrühren versagte, fraß sich diese Beleidigung tief in sein Gedächtnis ein, verursachte dort eine Wunde, und nie, selbst wenn der Beleidiger hundert Jahre alt geworden wäre und er selbst auch, hätte er sie ihm verziehen. Wehe dem Unglücklichen also, der es unterließ, den Herrn Amtmann zu grüßen. Wenn ihn irgendein Verfahren vor sein Tribunal führte, so piesackte ihn der Herr Amtmann durch irgendeine wohlausgedachte Plackerei so lange, bis er den Respekt vergaß. Dann wurde die Rache Pflicht, und er ließ unsern Mann ins Gefängnis setzen, alles unter den Beteuerungen äußersten Bedauerns über die fatale Notwendigkeit, in die ihn sein Amt bringe. Oft sogar, um seinen Schmerz glaubhafter zu machen, beging er die Heuchelei, sich als krank zu Bett zu legen, und bei großen Gelegenheiten ging er bis zum Aderlaß.

Der Herr Amtmann machte dem lieben Gott den Hof, so gut wie den irdischen Gewalten: er versäumte nie das Hochamt und pflanzte sich immer schön mitten auf die Bank der Kirchenvorsteher. Das brachte ihm jeden Sonntag ein Stück geweihtes Brot und die Huld des Pfarrers ein. Wenn er durch ein Protokoll hätte feststellen lassen können, daß er der Messe beigewohnt habe, er hätte es ohne Zweifel getan. Aber diese kleinen Fehler wurden durch glänzende Eigenschaften anderer Art aufgewogen. Niemand verstand es besser als er, auf Kosten der Stadt einen Ball zu arrangieren oder ein Bankett zu Ehren des Herzogs von Nevers. An solchen feierlichen Tagen strahlte er von Majestät, Appetit und Wortspielen; Lamoignon oder der Präsident Molé wären recht klein neben ihm gewesen. Zur Belohnung der hervorragenden Dienste, die er der Stadt leistete, hoffte er seit zehn Jahren auf das Sankt-Ludwigs-Kreuz; und als nach seinen amerikanischen Feldzügen Lafayette damit ausgezeichnet wurde, schrie er ganz leise über Ungerechtigkeit.

Derart war der Herr Amtmann nach seiner Moral; nach leiblicher Beschaffenheit war er ein gewichtiger Mann, obwohl er seine ganze Majestät noch nicht erreicht hatte. Seine Gestalt glich einer nach unten bauchiger werdenden Ellipse; man hätte sie einem Straußenei mit zwei Beinen vergleichen können. Die perfide Natur, die dem giftigen Manzenillenbaum unter einem glühenden Himmel einen breiten, dichten Schatten verliehen hat, hatte dem Herrn Amtman die Miene eines ehrlichen Mannes gegeben; so liebte er es denn auch sehr, sich zu zeigen, und es war ein schöner Tag in seinem Leben, wenn er, von Pompiers eskortiert, von der Gerichtsstätte zur Kirche ging.

Der Herr Amtmann hielt sich allezeit so steif wie eine Statue auf ihrer Standsäule; wer ihn nicht kannte, hätte meinen können, er habe ein blasenziehendes Pflaster oder etwas Derartiges zwischen den Schultern. Er ging durch die Straßen, als trüge er ein Sakrament; sein Schritt war unveränderlich wie eine Elle: ein Hagelwetter von Hellebarden hätte ihn nicht dazu bringen können, ihn zu verlängern; mit dem Herrn Amtmann als einzigem Instrument hätte ein Astronom einen Längengrad ausmessen können.

Mein Onkel haßte den Herrn Amtmann nicht; er tat ihm nicht die Ehre an, ihn zu verachten; aber in Gegenwart dieser moralischen Verworfenheit hatte er die Empfindung, als drehe sich ihm das Herz um, und er pflegte zu sagen, dieser Mensch mute ihn an wie eine in einem samtenen Sessel hockende Kröte.

Was den Herrn Amtmann betrifft, so haßte er Benjamin mit aller Kraft seiner galligen Seele. Das wußte dieser wohl, aber er machte sich wenig daraus.

Meine Großmutter, die einen Zusammenstoß dieser beiden so verschiedenen Naturen fürchtete, wollte, Benjamin solle zu dem Verhör nicht erscheinen; aber dieser große Mann, der der Kraft seines Willens vertraute, hatte diesen furchtsamen Rat von sich gewiesen; das einzige war, daß er sich am Sonntagmorgen seiner gewohnten Ration warmen Weines enthielt.

Der Anwalt Gutfärbs bewies, daß sein Klient das Recht habe, einen Haftbefehl gegen meinen Onkel zu verlangen. Als er seine Darlegungen ausgeführt und noch einmal ausgeführt hatte, fragte der Amtmann meinen Onkel, was er zu seiner Verteidigung vorzubringen habe. »Ich habe nur eine einfache Bemerkung zu machen«, sagte mein Onkel, »aber sie ist gewichtiger als das ganze Plaidoyer dieses Herrn, denn sie unterliegt keinem Einwand, ich habe sechs Fuß drei Zoll über dem Meeresspiegel und sechs Zoll über dem allgemeinen Menschenniveau, ich dächte...«

»Herr Rathery«, unterbrach ihn der Amtmann, »so groß Sie sein mögen, so haben Sie doch nicht das Recht, mit der Justiz zu spaßen.«

»Wenn ich Lust hätte zu spaßen«, sagte mein Onkel, »so wäre es doch nicht mit einer so mächtigen Person, wie es der Herr Amtmann ist, dessen

Justiz übrigens keineswegs spaßt; aber wenn ich sage, daß ich sechs Fuß drei Zoll über dem Meeresspiegel habe, so ist das gar kein Spaß, den ich mache, sondern ein sehr ernsthafter Verteidigungsgrund, den ich vorbringe. Der Herr Amtmann kann mich messen lassen, wenn er in die Wahrheit meiner Bemerkung Zweifel setzt. Ich denke also...«

»Herr Rathery«, warf der Amtmann lebhaft ein, »wenn Sie in diesem Tone fortfahren, würde ich genötigt sein, Ihnen das Wort zu entziehen.«

»Das ist nicht der Mühe wert«, antwortete mein Onkel, »denn ich bin schon zu Ende. Ich denke also«, sagte er, indem er den Silben Beine machte, »daß man einen Mann von meinem Maß nicht für lumpige fünfzig Taler festnehmen kann.«

»Nach Ihrer Berechnung«, sagte der Amtmann, »könnte sich die Haft nur auf einen Ihrer Arme, eines Ihrer Beine, vielleicht gar nur auf Ihren Zopf erstrecken.«

»Zunächst«, erwiderte mein Onkel, »mache ich dem Herrn Amtmann bemerklich, daß mein Zopf nicht im Rechtsstreit begriffen ist, sodann aber habe ich keineswegs die Anmaßung, die mir der Herr Amtmann zuschreibt: ich bin unteilbar und beabsichtige, mein Lebtag lang unteilbar zu bleiben; da jedoch das Pfand mindestens das Doppelte der Schuld wiegt, so bitte ich den Herrn Amtmann, zu erkennen, daß die Schuldhaft nicht eher Platz zu greifen habe, als bis Gutfärb mir drei weitere rote Fräcke geliefert hat.«

»Herr Rathery, Sie sind hier nicht in der Schenke; ich bitte, sich zu erinnern, zu wem Sie sprechen; Ihre Vorschläge werden so unachtbar wie Ihre Person.«

»Herr Amtmann«, antwortete mein Onkel, »ich erfreue mich eines guten Gedächtnisses und weiß sehr wohl, mit wem ich spreche. Ich bin von meiner teuern Schwester zu sorgfältig in der Furcht des Herrn und der Gendarmen erzogen worden, als daß ich das vergessen könnte. Was die Schenke anlangt, wenn hier von einer Schenke die Rede sein kann, so ist sie zu wohlangesehen bei allen rechtschaffenen Leuten, als daß ich nötig hätte, sie zu rehabilitieren. Wenn wir in die Schenke gehen, so geschieht es, weil wir, wenn wir Durst haben, nicht das Privileg haben, uns auf Kosten der Stadt zu erfrischen. Die Schenke, das ist der Keller derer, die keinen haben; und der Keller derer, die einen haben, ist nichts anderes als eine Schenke ohne Schild. Es steht denen, die eine Flasche Burgunder und noch etwas zum Mittagessen trinken, schlecht an, den armen Teufel zu verunglimpfen, der sich dann und wann in der Schenke einen Schoppen Krätzer gönnt. Solche offiziellen Orgien, wo man sich bei Reden auf den König und den Herzog von Nevers betrinkt, sind, den Euphonismus beiseite gesetzt, ganz einfach das, was das Volk ein Saufgelage nennt. Sich an seinem Tische zu betrinken ist anständiger; aber sich in der Schenke zu berauschen ist edler und besonders dem Staatsschatz zuträglicher. Was die

Achtung anlangt, die meiner Person anhaftet, so ist sie nicht so allgemein wie die, deren der Herr Amtmann für die seine sich rühmen darf, in Anbetracht dessen, daß ich nur von den rechtschaffenen Leuten geachtet werde. Aber...«

»Herr Rathery!« brüllte der Amtmann, da er auf die Epigramme, mit denen ihn mein Onkel heimsuchte, keine bessere und bequemere Antwort fand, »Sie sind ein Unverschämter!«

»Mag sein«, versetzte Benjamin und las ein Fädchen von seinem Frackaufschlag, das sich dort angeheftet hatte, »aber ich fühle mich verpflichtet, den Herrn Amtmann darauf aufmerksam zu machen, daß ich mich diesen Morgen in den Grenzen völliger Enthaltsamkeit verschlossen hielt, daß er sich demnach, wenn er versuchen sollte, mich aus der respektablen Haltung, die ich seiner Robe schulde, herauszulocken, vergebliche Unkosten machen würde.«

»Herr Rathery!« rief der Amtmann, »Ihre Anspielungen sind Beleidigungen der Justiz; ich verurteile Sie zu fünfzehn Groschen Strafe.«

»Hier ist ein Taler«, sagte mein Onkel und legte das Geldstück auf den grünen Richtertisch, »machen Sie sich bezahlt.«

»Herr Rathery«, schrie der Amtmann außer sich, »gehen Sie hinaus!«

»Herr Amtmann! ich empfehle mich. Meine Komplimente an die Frau Amtmännin, wenn ich bitten darf.«

»Weitere zwanzig Groschen Strafe!« heulte der Amtmann.

»Wie«, sagte mein Onkel, »zwanzig Groschen Strafe, weil ich der Frau Amtmännin mein Kompliment mache?«

Und hinaus war er.

»Dieser Teufelskerl«, sagte abends der Herr Amtmann zu seiner Frau, »niemals hätte ich geglaubt, daß er so an sich halten würde. Aber er soll sich hüten; ich habe einen Haftbefehl gegen ihn erlassen und werde mit Gutfärb sprechen, daß er ihn sofort vollstrecken läßt. Er soll sehen, was es heißt, mir zu trotzen. Bis ich ihn zu den Festen einlade, die die Stadt gibt, soll er schwarz werden; und wenn ich ihm seine Kundschaft beschneiden kann...«

»Pfui doch, Herr Amtmann!« antwortete seine Frau, »sind das die Grundsätze eines Mannes, der in der Kirche vornan sitzt? Und was hat Ihnen Herr Rathery getan? Er ist ein so fröhlicher, so artiger, so liebenswürdiger Mann!«

»Was er mir getan hat, Frau Amtmännin? Er hat gewagt, mich daran zu erinnern, daß Ihr Schwiegervater ein Gendarm war, und übrigens hat er mehr Geist und ist ein rechtschaffenerer Mann als ich. Glauben sie, daß das nichts ist?« Am andern Tage dachte mein Onkel nicht mehr an den gegen ihn erlassenen Haftbefehl. Er steuerte nach der Kirche, gepudert und feierlich, die Jungfer Minxit an der rechten Seite und seinen Degen an der linken; er war gefolgt von Page, der in seinem haselbraunen Frack daherschwänzelte; von Arthus, dessen Bauchgekugel bis über den Äquator hinab von einer großgeblümten Weste umhüllt war, in deren Ranken sich kleine Vogel wiegten; von Millot-Rataut, der eine ziegelrote Perücke trug und dessen grauzwirnene Schienbeine schwarz getupft waren, und von einer großen Menge anderer, deren Namen der Nachwelt zu überliefern ich keine Lust habe. Parlanta allein fehlte beim Appell. Zwei Geigen quietschten an der Spitze des Zuges, Beißkurz und seine Frau schlössen ihn. Benjamin, immer großartig, streute Zuckerzeug und Pfennige auf seinem Wege. Kaspar, stolz, ihm als Tasche zu dienen, hielt sich an seiner Seite und trug in einer großen Tüte die Zuckerbohnen für die Feierlichkeit.

Fünfzehntes Kapitel

Wie mein Onkel in seinen Patenverrichtungen gestört und ins Gefängnis gebracht wurde

Aber bald sah das Fest anders aus! Parlanta hatte von Gutfärb und dem Amtmann strikte Weisung erhalten, den Haftbefehl noch während der Feierlichkeit zu vollstrecken; er hatte seine Häscher im Vorhof des Gerichtsgebäudes in den Hinterhalt gelegt, während er selbst den Zug unter der Kirchentür erwartete.

Sobald er den Dreispitz meines Onkels sich aus der Altgasse herauf entwickeln sah, ging er auf ihn zu und forderte ihn im Namen des Königs auf, ihm ins Gefängnis zu folgen.

»Parlanta«, antwortete mein Onkel, »was du da tust, ist wenig den Regeln der französischen Höflichkeit entsprechend; könntest du nicht bis morgen warten, meine Beschlagnahme zu bewerkstelligen, und heute mit uns essen?«

»Wenn dir viel darauf ankommt, will ich warten; aber ich muß dir vermelden, daß die Anweisungen des Amtmanns ganz ausdrücklich sind und ich, wenn ich dagegen verstoße, Gefahr laufe, seinen Groll in diesem und im ewigen Leben auf mich zu laden.«

»Wenn dem so ist, tu deine Pflicht«, sagte Benjamin; und er bat Page, seinen Platz an der Seite der Jungfer Minxit einzunehmen; dann verbeugte er sich gegen diese mit aller Grazie, die seinen sechs Fuß drei Zoll zu Gebote stand:

»Sie sehen, mein Fräulein, daß ich gezwungen bin, mich von Ihnen zu trennen; ich bitte Sie, zu glauben, daß nichts Geringeres als eine Aufforderung im Namen Seiner Majestät mich dazu bringen kann. Ich hätte gewünscht, daß mich Parlanta das Glück dieser Feier bis zur Neige genießen lassen würde, aber diese Gerichtsvollzieher sind wie der Tod: sie packen ihr Opfer, wo immer es sich zeigt, sie reißen es vom Arm des geliebten Gegenstandes, wie ein Kind einen Schmetterling bei seinen zarten Flügeln vom Kelch einer Rose reißt.«

»Das ist für Sie und für mich gleich unangenehm«, sagte die Jungfer Minxit und machte ein gewaltig schiefes Maul; »Ihr Freund ist ein kleiner Mann, rund wie ein Nähstein, und trägt eine Perücke mit Puffen; ich werde an seiner Seite aussehen wie eine Meßstange.«

»Was soll ich machen?« erwiderte Benjamin trocken, von so viel Egoismus beleidigt, »ich kann weder Sie beschneiden noch Herrn Page strecken, noch ihm meinen Zopf leihen.« Benjamin nahm Abschied von der Gesellschaft und folgte Parlanta, indem er sein Lieblingslied pfiff:

Marlbrough zog aus zum Kriege,
 Dideldum, dideldum, dideldum.

Auf der Schwelle des Gefängnisses blieb er einen Augenblick stehen, um einen letzten Blick auf die Gefilde der Freiheit zu werfen, die sich hinter ihm schließen sollten; er gewahrte seine Schwester, wie sie unbeweglich am Arm ihres Mannes stand und ihm einen verzweifelten Blick nachsandte; bei diesem Anblick zog er mit Heftigkeit die Tür hinter sich zu und sprang in den Hof.

Abends kam mein Großvater mit seiner Frau ihn besuchen; sie fanden ihn oben über die Stiege gelehnt, wie er den Genossen seiner Gefangenschaft den Rest seiner Zuckerbohnen hinunterwarf und wie ein Glückseliger darüber lachte, wie sie sich herumpufften, um sie zu erhaschen.

»Was Teufel machst du da?« sagte mein Großvater.

»Das siehst du ja«, antwortete Benjamin, »ich führe die Tauffeier zu Ende. Findest du nicht, daß diese Menschen, die sich da zu unsern Füßen wälzen, um ein paar fade Zuckersachen aufzulesen, treulich der Gesellschaft gleichen? Die armen Erdenbewohner, stoßen, treten, zerren sie sich nicht geradeso, um sich die Güter zu entreißen, die Gott unter sie wirft? Wirft nicht der Starke den Schwachen ebenso nieder, blutet und schreit nicht der Schwache ebenso? spottet nicht der, der alles genommen hat, von oben herab auf den, dem er nichts gelassen? und gibt nicht ebenso jener, wenn dieser sich zu beklagen wagt, ihm einen Tritt obendrein? Diese armen Teufel sind außer Atem, bedeckt mit Schweiß; ihre Finger sind gequetscht, ihre Gesichter zerschunden, keiner ist aus dem Kampf ohne eine Schramme hervorgegangen. Wenn sie mehr auf ihr vernünftiges Interesse gehört hätten als auf die wilden Instinkte ihrer Habgier, hätten sie nicht, anstatt über diese Zuckerbohnen als Feinde zu streiten, sie als Brüder teilen können?«

»Das ist möglich«, sagte Beißkurz; »aber trachte dich heute abend nicht allzusehr zu langweilen und diese Nacht gut zu schlafen, denn morgen früh bist du frei.«

»Wie das?« rief Benjamin.

»Wir haben nämlich«, antwortete Beißkurz, »um dich aus der Affäre zu ziehen, unsern kleinen Weinberg in Choulot verkauft.«

»Ist der Vertrag schon unterzeichnet?« fragte Benjamin ängstlich.

»Noch nicht«, sagte mein Großvater, »aber wir treffen uns heute abend, um ihn zu unterzeichnen.«

»Also denn! Du, Beißkurz, und du, meine liebe Schwester, gebt wohl acht, was ich euch sage: Wenn ihr euern Weinberg verkauft, um mich den

Krallen Gutfärbs zu entreißen, so wird der erste Gebrauch, den ich von meiner Freiheit mache, der sein, euer Haus zu verlassen, und nie im Leben werdet ihr mich wiedersehn.«

»Es muß aber doch so sein«, sagte Beißkurz; »man ist Bruder, oder man ist es nicht. Ich kann dich nicht im Gefängnis sitzenlassen, wenn ich die Mittel in Händen habe, dich in Freiheit zu setzen. Du nimmst die Dinge wie ein Philosoph, aber ich bin kein Philosoph. Solange du hier bist, kann ich nicht einen Bissen Brot essen noch einen Schluck Wein trinken, der mir schmeckt.«

»Und ich«, sagte meine Großmutter, »glaubst du, ich könnte mich daran gewöhnen, dich nicht mehr zu sehn? Hat nicht gerade mir unsere Mutter dich auf dem Totenbett anvertraut? Habe ich dich nicht großgezogen? Betrachte ich dich nicht als das älteste meiner Kinder? Und diese armen Kinder, es ist ein Jammer, sie zu sehn; seit du nicht mehr bei uns bist, möchte man meinen, ein Sarg wäre im Haus. Alle wollten sie mitgehen, um dich zu sehen, und die kleine Nanette hat ihr Weißbrötchen nicht anrühren wollen, weil sie sagte, sie hebe es für ihren Onkel Benjamin auf, der im Gefängnis sei und nur trocknes schwarzes Brot zu essen habe.«

»Das ist zuviel«, sagte Benjamin, indem er meinen Großvater bei den Schultern hinauszuschieben suchte, »mach, daß du gehst, Beißkurz, und du auch, meine teure Schwester! Macht, daß ihr fortkommt, denn ich bin schon ganz schwach; aber ich sage es noch einmal: Wenn ihr euch bestimmen laßt, euern Weinberg zu verkaufen, um meine Schuld zu zahlen, so seh ich euch nie im Leben wieder.«

»Laß gut sein, lange Einfalt«, beschwichtigte meine Großmutter; »ist nicht ein Bruder mehr wert als ein Weinberg? Würdest du nicht für uns das tun, was wir jetzt für dich tun, wenn die Gelegenheit käme? Und wenn du reich bist, wirst du uns nicht helfen, unsern Kindern ihr Fortkommen zu ermöglichen? Mit deinem Stand und deinen Talenten kannst du uns hundertfach heimzahlen, was wir dir heute geben. Und was würde man von uns sagen, mein Gott! wenn wir dich hinter Schloß und Riegel ließen für eine Schuld von fünfzig Talern? Komm, Benjamin, sei ein guter Bruder! Mach uns nicht alle unglücklich, indem du dich darauf versteifst, hierzubleiben.«

Während meine Großmutter redete, hatte Benjamin sein Gesicht zwischen den Händen verborgen und bemühte sich, die Tränen zu unterdrücken, die unter seinen Lidern hervorbrachen.

»Beißkurz«, stieß er plötzlich hervor, »ich kann nicht mehr! Laß mir von Boutron, dem Schließer, einen kleinen Bittern bringen und laß dich küssen. Sieh«, sagte er, indem er ihn an die Brust drückte, daß er hätte schreien mögen, »du bist der erste Mann, den ich küsse, und seit ich das letztemal die Rute bekam, sind das die ersten Tränen, die ich vergieße.« Und in der Tat, er löste sich in Tränen auf, mein armer Onkel; aber nachdem der Gefängniswärter zwei Gläschen Bittern gebracht, hatte er das seine nicht so bald geleert, als er wieder gefaßt und heiter wurde wie ein Maihimmel nach einem Regenschauer.

Meine Großmutter suchte ihn aufs neue zu erweichen; aber er blieb kalt bei ihren Worten wie ein Gletscher unter den Strahlen des Mondes.

Das einzige, was ihm zu schaffen machte, war, daß der Gefängniswärter ihn hatte weinen sehen; es mußte also dabei bleiben, daß Beißkurz seinen Weinberg behielt, ob er wollte oder nicht.

Sechzehntes Kapitel

Ein Frühstück im Gefängnis Wie mein Onkel aus dem Gefängnis herauskam

Am folgenden Vormittag, als mein Onkel im Hof des Gefängnisses spazierenging und ein bekanntes Lied pfiff, trat Arthus ein, gefolgt von drei Männern, die sauber mit Linnen zugedeckte Körbe trugen.

»Guten Morgen, Benjamin«, rief er; »wir kommen mit dir frühstücken, da du nicht mehr mit uns frühstücken kommen kannst.«

Zu gleicher Zeit defilierten Page, Rapin, Guillerand, Millot-Rataut und Beißkurz. Parlanta hielt sich ein wenig verlegen im Hintergrund. Mein Onkel ging auf ihn zu und bot ihm die Hand.

»Nun, Parlanta«, sagte er zu ihm, »trägst du mir's noch nach, daß ich dich gestern um ein gutes Essen gebracht habe?«

»Im Gegenteil«, antwortete Parlanta, »ich dachte, du möchtest mir's nachtragen, daß ich dich nicht deine Taufe zu Ende bringen ließ.«

»Weißt du wohl, Benjamin«, unterbrach Page, »daß wir uns zusammengetan haben, um dich hier herauszukriegen? Aber da wir nicht bei barem Gelde sind, tun wir, als ob das Geld nicht erfunden wäre: wir lassen Gutfärb unsere Dienste zukommen, jeder nach seiner Profession. Ich führe ihm seinen ersten Prozeß, Parlanta wird ihm zwei Vorladungen kritzeln, Arthus macht ihm sein Testament, Rapin gewährt ihm zwei oder drei Konsultationen, die ihn teurer zu stehen kommen sollen, als er ahnt; Guillerand gibt seinen Kindern, so gut er kann, Grammatikstunden; Rataut, der nichts ist, sintemal er Poet ist, hat sich auf Ehre verpflichtet, alle Fräcke bei ihm zu kaufen, die er während zweier Jahre braucht, was ihn, meines Erachtens, nicht sehr belastet.«

»Und Gutfärb? Nimmt er an?« fragte Benjamin.

»Was«, sagte Page, »ob er annimmt? Er erhält Werte für mehr als hundertfünfzig Taler. Rapin hat die Angelegenheit gestern mit ihm geordnet; es gilt nur noch, die Ausführungsbestimmungen zu regeln.«

»Also gut«, sagte mein Onkel, »auch ich will mein Teil bei diesem guten Werk übernehmen: ich verpflichte mich, ihn unentgeltlich in den ersten beiden Krankheiten zu behandeln, die ihm zustoßen. Wenn ich ihn in der ersten umbringe, soll seine Frau die Erbfolge auf die zweite haben. Was dich betrifft, Beißkurz, so erlaube ich dir, eine Kanne weißen Wein zu subskribieren.«

Unterdessen hatte Arthus bei dem Gefängniswärter den Tisch decken lassen. Er zog eigenhändig seine Schüsseln, die etwas ineinandergelaufen waren, aus ihrem Korb und stellte sie in Reih und Glied auf die Tafel.

»Vorwärts«, rief er, »zu Tisch! Und gesprochen wird nicht! Ich liebe es nicht, gestört zu werden, wenn ich esse; ihr habt beim Nachtisch genug Zeit, zu plaudern.«

Das Frühstück schmeckte nicht nach der Örtlichkeit, wo es abgehalten wurde. Beißkurz allein war ein wenig traurig, denn die von den Freunden mit Gutfärb getroffene Abrede schien ihm ein Spaß.

»Was ist mit dir, Beißkurz?« rief Benjamin, »du hältst immer dein Glas in der Hand, ob voll, ob leer. Bin ich oder bist du hier Gefangener? bitt ich dich! Übrigens, meine Herren, wissen Sie, daß Beißkurz gestern beinahe sich eines guten Werkes schuldig gemacht hätte? Er wollte seinen köstlichen Weinberg in Choulot verkaufen, um mein Lösegeld für Gutfärb aufzubringen.«

»Das ist prächtig!« rief Page.

»Das ist saftig!« sagte Arthus.

»Das ist ein Zug wie aus dem Schatzkästlein der Moral!« ließ sich Guillerand vernehmen.

»Meine Herren«, sagte Rapin, »man muß die Tugend ehren, wo man das Glück hat, sie zu besitzen. Ich schlage aus diesem Grund vor, daß jedesmal, wenn Beiß kurz mit uns zu Tisch sitzt, ihm ein Polstersessel zuerkannt wird.«

»Angenommen!« riefen alle zusammen, »und auf Beißkurzens Wohl!«

»Meiner Treu«, sagte mein Onkel, »ich weiß nicht, warum man solche Angst vor dem Gefängnis hat. Ist dieser Kapaun nicht ebenso zart und dieser Bordeaux ebenso blumig auf dieser Seite des Gitters wie auf jener?«

»Ja«, sagte Guillerand, »solange Gras an der Mauer wächst, an der die Ziege angepflöckt ist, fühlt sie die Fessel nicht; aber wenn der Platz leer ist, quält sie's, und sie sucht sich loszureißen.«

»Vom Gras im Tal zum Gras auf dem Berge zu gehn, das ist die ganze Freiheit der Ziege«, antwortete mein Onkel; »aber die Freiheit des Menschen besteht darin, nur zu tun, was ihm zusagt. Der, dem man die Freiheit des Körpers genommen und dabei die Freiheit gelassen hat, zu denken, was er will, ist hundertmal freier als der, dessen Seele man an die Kette einer verhaßten Beschäftigung legt. Der Gefangene verbringt ohne Zweifel traurige Stunden, wenn er hinter seinen Gittern den Weg verfolgt, der in der Ebene dahinzieht und sich in den blauen Schatten irgendeines fernen Waldes verliert. Er möchte die arme Frau sein, die ihre Kuh am Wege hintreibt und dabei die Kunkel dreht, oder der arme Holzfäller, der mit Reisig beladen nach seiner Hütte schwankt, die durch die Bäume raucht. Aber diese Freiheit, zu sein, wo man möchte, geradeaus vor sich hinzugehen, solange man nicht müde ist oder einen kein Graben aufhält, wem gehört sie? Ist der Lahme kein Gefangener in seinem Bett, der Krämer in seinem Laden, der Schreiber in seiner Kanzlei, der Bürger in den Mauern seiner kleinen Stadt, der König in den Grenzen seines Reiches und Gott selbst in jener eisigen Hülle, die das Weltall umschließt? Du gehst schnaufend und schweißüberströmt auf einem sonnengebrannten Wege: da sind große Bäume, die neben dir ihre hohen grünen Wohnungen ausbreiten und wie zum Hohn ein paar gelbe Blätter auf dich herabstreuen. Nicht wahr, du möchtest gern einen Augenblick in ihrem Schatten ruhen und deine Füße im Moose kühlen, das ihre Wurzeln überkleidet; aber zwischen ihnen und dir sind sechs Fuß Mauer oder die Stachelspitzen eines eisernen Gitters. Arthus, Rapin und ihr andern, die ihr nur einen Magen habt, die ihr von nichts wißt, als zu Mittag zu essen, wenn ihr gefrühstückt habt, ich weiß nicht, ob ihr mich versteht. Aber Millot-Rataut, der Schneider ist und Weihnachtslitaneien macht, der wird mich verstehen. Wie oft habe ich gewünscht, ich könnte der Wolke folgen auf ihren landstreicherischen Wanderungen, wenn sie mit den Winden am Himmel dahinzog. Wie oft, wenn ich in mein Fenster gelehnt träumend dem Monde nachsah, der mich wie ein menschliches Gesicht betrachtete, hätte ich wie eine Seifenblase zu den geheimnisvollen Einsamkeiten emporschweben mögen, die über meinem Haupte hingingen, und ich hätte alles in der Welt darum gegeben, mich einen Augenblick auf einem der gigantischen Ringgebirge niederzulassen, die aus der weißen Oberfläche des Gestirns emporragen. War ich da nicht genauso gefangen auf der Erde wie der arme Gefangene zwischen den hohen Mauern seines Kerkers?«

»Meine Herrn«, sagte Page, »eines muß man sich klarmachen: das Gefängnis ist zu gut und zu milde für den Reichen. Es behandelt ihn wie ein verwöhntes Kind, wie jene Nymphe, die dem Amor die Rute mit einer Rose gab. Erlaubt dem Reichen, seine Küche mit in das Gefängnis zu bringen, seinen Keller, seine Bibliothek, seinen Salon, so ist er nicht mehr ein Verurteilter, den man bestraft, sondern ein Ehrsamer, der seine Wohnung wechselt. Ihr sitzt da behäbig vor einem guten Feuer, in euren Hausrock einwattiert; ihr verdaut, die Füße auf dem Feuergestell und den Magen mit Trüffeln und Champagner parfümiert. Der Schnee voltigiert auf den Gitterstäben eures Fensters, während ihr dagegen den weißen Rauch eurer Zigarre zur Decke eures Gemachs emporsendet. Ihr träumt, sinnt, baut Luftschlösser oder macht Verse. Euch zur Seite liegt eure Zeitung, jene Freundin, die man vernachlässigt oder ruft oder endgültig verabschiedet, wenn sie zu langweilig wird. Was daran, sagt mir, gleicht einer Strafe? Habt ihr nicht geradeso in eurer eigenen Behausung, ohne auszugehen, Stunden, Tage und Wochen verbracht? Was macht dagegen der Richter, der die Barbarei gehabt hat, euch zu dieser Strafe zu verurteilen? Seit neun Uhr vormittags ist er in der Sitzung, fröstelnd in seinem dünnen Talar, und hört das Larifari eines Advokaten an. Währenddessen packt ihn der Katarrh mit würgenden Krallen an der Lunge oder die Frostbeule mit beißendem Zahn an den Zehen. Ihr sagt, ihr seid nicht frei! Im Gegenteil, ihr seid hundertmal freier als in eurem Hause; euer ganzer Tag gehört euch; ihr steht auf, ihr geht zur Ruhe, wann es euch paßt; ihr tut das, was euch beliebt, und ihr braucht euch nicht einmal zu barbieren.

Seht diesen Benjamin an zum Beispiel, der ein Gefangener ist: glaubt ihr, daß Gutfärb ihm einen so schlechten Dienst erwiesen hat, als er ihn hier einsperren ließ? Wie oft hatte er früher aufstehen müssen, noch bevor die Laternen gelöscht waren. Dann ging er, einen Strumpf verkehrt am Bein, von Tür zu Tür, um die Zunge von Hinz und den Puls von Kunz zu beobachten; er bespritzte sich auf den Wegen bis an seinen Zopf, und sein Bauer hatte höchstens Zeit, ihm geronnene Milch und schimmliges Brot anzubieten. Wenn er früher abgehetzt nach Hause kam und gerade in seinem Bett warm geworden war, um die Wonne des ersten Schlafes zu genießen, weckte man ihn rücksichtslos, dem Herrn Bürgermeister zu Hilfe zu eilen, der an einer Indigestion erstickte, oder der Frau Amtmännin, bei der das Kind schief in den Wehen lag. Jetzt ist er all diesen Widrigkeiten überhoben. Er fühlt sich hier wie die Ratte im Holländer Käse. Gutfärb hat ihm eine kleine Rente verschafft, die er als Philosoph verzehrt. Er ist wirklich der Mohnkopf des Evangeliums, der weder schröpft noch purgiert und dennoch sich wohl nähren darf, der weder näht noch spinnt und dennoch mit einem Gewand von prächtigstem Rot bekleidet ist. Wir sind in Wahrheit rechte Narren, ihn zu beklagen, und rechte Feinde seines Wohlergehens, wenn wir ihn hier herausziehen wollen.«

»Es ist ganz gut hier sein«, antwortete mein Onkel, »aber ich möchte ebensogern schlecht anderswo sein. Das wird mich nicht hindern, zuzugeben, wie euch Page schon bewiesen hat, daß das Gefängnis nicht nur für den Reichen, sondern für jedermann zu milde ist. Es ist ohne Zweifel hart, wenn man dem Gesetz, das einen Unglücklichen geißelt, zuruft: ›Schlag heftiger zu; es tut nicht weh genug!‹; aber man muß sich ebensosehr vor jener unverständigen und kurzsichtigen Menschenliebe hüten, die nichts sieht außer ihrem Unglücklichen. Wahrhafte Philosophen, wie Guillerand, wie Millot-Rataut, wie Parlanta, mit einem Wort, wie wir alle, dürfen die Menschen nicht als Masse betrachten, wie man etwa ein Getreidefeld ansieht. Eine soziale Frage darf lediglich vom Standpunkt des öffentlichen Interesses aus beurteilt werden. Wenn ihr euch durch irgendeine schöne Waffentat ausgezeichnet habt und der König euch mit dem Kreuz Ludwigs des Heiligen schmückt, glaubt ihr, daß Seine Majestät euch aus persönlichem Wohlwollen oder aus Anteilnahme an eurem persönlichen Ruhm ermächtigt, sein graziöses Konterfei auf eurer Brust zu tragen? Ach nein, meine armen Tapfern! das geschieht zunächst in seinem und danach im Staatsinteresse; das geschieht, damit die andern, die wie ihr heißes Blut in den Adern haben und euch so ehrenvoll belohnt sehen, euer Beispiel nachahmen. Nun setzt den Fall, ihr hättet an Stelle einer guten Tat ein Verbrechen begangen: ihr hättet nicht drei oder vier Menschen, die sich durch die Farbe ihres Kragens von euch unterscheiden, sondern einen Bürger des eigenen Landes getötet. Der Richter hat euch zum Tode verurteilt, und der König hat sich geweigert, euch zu begnadigen. Es bleibt euch nichts mehr übrig, als eure Generalbeichte zu überlegen und eure Totenklage anzustimmen. Nun, welche Erwägung hat wohl dem Richter euer Urteil diktiert? Hat er die Gesellschaft von euch befreien wollen, wie wenn man einen tollen Hund tötet, oder hat er euch strafen wollen, wie wenn man einem unartigen Kind die Rute gibt? Wenn er nichts weiter gewollt hätte, als euch aus der Gesellschaft auszumerzen, so hätte ein Kellerloch von ordentlicher Tiefe mit dicken Mauern und einer Schießscharte als Fenster dazu völlig ausgereicht. Ferner: der Richter verurteilt manchmal einen zum Tode, der sich selbst zu töten versucht hat, und einen zu Gefängnis, für den, wie er weiß, das Gefängnis ein gastliches Obdach ist. Geschieht es, um sie zu bestrafen, daß er diesen beiden Taugenichtsen gerade das auferlegt, was sie sich wünschen? daß er den einen, dem das Leben eine Qual ist, davon befreit, und dem andern, der nicht Brot noch Dach hat, eine Unterkunft bietet? Der Richter will nur eines: durch eure Strafe die abschrecken, die sich versucht fühlen würden, euer Beispiel nachzuahmen.

›Du sollst nicht töten‹, das ist die ganze Bedeutung eures Urteils. Wenn ihr statt eurer eine Puppe, die euch gliche, unter das Richtmesser legen könntet, so wäre das dem Richter sehr einerlei; ja, wenn er, nachdem der Henker euch das Haupt abgeschlagen und es dem Volke gezeigt, euch wieder ins Leben zurückrufen könnte, ich bin überzeugt, er würde es gern tun; denn im Grunde ist der Richter ein guter Mann, der nicht wünschte, daß seine Köchin vor seinen Augen ein Huhn schlachtet. Man schreit laut genug, und ihr selbst verkündet es, es sei besser, zehn Schuldige laufenzulassen, als einen Unschuldigen zu verurteilen. Das ist eine der beklagenswertesten Absurditäten, die die Menschenliebe von heute ausgebrütet hat; es ist ein antisozialer Grundsatz. Ich behaupte im Gegenteil, daß es besser ist, zehn Unschuldige zu verurteilen, als einen Schuldigen laufenzulassen.«

Bei diesen Worten erhob sich ein allgemeines Gejohle gegen meinen Onkel.

»Nein, weiß Gott«, rief mein Onkel, »ich spaße nicht, und das ist überhaupt kein Gegenstand zum Lachen! Ich bringe nur meine feste, unerschütterliche und seit langem wohlüberlegte Überzeugung zum Ausdruck. Die ganze Stadt jammert über das Los eines Unschuldigen, der zum Schafott geführt wird; die Zeitungen hallen wider von Klagen, und eure Dichter machen ihn zum Märtyrer in ihren Dramen. Aber wie viele Unschuldige kommen in euren Flüssen um, auf euren Straßen, in den Schächten eurer Minen und endlich in euren Werkstätten, erfaßt von den wilden Zähnen eurer Maschinen, jener riesenhaften Tiere, die einen Menschen im Nu erfassen und vor euren Augen zermalmen, ohne daß ihr ihm Hilfe zu bringen vermöchtet. Und doch entringt euch ihr Tod kaum einen Ausruf; ihr geht vorüber, und nach ein paar Schritten denkt ihr nicht mehr daran. Ihr denkt nicht einmal daran, es beim Mittagessen eurer Frau zu erzählen. Am Tage darauf scharrt ihn die Zeitung in irgendeinem Winkel ihrer Spalten ein, wirft ein paar Zeilen schwerfälliger Prosa über ihn, und das ist alles! Warum diese Gleichgültigkeit gegen den einen und dieses überströmende Mitleid für den andern? Warum dem einen mit einem winzigen Glöckchen, dem andern mit der großen Glocke zu Grabe läuten? Ist ein Richter, der sich irrt, ein schrecklicheres Unglück als ein Postwagen, der umstürzt, oder eine Maschine, die sich auslenkt? Reißen meine Unschuldigen für mich nicht eine genauso große Lücke in die Gesellschaft wie die eurigen? hinterlassen sie nicht, wie die euren, ein verwitwetes Weib und verwaiste Kinder?

Gewiß, es ist nicht angenehm, für einen andern das Schafott zu besteigen, und ich, der ich zu euch spreche, gestehe, daß ich sehr verdrießlich wäre, wenn die Sache mir passierte. Aber im Verhältnis zur Gesellschaft, was bedeutet das bißchen Blut, das der Scharfrichter vergießt? Soviel wie der Wassertropfen, der aus einem Wasserturm rinnt, soviel wie eine trockene Eichel, die von der Eiche fällt. Ein vom Richter unschuldig Verurteilter ist nur eine Konsequenz der Rechtsprechung, wie der Sturz eines Dachdeckers von einem Hause die Konsequenz davon ist, daß der Mensch unter einem gedeckten Dache wohnt. Unter tausend Flaschen, die ein Arbeiter spült, zerbricht er mindestens eine; unter tausend richterlichen Entscheidungen, die ein Richter erläßt, wird mindestens eine falsch sein. Das ist ein notwendiges Übel, gegen das sich kein Heilmittel finden ließe als die Abschaffung jeder Rechtspflege. Man nehme eine alte Frau, die Linsen liest: was würdet ihr von ihr sagen, wenn sie, aus Furcht, eine gute wegzuwerfen, alle schlechten in der Schüssel ließe, die sich darin finden? Wäre es nicht dasselbe mit einem Richter, der aus Angst, einen Unschuldigen zu verurteilen, zehn Schuldige laufenließe?

Zudem ist die Verurteilung eines Unschuldigen ein äußerst seltenes Vorkommnis; sie macht Epoche in den Annalen der Justiz. Es ist fast unmöglich, daß sich gegen einen Menschen ein geschlossener Ring von Umständen bilde, die ihn so schwer belasten, daß er sich nicht zu rechtfertigen vermöchte. Und selbst wenn dem so wäre, so behaupte ich, daß in der Haltung des Angeklagten, in seinem Blick, seiner Bewegung, seiner Stimme eine Menge überzeugende Elemente liegen, denen sich der Richter nicht zu entziehen vermag. Schließlich ist der Tod eines Unschuldigen nur ein einen kleinen Kreis betreffendes Mißgeschick, während die Freisprechung eines Schuldigen ein die Gesamtheit belastendes Unglück ist. Das Verbrechen horcht an der Tür eurer Gerichtssäle; es weiß, was vorgeht, es berechnet die Entwicklungsmöglichkeiten, die eure Nachsicht ihm läßt. Es klatscht euch Beifall, wenn es euch aus übertriebener Ängstlichkeit einen Schuldigen freisprechen sieht; denn in ihm sprecht ihr es selbst frei. Gewiß soll die Justiz nicht zu strenge sein; aber wenn sie zu milde ist, dankt sie ab, verneint sie sich selbst. Dann werden sich die Menschen, die verbrecherisch veranlagt sind, unbedenklich ihren Instinkten überlassen, sie werden nicht mehr in ihren Träumen das abschreckende Antlitz des Scharfrichters erblicken; zwischen ihnen und ihren Opfern erhebt sich nicht mehr das Schafott; sie nehmen euch euer Geld, wenn sie es gerade brauchen, und euer Leben, wenn es Ihnen gerade im Wege steht. Ihr tut euch etwas zugute, ihr Ehrenmänner, einen Unschuldigen vom Beil gerettet zu haben, aber ihr habt dafür zwanzig andere dem Dolch überliefert. Das sind neunzehn Mordtaten zu euren Lasten.

Und nun komme ich auf das Gefängnis zurück. Soll das Gefängnis einen heilsamen Schrecken einflößen, so muß es ein Ort der Schmach und des Elends sein. Aber es gibt in Frankreich Millionen Menschen, die es schlechter in ihren Häusern haben als der Gefangene hinter euren Riegeln. ›Allzu glücklich wäre der Landmann, wenn er sein Glück kennte‹, sagt der Dichter. In einem Hirtengedicht klingt das ganz gut. Der Landmann, der ist wie die Distel am steinigen Hang: kein Sonnenstrahl, der ihn nicht verbrennt, kein Windhauch, der ihn nicht dörrt, kein Gewitter, das ihn nicht näßt; er arbeitet vom Angelus am Morgen bis zum Angelus am Abend; er hat einen alten Vater und kann ihm die Härten des Alters nicht lindern; er hat eine hübsche Frau und kann ihr nur Lumpen gehen; er hat Kinder, ein hungriger Schwarm, der unaufhörlich nach Brot schreit, und hat oft nicht eine Rinde im Kasten. Der Gefangene dagegen wird warm gekleidet, ausreichend ernährt; bevor er ein Stück Brot unter die Zähne bekommt, braucht er es sich nicht zu verdienen. Er lacht, er singt, er spielt, er schläft, solange er will, auf seinem Stroh und ist überdies der Gegenstand des öffentlichen Mitleids. Mildtätige Mitmenschen organisieren sich zu Gesellschaften, um ihm seine Gefangenschaft minder hart zu gestalten, und sie funktionieren so gut, daß sie aus einem Ort der Strafe einen Ort der Wohltat machen. Schöne Damen sorgen, daß ein Topf brodle, und setzen ihm die Suppe an; sie moralisieren ihn mit Weißbrot und Fleisch. Sicher, der sorgenvollen Freiheit der Felder oder der Werkstätten zieht ein solcher Mensch die sorgenfreie und nichtstuerische Haft im Gefängnis vor. Das Gefängnis müßte die Hölle der Stadt sein; ich möchte, es erhöbe sich mitten auf dem Marktplatz, düster und schwarzgekleidet wie der Richter; es würfe aus seinen kleinen vergitterten Fenstern schreckliche Blicke auf die Vorübergehenden; es ertönten statt der Lieder nur Kettenrasseln und Hundegebell aus seinem Innern; der Greis fürchtete sich, unter seinen Mauern zu rasten; das Kind wagte nicht, in seinem Schatten zu spielen; der verspätete Bürger machte einen Umweg, um es zu meiden, und wiche ihm aus, wie man einem Friedhof ausweicht. Nur unter dieser Bedingung werdet ihr von dem Gefängnis die Wirkung haben, die ihr erwartet.« Mein

Onkel würde vielleicht noch diskutieren, wenn nicht Herr Minxit angekommen wäre, was denn alle seine Argumente abschnitt. Der wackere Mann troff von Schweiß, er schnappte nach Luft wie ein auf den Strand geworfener Weißfisch und war rot wie der Purpur meines Onkels.

»Benjamin«, rief er und trocknete sich die Stirn, »ich komme, um dich zu mir zum Frühstück abzuholen.«

»Wie das, Herr Minxit?« riefen alle Tafelgenossen zugleich.

»Ei, potz! weil Benjamin frei ist! Das ist das ganze Rätsel. Dies«, fügte er hinzu, indem er ein Papier aus der Tasche zog und es Boutron hinhielt, »dies ist die Quittung Gutfärbs.«

»Bravo, Herr Minxit!« Und jeder erhob sich, das Glas in der Hand, und trank auf sein Wohl. Beißkurz versuchte, sich gleichfalls zu erheben, aber er sank auf seinen Stuhl zurück: die Freude hatte ihn fast seiner Sinne beraubt; Benjamin warf zufällig einen Blick auf ihn.

»Der Tausend, Beißkurz«, rief er, »bist du närrisch? Trink auf Minxits Wohl, oder ich lasse dir auf der Stelle zur Ader.«

Beißkurz erhob sich mechanisch, leerte sein Glas auf einen Zug und begann zu weinen.

»Mein lieber Herr Minxit«, fuhr Benjamin fort, »ich m...«

»Gut«, sagte dieser, »ich sehe, was vorgeht: du setzest dich in Positur, mir zu danken; wohl denn, ich erlasse dir das, armer Kerl; es geschieht nicht um deiner schönen Augen willen, sondern um meiner, daß ich dich hier herausziehe; du weißt wohl, daß ich ohne dich nicht sein kann. Sehen Sie, meine Herren, in allen Handlungen, mögen sie Ihnen noch so edel erscheinen, steckt doch auch der Egoismus, Wenn dieser Satz nicht tröstlich ist, so ist das nicht meine Schuld, aber er ist wahr.«

»Boutron«, fragte Benjamin, »ist Gutfärbs Quittung in Ordnung?«

»Ich sehe nichts von einem Mangel als höchstens einen großen Klecks, den der ehrenwerte Tuchhändler ohne Zweifel als Namenszug beigegeben hat.«

»In diesem Falle, meine Herren«, sagte Benjamin, »erlauben Sie, daß ich diese gute Nachricht meiner teuren Schwester persönlich überbringe.«

»Ich folge dir«, sagte Beißkurz; »ich will Zeuge ihrer Freude sein; nie war ich so vergnügt seit dem Tage, da Kaspar auf die Welt gekommen ist.«

»Sie erlauben«, sagte Herr Minxit, indem er sich zu Tisch setzte. »Herr Boutron, ein Gedeck! Übrigens, meine Herren, auf Gegenseitigkeit: heute abend lade ich Sie zum Essen nach Corvol ein.«

Dieser Vorschlag wurde von den Gastgenossen durch Zuruf einstimmig angenommen. Nach dem Frühstück setzten sie sich ins Café und erwarteten so die Stunde zur Abfahrt.

Siebzehntes Kapitel

Eine Reise nach Corvol

Der Kellner kam, um meinem Onkel zu melden, es sei ein altes Weib an der Tür, das ihn zu sprechen wünsche.

»Laß sie eintreten«, sagte Benjamin, »und gib ihr irgend etwas zur Erfrischung.«

»Ja«, antwortete der Kellner, »aber die Alte ist nichts weniger als appetitlich; sie läuft in Lumpen und weint Tränen so dick wie mein kleiner Finger.«

»Sie weint!« rief mein Onkel aus, »warum, du Schlingel, hast du mir das nicht gleich gesagt?« Und er eilte hinaus.

Die alte Frau, die nach meinem Onkel fragte, weinte wirklich dicke Tränen, die sie mit einem Stück roten Kattun zu trocknen suchte.

»Was haben Sie, meine Gute«, fragte Benjamin in höflichem Ton, den er nicht gegen jedermann in Anwendung brachte, »und womit kann ich Ihnen dienen?«

»Sie müssen«, sagte die Alte, »nach Sembert kommen und meinen Sohn ansehen, der krank ist.«

»Sembert! das Dorf ganz droben am Herzogsberg? Aber das ist ja auf halbem Weg zum Himmel! Einerlei, ich werde morgen im Lauf des Abends zu Ihnen kommen.«

»Wenn Sie nicht heute kommen«, sagte die Alte, »morgen wird der Priester mit seinem schwarzen Kreuze kommen, und vielleicht ist es schon zu spät, denn mein Sohn hat den Brand.«

»Das ist verdrießlich für Ihren Sohn und für mich; aber um jedem gerecht zu werden: könnten Sie sich nicht an meinen Kollegen Arnold wenden?«

»Ich habe mich schon an ihn gewendet; aber da er unser Elend kennt und weiß, daß er für seine Besuche nicht bezahlt werden wird, wollte er sich nicht in Ungelegenheiten stürzen.«

»Was«, sagte mein Onkel, »Sie haben kein Geld, wovon Sie Ihren Arzt bezahlen könnten? Das ist etwas anderes: das geht mich an. Ich bitte Sie nur um die Zeit, ein Gläschen zu leeren, das ich auf dem Tisch stehen habe, und ich folge Ihnen. Ja so, wir werden Chinin brauchen: hier ist ein halber Taler, gehen Sie zum Apotheker und lassen Sie sich ein paar Unzen geben; Sie können ihm sagen, ich hätte nicht die Zeit gehabt, die Verordnung zu schreiben.«

Eine Viertelstunde später kletterte mein Onkel an der Seite der Alten jene unbebauten wilden Hänge hinauf, die von der Vorstadt Bethlehem ansteigen und mit dem Höhenzug enden, an dem der Weiler Sembert hängt.

Ihrerseits fuhren die Gäste des Herrn Minxit in einem mit vier Pferden bespannten Leiterwagen ab. Die Einwohner der Beuvronvorstadt hatten sich, ihre Leuchter in der Hand, unter den Türen aufgestellt, um sie vorbeikommen zu sehen, und es war in der Tat ein seltsameres Schauspiel als eine Sonnenfinsternis. Arthus sang: ›Wohlauf noch getrunken‹, Guillerand ›Marlbrough zog aus zum Kriege‹, und der Poet Millot-Rataut, den man an eine Wagenleiter gebunden hatte, weil er nicht mehr ganz verläßlich schien, stimmte seine große Weihnachtslitanei an.

Herr Minxit hatte sich in einen Extraaufwand gestürzt; er gab seinen Gästen ein denkwürdiges Souper, von dem man noch jetzt in Corvol spricht. Unglücklicherweise schenkte er so voll, daß vom zweiten Gange an seine Gäste die Gläser nicht mehr halten konnten. Während dieser Begebenheiten erschien Benjamin; er war tot vor Müdigkeit und in der Laune, alles kurz und klein zu schlagen, denn sein Kranker war ihm unter den Händen gestorben und er selbst zweimal auf dem Wege gefallen. Aber es gab bei ihm keinen Ärger und keine Widerwärtigkeit, die vor einem wohlgebleichten, flaschengezierten Tafeltuch das Feld behauptet hätten; er setzte sich also zu Tisch, als ob nichts geschehen sei.

»Deine Freunde«, sagte Herr Minxit zu ihm, »sind Stümper; als Eintreiber, Handwerker und Schulfuchser hätte ich sie für standfester gehalten; ich mußte mir sogar das Vergnügen versagen, ihnen Champagner einzuschenken. Sieh nur, Beißkurz erkennt dich nicht mehr, und Guilerand hält Arthus seine Tabaksdose anstatt sein Glas hin.« »Was wollen Sie«, antwortete Benjamin, »nicht jedermann ist wie Sie gebaut, Herr Minxit.«

»Ja«, sagte der wackere Mann, von dieser Anerkennung geschmeichelt, »aber was sollen wir mit all diesen nassen Hühnern machen? Ich habe nicht Betten für sie alle, und »sie sind außerstande, heute abend nach Clamecy zurückzukehren.«

»Wahrhaftig, eine schöne Verlegenheit das!« sagte mein Onkel; »man macht eine Streu in Ihrer Scheuer, und sobald einer einschläft, lassen Sie ihn auf diese Bettstatt bringen. Man kann sie, damit sie sich nicht erkälten, mit der großen Strohmatte zudecken, die Sie im Winter über Ihr Mistbeet legen.«

»Du hast recht, meiner Treu!« sagte Herr Minxit.

Er ließ zwei seiner Musikanten kommen, die der Sergeant kommandierte, und der von meinem Onkel entworfene Plan wurde in voller Ausführlichkeit in Anwendung gebracht. Nicht lange, und Millot war eingeschlafen. Der Sergeant nahm ihn über die Achsel und trug ihn fort wie ein Uhrgehäuse. Die Beförderung Rapins, Parlantas und der anderen machte keine ernsten Schwierigkeiten; als man aber an Arthus kam, fand man ihn so schwer, daß man ihn auf seinem Platze schlafen lassen mußte. Was meinen Onkel betraf, so hatte er sein letztes Glas Champagner geleert; er steuerte in die Scheune und wünschte allen freundlich eine gute Nacht, ehe er in Schlaf sank.

Am kommenden Morgen, als die Gäste des Herrn Minxit sich erhoben, glichen sie Zuckerhüten, die man aus ihren Strohhüllen nehmen will, und man mußte das ganze Hauspersonal aufbieten, um sie von all dem Stroh zu befreien, in das sie eingewickelt waren. Nachdem man den zweiten Gang verfrühstückt hatte, der am Abend zuvor unberührt geblieben war, fuhren sie im langen Trabe ihrer vier Pferde davon.

Sie wären ganz glücklich in Clamecy angelangt ohne einen kleinen Zwischenfall, der ihnen unterwegs passierte: das Fuhrwerk schlug, in tollem Jagen, in einer der tausend Drecklachen, mit denen der Weg damals besät war, um, und sie fielen alle durcheinander in den Kot. Der Poet Millot-Rataut, der immer Pech hatte, hatte das Mißgeschick, unter Arthus zu liegen zu kommen.

Benjamin war, zum Glück für seinen roten Frack, in Corvol geblieben. Herr Minxit hatte für diesen Tag alle Notabilitäten ringsumher zum Essen und unter anderm zwei Edelleute. Der eine dieser illustren Gäste war Herr von Brückenbruch von den roten Musketieren; der andere war ein Musketier derselben Farbe, Freund des Herrn von Brückenbruch und von diesem eingeladen, einige Wochen in seinem Schloßfragment zu verbringen. Herr von Brückenbruch nun, dessen Bekanntschaft wir unsern Lesern schon vermittelt haben, würde nicht böse gewesen sein, seinen Liebhabereien, die sein Vermögen verzehrt hatten, mit dem des Herrn Minxit aufzuhelfen, und er strich um Arabella herum, obwohl er oft genug seinem Freunde gesagt hatte, sie sei ein im Urin geborenes Insekt. Sie selbst hatte sich von seinen übertrieben schönen Manieren ködern lassen; sie fand ihn mit seinen verblaßten Adelsfedern weit hübscher und mit seinem Hofgeschwätz weit liebenswürdiger als meinen Onkel mit seinem anspruchslosen Geist und seinem roten Frack. Aber Herr Minxit, der nicht nur ein Mann von Geist, sondern auch von gesundem Menschenverstand war, hatte nicht diese Ansicht: Herr von Brückenbruch hätte Oberst sein mögen, und er hätte ihm seine Tochter doch nicht gegeben. Er hatte Benjamin zum Essen behalten, damit Arabella zwischen ihren beiden Anbetern einen Vergleich anstellen könne, der, wie er glaubte, nicht zum Vorteil des Musketiers ausfallen würde. Außerdem zählte er auf meinen Onkel, um das Geklingel der beiden Adligen zum Schweigen zu bringen und ihrem Stolz einen Hieb zu versetzen.

Benjamin machte, in Erwartung des Diners, einen Rundgang durch die Stadt. Als er aus Herrn Minxits Haus trat, gewahrte er zwei Offiziere, die sich mitten auf der Straße breitmachten und nicht um eine Postkutsche einen Deut Raum gegeben hätten, worüber sich die Bauern baß verwunderten. Mein Onkel war nicht der Mann, sich von solchen Kleinigkeiten beeindrucken zu lassen; als er jedoch an ihnen vorüberging, hörte er ganz deutlich einen der Krautjunker zum andern sagen: »Sieh mal, das ist der lächerliche Bursche, der das Fräulein Minxit zu heiraten beansprucht.« Mein Onkel hatte einen Augenblick Lust, sie zu fragen, warum sie ihn so lächerlich fänden; aber er überlegte, daß es wenig schicklich sei – obwohl er sich für gewöhnlich herzlich wenig um die Schicklichkeit kümmerte –, sich den Einwohnern von Corvol zu einem Schauspiel herzugeben. Er tat also, als ob er nichts gehört hätte, und trat bei seinem Freunde, dem Amtsschreiber, ein.

»Ich traf da gerade«, sagte er, »auf der Straße so etwas wie zwei Stück gefiederte Hummern, die mich so etwas wie beleidigten; könnten Sie mir sagen, zu welcher Familie der Krustazeen diese Kerle gehören?«

»Oh, der Teufel«, tat der Amtsschreiber erschrocken, »richten Sie Ihre Spitze nicht nach dieser Richtung! Der eine von beiden, Herr von Brückenbruch, ist der gefährlichste Duellant unsrer Zeit, und von allen, die mit ihm in die Schranken traten, ist keiner mit heiler Haut davongekommen.«

»Wir werden sehen«, sagte mein Onkel.

Es hatte zwei Uhr auf dem Glockenturm des Orts geschlagen, als mein Onkel seinen Freund, den Amtsschreiber, unterm Arm faßte und sich mit ihm zu Herrn Minxit begab; die Gesellschaft war schon im Empfangszimmer beisammen, und man erwartete nur noch sie, um zu Tisch zu gehen.

Die beiden Junker, die sich diesen Bürgerlümmeln gegenüber wie in einem eroberten Lande glaubten, bemächtigten sich sofort der Unterhaltung. Herr von Brückenbruch hörte nicht auf, seinen Schnurrbart zu dressieren, vom Hof, seinen Duellen, seinen Eroberungen zu sprechen. Arabella, die so prächtige Dinge nie gehört hatte, fand großes Gefallen an seinen Reden. Mein Onkel bemerkte das wohl; da ihm aber die Jungfer Minxit gleichgültig war, ging ihn das nach seiner Meinung nichts an. Herrn von Brückenbruch verdroß es, so wenig Eindruck auf Benjamin zu machen, und er richtete einige Anspielungen an ihn, die an Beleidigungen grenzten. Aber mein Onkel, im Bewußtsein seiner Stärke, würdigte sie keiner Beachtung und beschäftigte sich ausschließlich mit seinem Teller und seinem Glase. Herr Minxit ärgerte sich über die unbekümmerte Gefräßigkeit seines Matadors.

»Verstehst du denn nicht, was Herr von Brückenbruch sagen will?« rief er; »an was denkst du denn, Benjamin?«

»Ans Essen, Herr Minxit, und ich rate Ihnen, das gleiche zu tun; denn dafür haben Sie uns doch eingeladen, meine ich.«

Herr von Brückenbruch besaß zuviel Hochmut, als daß er glauben wollte, man schone ihn; er nahm das Schweigen meines Onkels als einen Beweis seiner Inferiorität und ging zu dreisteren Angriffen über.

»Ich habe Sie *von* Rathery nennen hören«, sagte er zu Benjamin; »ich kannte – das heißt, ich sah, denn man kennt derartige Leute nicht, – einen Rathery unter den Stallknechten des Königs: sollte das vielleicht ein Verwandter von Ihnen sein?«

Mein Onkel spitzte die Ohren wie ein Pferd, das einen Peitschenhieb bekommt.

»Herr von Brückenbruch«, erwiderte er, »die Rathery haben sich niemals zu Hofbedienten hergegeben, unter welcher Uniform es auch gewesen sei. Die Rathery haben ein stolzes Herz, Herr; sie wollen kein andres Brot essen als selbsterworbenes, und sie sind es, die – mit einigen Millionen andrer – die Lakaienhorde von allen Farben bezahlen, die man Höflinge zu nennen pflegt.«

Es verbreitete sich eine feierliche Stille in der Gesellschaft, und jeder zollte meinem Onkel durch Blicke Beifall.

»Herr Minxit«, fuhr er fort, »ein Stück von dieser Pastete, wenn ich bitten darf; sie ist ausgezeichnet, und ich möchte wohl wetten, daß der Hase, aus dem sie gemacht ist, nicht von Adel war.«

»Herr«, sagte der Freund des Barons von Brückenbruch und nahm eine herausfordernde Haltung an, »was wollen Sie mit Ihrem Hasen sagen?«

»Daß ein Adliger«, antwortete mein Onkel kalt, »nicht gut in einer Pastete wäre; das ist alles, was ich sagen wollte.«

»Meine Herren«, sagte Herr Minxit, »wohlverstanden: Ihre Reden dürfen die Grenzen des Scherzes nicht überschreiten.«

»Versteht sich«, sagte Herr von Brückenbruch; »streng genommen wären die Anspielungen des Herrn von Rathery wohl derart, zwei Offiziere des Königs zu beleidigen, die nicht, wie er, die Ehre haben, vom Bürgertum abzustammen; aber nach seinem langen Degen und seinem roten Frack hatte ich ihn zuerst für einen der Unsrigen angesehn, und ich zittre noch, wie der Mann, der eine Schlange für einen Aal nahm, wenn ich daran denke, daß ich beinahe Bruderschaft mit ihm gemacht hätte. Nur dieser lange Zopf, der auf seinen Schultern tänzelt, hat mich stutzig gemacht.«

»Herr von Brückenbruch«, rief Minxit, »ich werde nicht dulden ...«

»Lassen Sie nur, mein werter Herr Minxit«, sagte mein Onkel, »die Unverschämtheit ist die Waffe derer, die die biegsame Gerte des Witzes nicht zu handhaben wissen. Was mich betrifft, so habe ich mir keinen Irrtum in bezug auf Herrn von Brückenbruch vorzuwerfen, denn ich habe ihm keinerlei Beachtung geschenkt.«

»Sehr gut«, sagte Herr Minxit.

Der Musketier, der sich einredete, ein sehr witziger Spaßmacher zu sein, ließ sich darum nicht entmutigen. Er wußte, daß in den Kämpfen des Geistes wie des Degens das Glück wechselt.

»Herr Rathery«, fuhr er fort, »Herr Chirurg Rathery, wissen Sie, daß unsere beiden Professionen mehr Ähnlichkeit aufweisen, als Sie glauben? Ich möchte meinen spanischen Vollblutfuchs gegen Ihren roten Frack wetten, daß Sie im letzten Jahr mehr Menschen getötet haben als ich in meinem letzten Feldzug.«

»Sie werden gewinnen, Herr von Brückenbruch«, antwortete mein Onkel kalt, »denn ich habe im letzten Jahre das Unglück gehabt, einen Kranken zu verlieren; er ist gestern am Brand gestorben.«

»Bravo, Benjamin! Bravo, das Volk!« rief Herr Minxit, der sich vor Freude nicht mehr halten konnte. »Sie sehen, mein Herr Baron, daß nicht alle Männer von Geist bei Hofe sind.«

»Sie sind mehr als jeder andere ein Beweis dafür, Herr Minxit«, antwortete der Musketier, indem er den Ärger über seine Niederlage hinter einer heiteren Miene verbarg.

Währenddessen hielten alle Geladenen, außer den beiden Edelleuten, Benjamin ihre Gläser hin und stießen herzlich mit dem seinen an.

»Auf das Wohl Benjamin Ratherys, des Rächers des mißachteten und geschmähten Volkes!« rief Herr Minxit.

Das Essen zog sich bis tief in den Abend hinein. Mein Onkel merkte wohl, daß die Jungfer Minxit einige Zeit nach Herrn von Brückenbruch verschwunden war, aber er war zu sehr mit den Beifallsbezeugungen beschäftigt, die man über ihn ergoß, um auf seine Braut zu achten. Gegen zehn Uhr nahm er Abschied von Herrn Minxit. Dieser geleitete ihn bis ans Ende des Dorfes und ließ ihn versprechen, die Hochzeit solle in acht Tagen stattfinden. Als Benjamin gerade an der Windmühle von Trucy vorüberging, hörte er ein Geflüster, das zu ihm drang, und glaubte die Stimme Arabellas und ihres illustren Anbeters zu unterscheiden.

Benjamin wollte, aus Rücksicht auf die Jungfer Minxit, diese nicht zu solcher Stunde in Gesellschaft mit einem Musketier überraschen. Er verbarg sich hinter dem Stamm eines großen Nußbaums und wartete, bis die Liebenden vorübergegangen wären, um dann seinen Weg fortzusetzen. Er dachte sicher nicht daran, Arabellas kleine Geheimnisse zu belauschen: aber der Wind trug sie ihm zu, und so mußte er ganz gegen seinen Willen zum Vertrauten werden.

»Ich weiß«, sagte Herr von Brückenbruch, »ein Mittel, ihn verduften zu lassen: ich werde ihm eine Forderung schicken.«

»Ich kenne ihn«, antwortete Arabella, »er ist ein Mann von unbändigem Stolz, und wäre er sicher, tot auf dem Platz zu bleiben, er würde annehmen.«

»Um so besser! Dann werde ich Sie auf ewig von ihm befreien.«

»Ja, aber erstens will ich nicht Mitschuldige an einem Mord sein, und dann: mein Vater liebt diesen Menschen mehr als selbst mich vielleicht, die ich seine einzige Tochter bin. Ich würde nie zugeben, daß Sie den besten Freund meines Vaters töten.«

»Sie sind reizend, Arabella, mit Ihren Bedenken; ich habe ihrer mehr als einen um eines Wortes willen getötet, das mir schlecht im Ohre klang, und dieser Bursche, dessen Witz unheimlich ist, hat sich grausam an mir gerächt. Um alles in der Welt möchte ich nicht, daß man bei Hofe wüßte, was man heute abend an Ihres Vaters Tafel gesprochen hat. Um Ihnen indessen nicht entgegen zu sein, werde ich mich begnügen, ihn zum Krüppel zu machen. Wenn ich ihm zum Beispiel den Unterarmnerv durchschnitte, so wäre das ein Schaden, der Sie berechtigte, ihn als Ihren Gatten auszuschlagen.«

»Aber Sie selbst, Hektor, wenn Sie unterlägen?« säuselte die Jungfer Minxit mit ihrer zärtlichsten Stimme.

»Ich, der ich die besten Fechter der Armee zu den Schatten sandte: den tapfern Schönbach, den schrecklichen Floßberg, den fürchterlichen Starkenburg, ich sollte vom Rapier eines Landarztes fallen? Sie beleidigen mich ja, schöne Arabella, wenn Sie einem solchen Zweifel Raum geben. Wissen Sie, daß ich meiner Degenstöße so sicher bin wie Sie Ihrer Nadelstiche? Bezeichnen Sie selbst die Stelle, wo Sie ihn getroffen haben wollen, ich wäre entzückt, Ihnen diese Ritterlichkeit zu erweisen.«

Die Stimmen entfernten sich; mein Onkel trat aus seinem Schlupfwinkel hervor und setzte sich ruhig auf Clamecy in Marsch, indem er bei sich selbst den Entschluß erwog, den er zu fassen hätte.

Achtzehntes Kapitel

Was mein Onkel bei sich über das Duell sagte

›Herr von Brückenbruch will mich zum Krüppel machen; er hat es dem Fräulein Minxit versprochen, und ein Ritter von den Musketieren hält sein Wort.

Sehen wir ein wenig zu: was habe ich in diesem Falle zu tun? Muß ich mich von Herrn von Brückenbruch mit der Gefügigkeit eines Pudels, dem man den Schwanz stutzt, zum Krüppel machen lassen? Oder soll ich die Ehre, die er mir ansinnt, ablehnen? Es entspricht den Interessen des Herrn von Brückenbruch, daß ich auf Krücken gehe, zugegeben; aber ich kann nicht recht einsehen, warum ich ihm dieses Vergnügen machen soll. Es liegt mir sehr wenig an Fräulein Minxit, wenn sie auch mit einer Mitgift von hunderttausend Francs ausgestattet ist; aber es liegt mir sehr viel an der Symmetrie meiner Person, und ich bin, wie ich mir zu schmeicheln wage, ein hinlänglich hübscher Bursche, daß man diese Forderung nicht lächerlich finden wird. Ihr sagt, ein zum Duell Geforderter muß sich schlagen; aber, wenn ich bitten darf, wo steht das? In den Pandekten, in den Kapitularien Karls des Großen, in den Zehn Geboten oder in den Kirchenvätern? Und zunächst, Herr von Brückenbruch, im Vertrauen: Ist die Partie zwischen uns wohl gleich. Sie sind Musketier, und ich bin Arzt; Sie sind ein Künstler auf dem Gebiet des Rapiers, und ich weiß höchstens das Bistouri und die Lanzette zu schwingen. Sie machen sich, wie es scheint, nicht mehr Skrupel daraus, einem Menschen ein Glied abzutrennen, als einer Mücke einen Flügel auszureißen, wogegen ich eine Abscheu vor Blut habe, besonders vor arteriellem. Ihre Forderung anzunehmen, wäre das von meiner Seite nicht ebenso lächerlich, als wenn ich mich dazu verstände, auf die Herausforderung eines Seiltänzers auf dem gespannten Draht zu laufen oder auf die eines berufsmäßigen Schwimmers einen Meeresarm zu durchschwimmen? Und wenn selbst die Chancen zwischen uns gleich wären, wenn man einen Vertrag schließt, so will man etwas dabei gewinnen. Nun, wenn ich Sie töte, was gewinne ich dabei? Und wenn ich von Ihnen getötet werde, was gewinne ich erst recht dabei? Sie sehen also wohl ein, daß ich in beiden Fällen angeführt wäre. Sie wiederholen: Jeder zum Duell Geforderte muß sich schlagen. Was, wenn ein Wegelagerer mich an einer Waldecke anhielte, so würde ich mich doch nicht im mindesten besinnen, mit Hilfe meiner gesunden Glieder davonzulaufen, und wenn es ein Salonlagerer ist, der mir die Herausforderung an die Gurgel setzt, sollte ich mich für verpflichtet halten, in seine Degenspitze zu rennen?

Ihrer Rechnung nach müßten Sie, wenn Ihnen ein Individuum, das Sie nur daher kennen, weil Sie ihm versehentlich auf den Fuß getreten haben, schreibt: Mein Herr, finden Sie sich um die und die Stunde dort und dort ein, damit ich die Genugtuung habe, Ihnen als Ausgleich für die mir zugefügte Beleidigung die Kehle abzuschneiden... Sie müßten sich, sage ich, den Anordnungen dieses Quidam fügen und noch achtgeben, daß Sie ihn ja nicht warten lassen. Seltsam, es gibt Menschen, die nicht hundert Taler aufs Spiel setzen würden, die Ehre ihres Freundes, das Leben ihres Vaters zu retten, und die doch ihr eigenes Leben in einem Duell aufs Spiel setzen um nichts mehr als ein herausforderndes Wort oder einen schiefen Blick! Aber was ist alsdann das Leben? Ist es nicht mehr als ein Gut, ohne das die andern so gut wie nichts sind? Ist es denn ein alter Lappen, den man dem Lumpensammler, der vorübergeht, hinwirft, oder ein abgegriffener Groschen, den man gern an den ersten besten Blinden los wird, der unterm Fenster singt? Sie verlangen, ich solle mein Leben gegen das des Herrn von Brückenbruch auf Degen spielen, und wenn ich dreißig Taler mit ihm im Sechsundsechzig spielte oder im Schwarzen Peter, so wäre ich meinen guten Ruf los; der geringste Schuhflicker möchte mich nicht zum Schwiegersohn. Ich soll also, nach Ihrer Ansicht, verschwenderischer mit meinem Leben sein als mit meinem Gelde? Und ich, der ich mir etwas darauf einbilde, Philosoph zu sein, ich sollte mein Gewissen nach der Meinung dieser Kasuisten richten?

Was ist denn im Grunde dieses Publikum, das sich zum Richter über unsere Handlungen aufwirft? Krämer, die nach falschem Gewicht verkaufen, Tuchhändler, die schlecht messen, Schneider, die ihre Kinder auf Kosten ihrer Kunden kleiden, Rentner, die Wucher treiben, Familienmütter, die Geliebte haben: im ganzen ein Schwärm von Grillen und Zirpen, die nicht wissen, was sie singen, von Nullen, die ja und nein sagen und nicht wissen, warum, ein Areopag von Schwachköpfen, der nicht in der Lage ist, seine Schlüsse zu begründen. Es wäre, wahrhaftig, schön, wenn ich mir als Arzt einfallen ließe, weil diese Simpel meinen, der heilige Hubertus kuriere die Hundswut, einen Wasserscheuen in den Ardennen zum Schrein dieses großen Heiligen zu schicken! Nehmt, um ein übriges zu tun, aus der Masse die heraus, die sich mit dem Namen der Weisen schmücken, und ihr sollt sehn, wie konsequent sie sind: sie schreien vor Entrüstung, wenn man ihnen von jenen armen Frauen von Malabar spricht, die sich lebend und in ihrem ganzen Schmuck auf den Scheiterhaufen ihres Gatten werfen; und wenn zwei Menschen sich um eine Lapperei die Gurgel abschneiden, erteilen sie ihnen die Krone der Unerschrockenheit.

Ihr sagt, ich sei ein Feigling, wenn ich genug gesunden Menschenverstand habe, das Duell zu verwerfen; aber was ist nach eurer Meinung die Feigheit? Wenn die Feigheit darin besteht, einer unnötigen Gefahr auszuweichen, wo wollt ihr dann überhaupt einen Mutigen finden? Wer von euch bleibt, wenn sein Dach über ihm kracht und in Flammen steht, ruhig in seinem Bett, um zu träumen? Wer ruft nicht, wenn er ernstlich krank ist, den Arzt zu Hilfe? Wer endlich versucht nicht, wenn er in einen Fluß fällt, sich am Buschwerk des Ufers festzuhalten? Noch einmal: das Publikum, was ist es? Ein Feigling, der Furchtlosigkeit predigt. Nehmen wir an, daß statt meiner, Benjamin Ratherys, es, das Publikum, von Herrn von Brückenbruch zum Duell gefordert wäre, wie viele gäbe es in dieser Masse, die seine Forderung anzunehmen wagten?

Zudem: gibt es für den Philosophen ein andres Publikum als die Menschen, die denken und Vernunft haben? Ist in den Augen dieser Leute das Duell nicht das absurdeste wie das barbarischste aller Vorurteile? Was beweist diese Logik, die man auf einem Fechtboden lernt? Ein wohlversetzter Degenstoß, ist das nicht ein herrliches Argument? Pariere Terz, pariere Quart: nun kannst du beweisen, was du willst! Es ist, bei Gott, sehr schade, daß, als der Papst die Bewegung der Erde um die Sonne als ketzerisch verdammte, Galilei nicht daran gedacht hat, Seine Heiligkeit auf geschliffene Rapiere zu fordern, um ihm zu beweisen, daß die Bewegung existiere.

Im Mittelalter hatte der Zweikampf wenigstens einen Sinn, er war die Folge einer religiösen Idee. Unsere Vorvordern hielten Gott für zu gerecht, als daß er den Unschuldigen unter den Streichen des Schuldigen erliegen lassen würde, und der Ausgang des Kampfes wurde als ein höheres Urteil angesehen. Aber bei uns, die wir, dem Himmel sei Dank, von diesen törichten Vorstellungen zurückgekommen sind und an die zeitliche Justiz Gottes nur sub beneficio inventarii glauben, wie wäre da der Zweikampf noch zu rechtfertigen, und wozu dient er?

Ihr fürchtet, man werde euch Mutlosigkeit vorwerfen, wenn ihr eine Forderung ausschlagt; aber jene Elenden, die gewerbsmäßige Totschläger sind und euch fordern, weil sie sicher sind, euch umzubringen, was meint ihr denn, was ihr Mut sei? Der des Metzgers, der einen Hammel mit gebundenen Beinen schlachtet, der des Jägers, der gefühllos auf einen Hasen im Gras oder auf einen Vogel im Baum abzieht. Ich habe eine ganze Anzahl solcher Leute gekannt, die nicht einmal Standhaftigkeit genug hatten, sich einen Zahn ziehen zu lassen; und wie viele würden es wagen, gegen den Willen eines Menschen, von dem sie vielleicht abhängig sind, ihrem eigenen Gewissen zu folgen? Daß der Menschenfresser der Neuen Welt Menschen seiner Farbe absticht, um sie zu rösten und zu essen, wenn sie knusprig sind, das begreife ich noch; aber du, Duellant, wenn du deinen Menschen getötet hast, mit welcher Sauce willst du ihn verzehren? Du bist schuldiger als der Mörder, den die Justiz verurteilt, auf dem Schafott zu sterben; ihn hat wenigstens sein Elend zu der Mordtat getrieben, das ist vielleicht in seinem Fall immerhin ein Beweggrund, der zu seinen Gunsten hervorgehoben werden kann, wenn er auch beklagenswert in seinen Folgen war. Dir aber, was hat dir den Degen in die Hand gedrückt? Ist es Eitelkeit? ist es Blutdurst? oder vielleicht nur Neugierde, zu sehen, wie ein Mensch sich im Todeskampf windet? Willst du dich am Anblick einer Frau weiden, die sich halb wahnsinnig vor Schmerz über den Leichnam ihres Gatten wirft, von Kindern, die das verwaiste, schwarz ausgeschlagene Haus mit ihren Klagen erfüllen, einer Mutter, die Gott bittet, selbst den Platz ihres Sohnes im Sarge einnehmen zu dürfen? Und du bist es, der in einer Eigenliebe, wie sie nur ein Tiger zeigen kann, all dies Elend heraufbeschworen hat!

Du willst uns die Kehle abschneiden, wenn wir dir nicht den Titel eines Ehrenmannes geben! Aber du bist nicht einmal desjenigen eines Menschen würdig; du bist nur ein blutlüsternes Tier, eine Viper, die beißt, aus Lust am Töten und ohne einen Gewinn von dem Unheil zu haben, das sie anrichtet; und selbst die Viper respektiert sich selbst in ihresgleichen. Wenn dein Gegner gefallen ist, so kniest du auf die mit seinem Blut getränkte Erde und suchst die Wunden, die du geschlagen hast, zu stillen. Du stehst ihm bei, als ob du sein bester Freund seiest; aber warum hast du ihn dann getötet, Elender? Die Gesellschaft hat gut deine Reue entgegennehmen! Sind es deine Tränen, die das Blut ersetzen können, das du vergossen hast? Du Totschläger nach der Mode, du sanktionierter Mörder, du findest Männer, die dir die Hand drücken, Hausfrauen, die dich zu ihren Festen laden; Weiber, die beim Anblick des Henkers erbleichen, pressen ihre Lippen auf die deinen und lassen deinen Kopf an ihrem Busen ruhen. Aber diese Männer und diese Frauen beurteilen die Dinge nur nach ihrem Namen; den Totschlag, der sich Mord nennt, verabscheuen sie, und dem, der sich Duell nennt, klatschen sie Beifall. Und wie lange wirst du dich dieses Beifalls erfreuen? Dort droben steht zur Seite deines Namens das Wort ›Mörder‹. Auf deiner Stirn hast du einen Flecken geronnenen Blutes, den alle Küsse deiner Geliebten nicht austilgen werden. Wohl hast du keinen Richter auf Erden gefunden; aber im Himmel sitzt ein Richter, der dich erwartet und sich nicht von deinen großen Worten von Ehre gefangennehmen läßt. Was mich betrifft, so bin ich Arzt, nicht um zu töten, sondern um zu heilen; verstehen Sie, Herr von Brückenbruch? Wenn Sie zuviel Blut in Ihren Adern haben, so wäre es nur mit der Spitze meiner Lanzette, daß ich Sie davon befreien könnte.‹ –

So schlußfolgerte mein Onkel bei sich. Wir werden bald sehen, wie er seine Lehren anwandte.

Die Nacht bringt nicht immer guten Rat. Mein Onkel erhob sich am andern Morgen, fest entschlossen, sich vor der herausfordernden Haltung des Herrn von Brückenbruch nicht zu beugen, und um mit seinem Handel schneller zu Ende zu kommen, ging er geradewegs nach Corvol. Sei es, daß er nüchtern war, sei es, daß die Ausdünstung stockte, sei es, daß die Verdauung sich nicht recht vollzog – er fühlte sich wider Willen von einer ungewohnten Melancholie durchrieselt. Er folgte nachdenklich, wie der

Hippolyt des Racine, den Terrassenhängen des Gebirges; sein edler Degen, der sonst unwiderstehlich lotrecht längs seines Schenkelbeins herabhing und die Erde mit seiner Spitze bedrohte, nahm jetzt die triviale Haltung eines Bratspießes an und schien sich seinen traurigen Gedanken anzupassen; und sein Dreispitz, der sich zuvor stolz und aufrecht über seiner Stirn erhob, ein wenig nur nach dem linken Ohr geneigt, saß ihm jetzt hängerig im Nacken und schien selbst von verdrießlichen Vorstellungen erfüllt; sein felsharter Blick war weich geworden. Mit einer Art von Rührung überblickte er das Beuvrontal, das sich abweisend und frostig zu seinen Füßen ausbreitete: diese großen Nußbäume in kahler Trauer, die mit ihren schwarzen Astarmen ungeheuren Polypen glichen; diese langen Pappeln, die nur noch ein paar rote Blättchen an ihren Ruten trugen und auf deren Wipfeln da und dort sich dichte Schwärme von Raben wiegten; dieses fahle, vom Reif gesprenkelte Buschwerk; diesen Fluß, der ganz schwarz zwischen seinen bereiften Ufern den Schaufeln der Papiermühle entgegenging; den Turm der Posthalterei, grau und rauchig wie eine Wolkensäule; das alte Feudalschloß von Pressure, das zwischen den braunen Schilfbändern seiner Gräben eingebettet lag und das Fieber zu haben schien; die Schornsteine des Dorfes, die alle zugleich ihren dünnen und dürftigen Rauch emporsandten, gleich dem Atem eines Menschen, der in die Hände haucht. Das Ticktack des Mühlrads, dieses Freundes, mit dem er so oft geplaudert, wenn er in schönen herbstlichen Mondscheinnächten von Corvol heimkehrte, war voll von seltsamen Tönen; es schien in seiner hackenden Sprache zu sagen:

›Trag du nur dein Rapier: Du gehst zur Kirchhofstür.‹

Worauf mein Onkel antwortete:

»Tick-tack, Naseweis,
Dein Sprüchlein machet mir nicht heiß.
Und wenn ich geh zum Tod,
Was macht das dir für Not?«

Das Wetter war düster und übellaunig: finstere Wolken, vom Winde getrieben, bewegten sich schwerfällig am Himmel hin, wie verwundete Schwäne; der Schnee, von fahlgrauem Winterlicht beschienen, war trüb und mißfarben, und der Horizont war auf allen Seiten von Nebeln verschlossen, die sich das Gebirge entlangwälzten. Diese Landschaft, über die jetzt der Winter einen so dichten Schleier von Traurigkeit zog, meinte mein Onkel, werde er niemals von einer frohen Frühlingssonne überstrahlt, mit ihren grünen Wiesenbändern geschmückt wiedersehen.

Herr Minxit war abwesend, als mein Onkel in Corvol ankam; er betrat das Empfangszimmer. Herr von Brückenbruch hatte sich dort an der Seite Arabellas auf einem Sofa installiert. Benjamin warf sich, ohne das schiefe Gesicht seiner Verlobten und die herausfordernden Blicke des Musketiers zu beachten, in einen Sessel, schlug die Beine übereinander und legte seinen Hut auf einen Stuhl, wie ein Mensch, der es nicht eilig hat, wieder fortzukommen. Als man eine Weile von dem Befinden des Herrn Minxit, von der Wahrscheinlichkeit des Tauwetters und von der Grippe gesprochen hatte, schwieg Arabella, und mein Onkel vermochte ihr nur noch einige einsilbige schrille Töne zu entlocken, wie sie etwa ein Anfänger mühsam und m langen Zwischenräumen seiner Klarinette entlockt. Herr von Brückenbruch spazierte im Zimmer hin und her, drehte sein Schnurrbärtchen und ließ seine mächtigen Sporen über das Parkett klirren. Er schien sich zu überlegen, wie er es anfangen solle, um mit meinem Onkel aneinanderzugeraten.

Benjamin hatte seine Gedanken erraten, aber er gab sich den Anschein, ihn nicht zu beachten, und bemächtigte sich eines Buches, das auf dem Kanapee lag. Erst blätterte er nur darin und beobachtete von der Seite Herrn von Brückenbruch; da es aber ein medizinisches Werk war, ließ er sich bald ganz von dem Interesse an seiner Lektüre gefangennehmen und vergaß den Musketier. Dieser war entschlossen, zum Ziel zu kommen; er blieb vor meinem Onkel stehen und betrachtete ihn von oben bis unten.

»Wissen Sie, mein Herr«, sagte er zu ihm, »daß Ihre Besuche hier reichlich lang sind ...«

»Es scheint mir«, antwortete mein Onkel, »als ob Sie vor mir dagewesen wären.«

»... und zudem sehr häufig«, vollendete der Musketier.

»Ich versichere Sie, mein Herr«, erwiderte mein Onkel, »daß sie viel seltener wären, wenn ich die Aussicht hätte, Sie jedesmal hier zu treffen.«

»Wenn Sie wegen des Fräuleins Minxit kommen«, fuhr der Musketier fort, »so läßt sie Sie durch mich ersuchen, Sie möchten sie von Ihrer langen Person befreien.«

»Wenn das Fräulein Minxit, das nicht Musketier ist, mir etwas zu bestellen hätte, so würde sie es in höflicherer Form tun. Auf jeden Fall, mein Herr, werden Sie sich darein finden müssen, daß ich warte, mich zurückzuziehen, bis sie es mir selbst erklärt hat, und daß ich über diesen Gegenstand mit Herrn Minxit spreche.« Und mein Onkel fuhr in seinem Kapitel fort.

Der Offizier machte noch einige Gänge durch das Zimmer und pflanzte sich dann von neuem vor meinem Onkel auf.

»Ich ersuche Sie, mein Herr«, begann er, »einen Augenblick Ihre Lektüre zu unterbrechen; ich hätte Ihnen ein Wort zusagen.«

»Da es nur ein Wort ist«, sagte mein Onkel und machte ein Ohr an das Blatt, »kann ich gut einen Augenblick verlieren, um Sie anzuhören.«

Herr von Brückenbruch geriet außer sich über Benjamins Kaltblütigkeit.

»Ich erkläre Ihnen, Herr Rathery«, sagte er, »daß, wenn Sie nicht auf der Stelle durch diese Tür das Zimmer verlassen, ich Sie durch dieses Fenster hinaussetzen werde.«

»Wirklich?« sagte mein Onkel, »gut! Ich, mein Herr, werde höflicher sein als Sie, ich werde Sie zu dieser Tür hinaussetzen.« Und indem er den Offizier um den Leib faßte, trug er ihn auf den Flur und schloß die Tür hinter ihm ab. Jungfer Minxit zitterte.

»Haben Sie keine Angst«, sagte mein Onkel, »der Gewaltakt, den ich mir gegen diesen Menschen erlaubt habe, war zum Überfluß gerechtfertigt durch eine lange Reihe von Beleidigungen. Übrigens«, fügte er mit Bitterkeit hinzu, »werde ich Sie nicht mehr lange mit meiner langen Person belästigen; ich gehöre nicht zu jenen Mitgiftheiratern, die ein Weib aus dem Arm desjenigen nehmen, den es liebt, um es brutal an ihre Bettstatt zu binden. Jedes junge Mädchen hat vom Himmel ihren Schatz an Liebe erhalten; es ist nur recht, daß sie sich den Mann wählt, mit dem sie ihn verausgaben will. Niemand hat das Recht, die unschuldigen Perlen ihrer Jugend auf die Straße zu werfen oder sie unter die Füße zu treten. Gott soll mich bewahren, daß ich aus niedrigem Geldhunger eine schlechte Handlung begehe! Bis heute habe ich arm gelebt; ich kenne die Freuden der Armut und weiß nichts von dem Elend des Reichtums; wollte ich meine tolle und lachende Dürftigkeit gegen einen verdrießlichen und mürrischen Überfluß eintauschen, vielleicht würde ich einen schlechten Handel machen. Jedenfalls möchte ich nicht, daß mir dieser Überfluß, mit einer Frau zukäme, die mich verabscheut. Ich bitte Sie also, mir aus aufrichtigem Herzen zu sagen, ob Sie Herrn von Brückenbruch lieben; ich benötigte Ihre Antwort, um mein Verhalten gegen Sie und Ihren Vater danach einzurichten.«

Jungfer Minxit war von dem Ton der Ritterlichkeit bewegt, den Benjamin in seine Worte gelegt hatte.

»Wenn ich Sie vor Herrn von Brückenbruch gekannt hätte, so würde ich Sie vielleicht jetzt lieben.«

»Mein Fräulein«, fiel mein Onkel ein, »ich frage Sie nicht aus Höflichkeit, sondern aus Aufrichtigkeit; erklären Sie mir frei heraus, ob Sie glauben, mit Herrn von Brückenbruch glücklicher zu werden als mit mir.«

»Was soll ich sagen, Herr Rathery?« antwortete Arabella; »eine Frau ist nicht immer glücklich mit dem, den sie liebt, aber sie ist immer unglücklich mit dem, den sie nicht liebt.« »Ich danke Ihnen, mein Fräulein; ich weiß nun, was ich zu tun habe. Zunächst: wollen Sie die Güte haben, mir ein Frühstück servieren zu lassen; der Magen ist ein Egoist, der kein Mitgefühl für die Erschütterungen des Herzens hat.«

Mein Onkel frühstückte, wie vermutlich Alexander oder Cäsar am Vorabend einer Schlacht gefrühstückt hätten. Er wollte die Rückkehr des

Herrn Minxit nicht abwarten; er fühlte sich nicht imstande, in das trostlose Gesicht dieses Mannes zu sehen, wenn er vernehmen würde, daß er, Benjamin Rathery, den er fast wie einen Sohn behandelte, darauf verzichtete, sein Schwiegersohn zu werden; er zog es vor, ihn brieflich von seinem heldenhaften Entschluß zu benachrichtigen.

In einiger Entfernung von der Ortschaft bemerkte er den Freund des Herrn von Brückenbruch, der majestätisch auf der Straße hin und her stolzierte. Der Musketier ging auf ihn zu und sagte:

»Sie lassen diejenigen sehr lange auf sich warten, mein Herr, die eine Genugtuung von Ihnen zu fordern haben.«

»Das kam, weil ich frühstückte«, sagte mein Onkel.

»Ich habe Ihnen im Auftrag des Herrn von Brückenbruch einen Brief zu behändigen und ihm Ihre Antwort zu überbringen.«

»Sehen wir, was dieser schätzenswerte Edelmann bemerkt: ›Mein Herr, in Anbetracht der unerhörten Beschimpfung, die Sie mir zugefügt ...‹ – Welcher Beschimpfung? Ich habe ihn aus einem Salon auf eine Treppe getragen; ich wollte wohl, man beschimpfte mich so bis nach Clamecy ... ›lasse ich mich herbei, die Klinge mit Ihnen zu kreuzen.‹ – Die große Seele!... Wie, er würdigt mich der Gunst, von ihm zum Krüppel gemacht zu werden? ... Das ist doch noch Edelmut, oder ich verstehe mich darauf! – ›Ich hoffe, daß Sie sich der Ihnen von mir erwiesenen Ehre würdig zeigen, indem Sie sie annehmen.‹ – Wie denn? Aber es wäre ja von meiner Seite schwarzer Undank, wenn ich sie ausschlüge! – Sie können Ihrem Freunde sagen, wenn er mich niederstreckt wie den tapfern Floßberg, den unerschrockenen Schönbach, usw. usw., so will ich, daß man mit goldenen Lettern auf meinen Grabstein setze: ›Hier liegt Benjamin Rathery, getötet im Zweikampf von einem Edelmann.‹ – ›Postskriptum.‹ – Halt, das Billett Ihres Freundes hat ein Postskriptum – ›Ich erwarte Sie morgen um zehn Uhr vormittags an dem Platz, den man Wildhütte von Fertiaux nennt.‹ – Auf Ehre, ein Gerichtsschreiber hätte seine Ladung nicht besser fassen können. Aber diese Wildhütte von Fertiaux liegt eine gute Meile von Clamecy; ich, der ich keinen Brandfuchs besitze, habe nicht Zeit, einen so weiten Weg zu machen, um mich zu schlagen. Wenn Ihr Freund den Platz, den man Michelskreuz nennt, seiner Gegenwart würdigen wollte, so würde ich die Ehre haben, ihn dort zu erwarten.«

»Und wo liegt dieses Michelskreuz?«

»Auf dem Wege von Corvol, kurz vor der Beuvronvorstadt. Ihr Freund müßte ein großer Pessimist sein, wenn ihm der Ort nicht gefallen würde; er hat von da einen Rundblick, eines Königs würdig. Vor sich sieht er die Sembertberge mit ihren rebenbeladenen Terrassen und ihren großen kahlen Schädeln, die den Frazerwald im Nacken tragen. Zu einer andern Jahreszeit wäre der Blick freilich schöner; aber ich kann nicht mit einem

Hauch den Frühling herzaubern. Zu ihren Füßen drängt sich die Stadt mit ihren Tausenden von Rauchfahnen, die hin und her wehen, zwischen ihren beiden Flüssen hindurch und erklettert die dürren Hänge des Crot-Pinçon, wie ein Mensch, den man verfolgt. Wenn Ihr Freund einiges Talent zum Zeichnen hat, so kann er sein Album mit dieser Ansicht bereichern. Zwischen den hohen Giebeldächern, die mit ihrem dunklen Moose wie Sammetstücke aussehen, erhebt sich der Turm von Sankt Martin mit seinem durchbrochenen Spitzenmeßhemd und seinem Steinschmuck. Dieser Turm wiegt für sich allein eine Kathedrale auf; ihm zur Seite erstreckt sich die alte Basilika, die ihre Bogenstreben rechts und links mit einer unglaublichen Kühnheit ausspreizt. Ihr Freund wird nicht umhinkönnen, sie einer riesenhaften Spinne zu vergleichen, die auf ihren langen Beinen ausruht. Gegen Süden verlaufen, wie ein dunkler Wolkenzug, die blauschwarzen Morvanberge, und...«

»Genug des Scherzes, wenn es Ihnen gefällig ist! Ich bin nicht hierhergekommen, mir die Zauberlaterne von Ihnen zeigen zu lassen. Auf morgen also, am Michelskreuz!«

»Auf morgen!... Einen Augenblick! Die Sache ist nicht so eilig, als daß sie sich nicht verschieben ließe. Morgen ... morgen gehe ich nach Domecy, um ein Fäßchen alten Wein zu versuchen, den Page kaufen will; er verläßt sich auf mich, was Qualität und Preis betrifft, und Sie sehen wohl ein, daß ich nicht um der schönen Augen Ihres Freundes willen die Pflichten verletzen kann, die die Freundschaft mir auferlegt. Übermorgen frühstücke ich in der Stadt: anständigerweise kann ich doch einem Duell nicht den Vorzug vor einem Frühstück geben. Donnerstag muß ich einen Wassersüchtigen punktieren; da Ihr Freund mich zum Krüppel machen will, würde mir die Operation nicht mehr möglich sein, und der Doktor Arnold würde sie schlecht ausführen; für Freitag ... ja, das ist ein Fasttag; ich glaube, daß ich an dem Tage nicht versagt bin, und ich sehe nichts, was mich hindern könnte, Ihrem Freund zur Verfügung zu stehen.«

»Man muß schon auf das eingehen, was Sie verlangen; werden Sie mir wenigstens die Gunst erweisen, sich von einem Sekundanten begleiten zu lassen, um mir die langweilige Rolle eines müßigen Zuschauers zu ersparen?«

»Warum nicht? Ich weiß, daß Sie ein Freundespaar sind. Sie und Herr von Brückenbruch; es täte mir leid, Ihnen nicht gleiches bieten zu können. Ich werde meinen Bartscherer mitbringen, wenn er Zeit hat und wenn Ihnen das genehm ist.«

»Unverschämter!« zischte der Musketier.

»Der Bartscherer«, antwortete mein Onkel, »ist nicht zu verachten; er hat ein Rapier, lang genug, um vier Musketiere hintereinander aufzuspießen; und übrigens, wenn Sie mich ihm vorziehen, nehme ich gern seinen Platz.«

»Ich werde mir Ihre Worte merken«, sagte der Musketier und entfernte sich.

Sobald sich am nächsten Morgen mein Onkel erhoben hatte, holte er Beißkurzens Schreibzeug. Er machte sich daran, in seinem schönsten Stil und seiner saubersten Schrift eine prachtvolle Epistel an Herrn Minxit zu verfassen, in der er ihm darlegte, wie und warum er nicht mehr sein Schwiegersohn werden könne. Mein Großvater, der das Glück hatte, sie zu lesen, hat mir versichert, daß sie einen Sklavenvogt hätte weinen machen. Wenn das Ausrufezeichen nicht schon vorhanden gewesen wäre, mein Onkel hätte es sicherlich erfunden.

Der Brief war noch keine Viertelstunde auf der Post, als Herr Minxit in Person bei meiner Großmutter erschien, in Begleitung des Sergeanten, der seinerseits wiederum begleitet war von zwei Fechtmasken, zwei Stoßdegen und seinem hochachtbaren Pudel.

Benjamin frühstückte gerade mit Beißkurz an einem Hering und einer Flasche Weißen aus dem Familienweinberg von Choulot.

»Seien Sie schön willkommen, Herr Minxit!« rief Benjamin, »würde Ihnen ein Stück dieses edlen Seefisches zusagen?«

»Pfui! Hältst du mich für einen Scheunendrescher?«

»Und Ihnen, Sergeant?«

»Ich, ich habe auf derartige Dinge verzichtet, seit ich die Ehre habe, bei der Musik zu sein.«

»Aber Euer Pudel, was hält er von diesem Kopf?«

»Ich bedanke mich bestens für ihn, aber ich glaube, er hat wenig Meinung für Seefische.«

»Es ist wahr, daß ein Hering kein Hecht blau ist...«

»Und erst ein Kessel Karpfen, besonders in Burgunder!« unterbrach Herr Minxit.

»Ohne Zweifel«, sagte Benjamin, »ohne Zweifel; Sie könnten selbst von einem von Ihrer Hand zubereiteten Hasenpfeffer sprechen; aber immerhin ist der Hering ausgezeichnet, wenn man nichts anderes hat. Übrigens: es ist eine Viertelstunde her, daß ich einen Brief zur Post gegeben habe; Sie haben ihn vermutlich noch nicht erhalten, Herr Minxit?«

»Nein«, sagte Herr Minxit, »aber ich komme, dir die Antwort zu bringen. Du behauptest, Arabella liebe dich nicht, und du könntest sie demzufolge nicht ehelichen?«

»Herr Rathery hat recht«, sagte der Sergeant. »Ich hatte einen Bettkameraden, der mich nicht leiden konnte und dem ich das von Herzen zurückgab. Unser Haushalt war das reine Arrestleben. Zu Hause, wenn der eine Rüben in die Suppe haben wollte, tat der andere Sauerampfer hinein; in der Kantine, wenn ich Kirsch haben wollte, ließ er mir Wacholder kommen.

Wir zankten uns, wer seine Flinte an den besten Platz stellen durfte. Wenn er einen Fußtritt auszuteilen hatte, so war es an meinen Pudel, und wenn er von einem Floh gestochen war, so war es immer der arme Azor, von dem er stammte. Stellen Sie sich vor, daß wir uns eines Tages beim Schein des Mondes verprügelten, weil er darauf bestand, rechts im Bett zu schlafen, und ich darauf, daß er die linke Seite einzunehmen hätte. Um mich seiner zu entledigen, mußte ich ihn spitalkrank bleuen.«

»Sie haben sehr recht daran getan, Sergeant«, sagte mein Onkel; »wenn die Leute hier unten keine Lebensart haben, schickt man sie in die Ewigkeit einer andern Welt.«

»Es ist etwas Richtiges an dem, was der Sergeant da sagt«, bemerkte Herr Minxit. »Geliebt sein ist mehr als reich sein, denn es ist glücklich sein; so mißbillige ich keineswegs deine Bedenken, lieber Benjamin. Alles, was ich von dir beanspruche, ist, daß du wie bisher fortfährst, nach Corvol zu kommen. Daß du nicht mein Schwiegersohn werden willst, ist kein Grund, daß du aufhörst, mein Freund zu sein. Du wirst nicht mehr verbunden sein, mit Arabella den perfekten Liebhaber aufzuführen, Wasser zu zapfen, um ihre Blumen zu gießen, über die Manschetten, die sie mir stickt, und über die Überlegenheit Ihrer Rahmkäse in Begeisterung zu geraten. Wir werden frühstücken, wir werden zu Mittag essen, wir werden philosophieren, wir werden lachen; das ist ein Zeitvertreib so gut wie ein anderer. Du liebst die Trüffeln: ich will dir meine ganze Behausung damit parfümieren; du hast eine Vorliebe für Volnay, eine Vorliebe, die ich übrigens nicht teile: ich werde immer welchen in meinem Keller halten; wenn dich gelüstet, auf die Jagd zu gehen, werde ich dir eine doppelläufige Flinte kaufen und eine Koppel Hasenhunde. Ich gebe Arabella keine drei Monate, bis sie ihren Junker überdrüssig ist und in dich verliebt bis zur Tollheit. Schlägst du ein, oder schlägst du nicht ein? Antworte ja oder nein. Du weißt, daß ich kein Freund von Wortvergoldern bin.«

»Nun gut: ja, Herr Minxit!« sagte mein Onkel.

»Sehr wohl! Ich erwartete nichts Geringeres von deiner Freundschaft. – Nun aber: du schlägst dich?«

»Wer, zum Teufel, hat Ihnen das sagen können?« rief mein Onkel. »Ich weiß, daß der Urin keine Geheimnisse für Sie birgt; sollten Sie hinter meinem Rücken meinen Urin untersucht haben?«

»Du schlägst dich mit Herrn von Brückenbruch, du schlechter Spottvogel, ihr sollt euch in drei Tagen am Michelskreuz treffen; und im Fall du mich von Herrn von Brückenbruch befreist, wird der andere Musketier seinen Platz einnehmen. Du siehst, daß ich wohlunterrichtet bin.«

»Wie, Benjamin?« rief Beißkurz aus, der so weiß wie sein Teller geworden war.

»Was, Elender«, vollendete meine Großmutter, »du duellierst dich?«

»Höre, Beißkurz, und du, meine liebe Schwester, und hören auch Sie, Herr Minxit: es ist wahr, ich schlage mich mit Herrn von Brückenbruch. Mein Entschluß ist unerschütterlich; also: spart eure Vorstellungen, die mich langweilen würden, ohne mich von meinem Vorsatz abbringen zu können.«

»Ich komme nicht«, antwortete Herr Minxit, »um diesem Duell Hindernisse in den Weg zu legen; ich komme im Gegenteil, um dir ein Mittel zu bringen, siegreich daraus hervorzugehen und dazu deinen Namen in der ganzen Gegend berühmt zu machen. Der Sergeant weiß einen Meisterstoß, mit dem er in einer Stunde die ganze Zunft der Fechtmeister entwaffnen würde. Sobald er ein Glas Weißwein getrunken hat, gibt er dir deine erste Lektion; ich lasse ihn dir bis Donnerstag hier, und ich selbst werde hierbleiben, um dich zu überwachen, daß du nicht deine Zeit in den Herbergen vertust.«

»Aber«, sagte mein Onkel, »ich habe nichts mit euerm Stoß zu tun, und im übrigen, wenn euer Stoß unfehlbar ist, welchen Ruhm hätte ich, mit solchen Mitteln über unsern Vicomte zu triumphieren? Als Homer den Achilles unverwundbar machte, hat er ihm alles Verdienst seiner Tapferkeit genommen. Ich habe mir überlegt: meine Absicht ist es gar nicht, mich auf Degen zu schlagen.«

»Was, du wolltest dich auf Pistolen schlagen? Schwachkopf! ... Wenn es mit Arthus wäre, der breit ist wie ein Kleiderschrank, sollte es mir recht sein!«

»Ich schlage mich weder auf Pistolen noch auf Degen; ich will diesen Fledderern ein Duell nach meinem Metier vorsetzen; ich behalte Ihnen das Vergnügen der Überraschung vor; Sie werden sehen, Herr Minxit.«

»Das laß ich mir gefallen!« antwortete dieser; »aber lerne immerhin meinen Stoß; das ist ein Rüstzeug, an dem nichts zu schleppen ist, und man weiß nicht, wozu man es brauchen kann.«

Das Zimmer meines Onkels befand sich im ersten Stock über dem, das Beißkurz innehatte. Nach dem Frühstück schloß er sich mit dem Sergeanten und Herrn Minxit in sein Zimmer ein, um seinen Fechtkursus zu beginnen. Aber die Stunde war nicht von langer Dauer: beim ersten Ausfall, den Benjamin tat, brach die wurmstichige Decke Beißkurzens ihm unter den Füßen, und er fuhr durch bis unter die Achseln.

Der Sergeant, ganz perplex über das plötzliche Verschwinden seines Schülers, blieb, den linken Arm in Höhe des Ohres leicht abgerundet und den rechten ausgestreckt, in der Stellung eines Menschen, der zustoßen will. Was Herrn Minxit betraf, so wurde er von einem solchen Lachanfall ergriffen, daß er fast daran erstickt wäre.

»Wo ist Rathery«, prustete er, »was ist aus Rathery geworden? Sergeant, was habt Ihr mit Rathery gemacht?«

»Ich sehe wohl den Kopf von Herrn Rathery«, antwortete der Sergeant, »aber ich will des Teufels sein, wenn ich weiß, wo seine Beine sind.«

Kaspar war gerade allein im Zimmer seines Vaters; zuerst war er etwas erstaunt über die unvermittelte Ankunft der Beine meines Onkels, die er sicher nicht erwartete. Aber bald wandelte sich sein Erstaunen in tolle Lachausbrüche, die sich mit denen des Herrn Minxit mischten.

»Holla, Kaspar!« rief Benjamin, der ihn hörte.

»Holla, Onkel!« antwortete Kaspar.

»Zieh den Ledersessel deines Vaters herbei und schiebe ihn unter meine Füße; ich bitte dich, Kaspar.«

»Ich darf nicht«, versetzte der Schlingel, »meine Mutter hat verboten, daraufzusteigen.«

»Willst du mir wohl den Sessel herbringen, verdammter blauer Heiliger!«

»Zieh deine Schuhe aus, dann will ich.«

 »Und wie soll ich meine Schuhe ausziehen? Meine Füße sind im Untergeschoß und meine Hände im ersten Stock.«

»Nun gut, dann gib mir einen Sechsbätzner für meine Mühe!«

»Ich gebe dir einen Zwölfbätzner, mein guter Kaspar, aber rasch den Sessel, bitte! Meine Arme halten nicht mehr an den Schulterblättern.«

»Herr Kredit ist gestorben«, rief Kaspar, »gib mir die zwölf Batzen gleich, sonst kein Sessel.«

Zum Glück kam Beiß kurz in diesem Augenblick; er gab Kaspar einen Tritt in den Hintern und setzte dem Schwebezustand seines Schwagers ein Ziel. Benjamin vollendete seinen Fechtkursus in Pages Hause und fuchtelte so gut, daß er bald ebenso gewandt war wie sein Lehrmeister.

Neunzehntes Kapitel

Wie mein Onkel Herrn von Brückenbruch dreimal entwaffnete

Die Dämmerung, eine farblose, griesgrämige Februardämmerung, warf noch kaum die ersten bleiernen Lichter auf die Wände seines Zimmers, als mein Onkel schon auf den Beinen war. Er zog sich tastend an und stieg mit leisen Tritten die Treppe hinab, denn er fürchtete besonders, seine Schwester aufzuwecken; als er aber über den Flur wollte, fühlte er eine weibliche Hand auf seiner Schulter.

»Ei daß ...! teure Schwester«, rief er mit einer Art von Schreck, »Sie ist schon wach?«

»Sage, daß ich noch nicht eingeschlafen bin, Benjamin. Bevor du gingest, wollte ich dir Lebewohl sagen, vielleicht ein letztes Lebwohl, Benjamin. Begreifst du, was ich leide, wenn ich denke, daß du hier hinausgehst, voll von Leben, Jugend und Hoffnung, und daß du vielleicht wiederkehrst auf den Armen deiner Freunde, mit einem Degenstich durch den Leib? Ist denn dein Entschluß unerschütterlich? Hast du, bevor du ihn faßtest, an den Jammer gedacht, den dein Tod in dieses traurige Haus bringen würde? Für dich, wenn der letzte Blutstropfen entflohen ist, wird alles zu Ende sein, aber wie viele Monate, viele Jahre werden vergehen, ehe unser Schmerz versiegt, und die weißen Tränen auf deinem Kreuz werden längst verwaschen sein, wenn die unsrigen noch immer fließen.« Mein Onkel entfernte sich, ohne zu antworten, und vielleicht weinte er, aber meine Großmutter hielt ihn bei seinem Frackschoß.

»Renne denn zu deinem Mordstelldichein, wildes Tier!« rief sie, »laß Herrn von Brückenbruch nicht warten; vielleicht fordert es die Ehre, daß du gehst, ohne deine Schwester zu umarmen; aber nimm wenigstens diese Reliquie, die der Gevatter Guillaumot mir geliehen hat; vielleicht bewahrt sie dich vor den Gefahren, in die du dich so taub hineinstürzest.«

Mein Onkel steckte die Reliquie eilig in die Tasche und machte, daß er fortkam.

Er ging Herrn Minxit in seiner Herberge wecken. Im Vorbeigehen nahmen sie Page und Arthus mit, und so gingen sie alle zusammen in einem Wirtshaus ganz draußen am Beuvron frühstücken. Mein Onkel wollte, wenn er unterliegen sollte, nicht mit leerem Magen die Reise antreten. Er pflegte zu sagen, daß eine Seele, die von zwei Weinen eingerahmt vor Gott erscheine, mehr Kühnheit hätte und ihre Sache besser führe als eine arme Seele, die nur voll von Tee und Zuckerwasser sei. Der Sergeant nahm gleichfalls am Frühstück teil; als man beim Nachtisch war, bat ihn mein Onkel, nach dem Michelskreuz einen Tisch, ein Kästchen und zwei Stühle zu tragen, die er für sein Duell brauche, und dort mit den nächsten Wein-bergpfählen ein ordentliches Feuer anzuzünden; dann verlangte er Kaffee. Herr von Brückenbruch und sein Freund ließen nicht lange auf sich warten.

Der Sergeant machte nach bestem Können die Honneurs des Biwaks.

»Meine Herren«, sagte er, »nehmen Sie sich die Mühe, sich zu setzen, und wärmen Sie sich. Herr Rathery bittet Sie, ihn zu entschuldigen, wenn er Sie ein wenig warten läßt, aber er ist samt seinen Zeugen beim Frühstück, und in einigen Minuten wird er zu Ihrer Verfügung stehen.« Wirklich kam Benjamin eine Viertelstunde später, hatte Arthus und Minxit unterm Arm gefaßt und sang aus voller Kehle:

»Auf Ehr, ein trauriger Soldat,
 der nicht versteht zu trinken!«

Mein Onkel grüßte seine beiden Gegner artig.

»Mein Herr«, sagte Herr von Brückenbruch hoheitsvoll, »es sind zwanzig Minuten, die Sie uns warten lassen.«

»Der Sergeant hat Ihnen wohl den Grund unserer Verspätung erklärt, und ich hoffe, daß Sie ihn vollwichtig finden.«

»Was Sie entschuldigt, ist, daß Sie nicht von Adel sind und es vermutlich das erste Mal ist, daß Sie mit einem Adligen zu tun haben.«

»Was wollen Sie, wir haben die Gewohnheit, wir andern Bürgerkreaturen, nach jeder unserer Mahlzeiten Kaffee zu trinken, und daß Sie sich Vicomte von Brückenbruch nennen, ist kein Grund, uns von dieser Gepflogenheit abzuwenden. Der Kaffee, sehen Sie, ist bekömmlich, ist tonisch, er reizt angenehm das Hirn, er gibt den Gedanken einen leichten Schwung; wenn Sie heute morgen keinen Kaffee getrunken haben, sind die Waffen nicht gleich, und ich weiß nicht, ob mein Gewissen mir erlaubt, mich mit Ihnen zu messen.«

»Lachen Sie, mein Herr, lachen Sie, solange Sie lachen können; wer zuletzt lacht, lacht am besten, erlaube ich mir zu bemerken.«

»Mein Herr«, versetzte Benjamin, »es ist nichts zu lachen, wenn ich sage, daß der Kaffee tonisch ist: das ist die Ansicht mehrerer medizinischer Zelebritäten, und ich selbst verordne ihn als anregendes Mittel bei ver-schiedenen Krankheiten.«

»Herr!«

»Und Ihr Brandfuchs? Ich bin sehr erstaunt, ihn nicht hier zu sehen; sollte er zufällig unwohl sein?«

»Mein Herr«, sagte der zweite Musketier, »lassen wir die Späße! Sie haben wohl nicht vergessen, warum wir hierhergekommen sind.«

»Oh, da sind Sie, Numero zwei! Entzückt, Ihre Bekanntschaft zu erneuern. In der Tat, ich habe nicht vergessen, warum ich hierhergekommen bin, und der Beweis dafür ist«, fügte er hinzu, indem er nach dem Tisch zeigte, auf dem das Kästchen stand, »daß ich die Vorbereitungen getroffen habe, Sie zu empfangen.«

»Ei, was soll dieser Zauberapparat, wenn man sich auf Degen schlägt?«

»Aber«, sagte mein Onkel, »ich schlage mich nicht auf Degen.«

»Mein Herr«, sagte Herr von Brückenbruch, »ich bin der Beleidigte, ich habe die Wahl der Waffen, ich wähle den Degen.«

»O nein, Herr! Ich bin der Erstbeleidigte und trete Ihnen dieses Recht nicht ab: ich wähle das Schachspiel.«

Zu gleicher Zeit öffnete er das Kästchen, das der Sergeant mitgebracht hatte, und zog ein Schachbrett samt Figuren hervor, wobei er den Edelmann einlud, seinen Platz an dem Tischchen einzunehmen.

Herr von Brückenbruch wurde bleich vor Wut.

»Wollen Sie mich etwa an der Nase herumführen?« schrie er.

»Nicht im mindesten«, sagte mein Onkel; »jedes Duell ist eine Partie, bei der zwei Menschen ihr Leben gegeneinander einsetzen; warum sollte diese Partie nicht ebensogut auf Schach als auf Degen gespielt werden? Wenn Sie sich übrigens im Schach schwach fühlen, bin ich bereit, denselben Einsatz im Ekarté oder Sechsundsechzig zu spielen. Auf fünf Punkte, wenn Sie wollen, ohne Revanche oder Reugeld; es geht schneller.«

»Ich bin hierhergekommen«, sprach Herr von Brückbruch, mit Mühe an sich haltend, »nicht um mein Leben wie eine Flasche Bier auszuspielen, sondern um es mit meinem Degen zu verteidigen.«

»Ich verstehe«, sagte mein Onkel; »Sie sind mir in Degen überlegen, und Sie hoffen, leichten Kaufs mit mir davonzukommen, der ich den meinen nur führe, um ihn an meiner Seite zu tragen. Ist das die Ehrenhaftigkeit eines Edelmanns? Wenn ein Schnitter Ihnen vorschlüge, sich mit ihm auf Sensen zu schlagen, oder ein Drescher auf Dreschflegel, würden Sie annehmen, bitte?«

»Sie werden sich auf Degen schlagen!« brüllte Herr von Brückenbruch außer sich, »wenn nicht ...«, und er erhob seine Reitpeitsche.

»Wenn nicht, was?« fragte mein Onkel.

»Wenn nicht, schlage ich Ihnen mit meiner Reitpeitsche ins Gesicht.«

»Sie wissen, was ich von Ihren Drohungen halte«, erwiderte Benjamin. »Nun denn, nein, mein Herr, dieses Duell wird sich nicht so vollziehen, wie Sie gehofft hatten. Wenn Sie auf Ihrer unanständigen Hartnäckigkeit bestehen, würde ich glauben und es auch aussprechen, daß Sie auf Ihre Raufboldgeschicklichkeit spekuliert haben, daß Sie mir eine Falle gestellt haben, daß Sie hierhergekommen sind, nicht um Ihr Leben gegen das meine zu riskieren, sondern um mich zum Krüppel zu schlagen, verstehen Sie, Herr von Brückenbruch? Und ich würde Sie für eine Memme erklären, jawohl, für eine Memme, mein Herr Edelmann, für eine Memme, jawohl, für eine Memme!«

Und die Worte meines Onkels vibrierten zwischen seinen Lippen wie ein Glas, das klingt.

Der Junker konnte es nicht länger ertragen, er zog seinen Degen und stürzte sich auf Benjamin. Es wäre um ihn geschehen gewesen, wenn der Pudel nicht, indem er sich auf Herrn von Brückenbruch warf, den Stoß abgelenkt hätte. Nachdem der Sergeant seinen Hund abgerufen hatte, sagte mein Onkel:

»Meine Herren, ich nehme Sie zu Zeugen, daß, wenn ich den Zweikampf annehme, es geschieht, um diesem Menschen einen offenen Mord zu ersparen.«

Nun zog auch er blank und hielt, ohne auch nur einen Fingerbreit zu weichen, dem ungestümen Angriff seines Gegners stand. Der Sergeant, der seinen Stoß nicht kommen sah, trampelte im Grase herum wie ein an einen Baum gebundenes Rennpferd und drehte das Handgelenk bis zum Verrenken, um Benjamin die Bewegung anzuzeigen, die er machen müsse, um seinen Mann zu entwaffnen. Herr von Brückenbruch, außer sich über den unerwarteten Widerstand, dem er begegnete, hatte seine Kaltblütigkeit und mit ihr seine mörderische Sicherheit verloren. Er kümmerte sich nicht mehr um Paraden gegen die Stöße, die ihm sein Gegner beibringen konnte, sondern trachtete nur danach, ihm den Degen durch den Leib zu rennen.

»Herr von Brückenbruch«, sagte mein Onkel, »Sie hätten besser daran getan, Schach zu spielen; Sie sind nie in der Parade; es käme nur auf mich an, Sie zu töten.«

»Töten Sie, Herr«, rief der Musketier; »nur dazu sind Sie hier!«

»Ich ziehe es vor, Sie zu entwaffnen«, sagte mein Onkel, und indem er blitzschnell seine Klinge unter der des Gegners entlangführte, sandte er diese mitten in die Hecke.

»Sehr gut! bravo!« rief der Sergeant, »ich hätte sie nicht so weit schicken können. Wenn Sie nur sechs Monate meine Stunden genössen, Sie wären die beste Klinge Frankreichs.«

Herr von Brückenbruch wollte den Kampf wiederaufnehmen. Als die Zeugen Einspruch erhoben, sagte mein Onkel:

»Nicht doch, meine Herren! Das erstemal zählt nicht, und keine Partie ohne Revanche. Die Genugtuung, auf die dieser Herr ein Recht hat, muß vollständig sein.«

Die beiden Gegner gingen von neuem in Stellung, aber beim ersten Ausfall flog der Degen des Herrn von Brückenbruch auf die Straße. Als er lief, um ihn aufzuheben, sagte Benjamin mit seiner sardonischen Stimme:

»Ich bitte Sie um Vergebung, Herr Vicomte, wegen der Unbequemlichkeiten, die ich Ihnen verursache, aber es ist Ihre Schuld; hätten Sie Schach gespielt, so hätten Sie sich nicht zu bemühen gehabt.«

Ein drittes Mal trat der Musketier zum Gange an. »Genug!« riefen die Zeugen. »Sie mißbrauchen die Großmut des Herrn Rathery.«

»Ganz und gar nicht«, sagte mein Onkel; »der Herr will jedenfalls den Stoß lernen. Erlauben Sie, daß ich ihm noch eine Lektion erteile.«

In der Tat ließ diese Lektion nicht auf sich warten, und der Degen des Herrn von Brückenbruch entfuhr zum drittenmal seiner Hand.

»Sie hätten gut getan«, sagte mein Onkel, »einen Bedienten mitzubringen, um Ihren Degen aufzuheben.«

»Sie sind der Teufel in Person«, sagte jener; »ich möchte lieber, Sie hätten mich getötet, als daß Sie mich so schimpflich behandeln durften.«

»Und Sie, mein Herr Baron«, fragte Benjamin und wandte sich an den zweiten Musketier, »Sie sehen, mein Barbier ist nicht hier. Bestehen Sie darauf, daß ich das Versprechen zur Ausführung bringe, das ich Ihnen gegeben habe?«

»In keiner Form«, antwortete der Musketier. »Ihnen gehören die Ehren des Tages. Es ist keine Feigheit, Ihnen zu weichen, da Sie die Besiegten schonen. Obwohl Sie nicht Edelmann sind, so halte ich Sie doch für den besten Fechter und ehrenwertesten Menschen, den ich kenne. Denn Ihr Gegner wollte Sie töten, Sie hatten sein Leben in der Hand und haben es geschont. Wenn ich König wäre, Sie sollten zum mindesten Herzog sein. Und nun, wenn Sie auf meine Freundschaft irgendwelchen Wert legen, ich biete sie Ihnen von ganzem Herzen an und erbitte die Ihre dagegen.«

Und er hielt meinem Onkel seine Hand hin, der sie herzlich schüttelte. Herr von Brückenbruch hielt sich abseits bei dem Feuer, finster und abweisend, die Stirn zu einem Unwetter gerunzelt. Er nahm den Arm seines Freundes, verneigte sich eisig gegen meinen Onkel und entfernte sich.

Mein Onkel hatte Eile, zu seiner Schwester zurückzukehren; aber das Gerücht seines Sieges hatte sich rasch in der Vorstadt verbreitet; bei jedem Schritt wurde er von einem angeblichen Freunde aufgehalten, der ihn zu seiner schönen Waffentat beglückwünschen wollte und ihm unter dem Vorwand eines Händedrucks fast den Arm aus der Schulter riß. Die Straßenjungen, jene Schicht der Bevölkerung, die von jedem Ereignis der Straße aufgewirbelt wird, tobten um ihn herum und betäubten ihn mit ihren Hurras. In einigen Augenblicken war er der Mittelpunkt einer wüsten, tumultuierenden Menge, die ihm auf die Hacken trat, seine seidenen Strümpfe beschmutzte und seinen Dreispitz in den Dreck stieß. Er konnte gerade noch ein paar Worte mit Herrn Minxit wechseln; aber unter dem Vorwand, seinen Triumph vollständig zu machen, setzte sich plötzlich Cicero, der Stadttambour, den wir schon kennen, mit seiner Pauke an die

Spitze des Haufens und begann auf das Kalbfell zu schlagen, daß die Brücke des Beuvron dem Bersten nahe war; und Benjamin mußte ihm noch dazu drei Groschen für seinen Radau geben. Zu seinem Unglück hätte nur noch gefehlt, daß man eine Ansprache auf ihn hielt. So wurde es meinem Onkel gelohnt, daß er sein Leben im Duell aufs Spiel gesetzt hatte.

›Wenn ich dort droben am Michelskreuz‹, sagte er bei sich, ›einem armen vor Hunger sterbenden Teufel ein paar Louisdor geschenkt hätte, so ließen alle diese Maulaffen, die jetzt um mich herum jubeln, mich ruhig meines Weges ziehen. Was ist also, mein Gott, der Ruhm, und an wen wendet er sich? Ist der Lärm, den man um einen Namen macht, ein so seltenes und wertvolles Gut, daß man ihm zuliebe Ruhe, Glück, süße Neigungen, schöne Jahre und manchmal den Frieden der Welt opfert? Dieser erhobene Finger, der auf euch in der Öffentlichkeit weist, auf wem ist er nicht schon stehengeblieben? Dieses Kind, das man unter dem Geläut der Glocken zur Kirche trägt, dieser Ochse, den man mit Blumen und Bändern bekränzt durch die Stadt führt, dieses Kalb mit sechs Beinen, dieser Akrobat auf dem Drahtseil, dieser Luftschiffer, der aufsteigt, dieser Taschenspieler, der Muskatnüsse verschluckt, dieser Prinz, der durchreist, dieser Bischof, der seinen Segen spricht, dieser General, der von einem Sieg in fernen Ländern wiederkehrt, haben sie nicht alle ihren Augenblick des Ruhmes gehabt? Du hältst dich für berühmt, wenn du deine Ideen in die dürren Spalten eines Buches gesät, wenn du Menschen in Marmor ausgehauen oder Leidenschaften in Beinschwarz und Bleiweiß dargestellt hast; aber du wärst noch viel berühmter, wenn du eine Nase hättest, sechs Zoll lang. Was den Ruhm betrifft, der uns überlebt, so wird der nicht jedem zuteil, ich gebe es zu; aber die Schwierigkeit ist, daß man nichts davon hat. Man finde mir einen Bankier, der die Unsterblichkeit diskontiert, und von morgen an arbeite ich daran, unsterblich zu werden.‹

Mein Onkel wollte im Haus seiner Schwester in Familie mit Herrn Minxit speisen; aber der wackere Mann war, obwohl sein teurer Benjamin heil, gesund und sieggekrönt vor ihm stand, traurig und bedrückt. Was ihm mein Onkel am Morgen von Herrn von Brückenbruch gesagt hatte, kam ihm immer wieder in den Sinn. Er sagte, er habe wie eine Stimme im Ohr, die ihn nach Corvol riefe. Er war in einer nervösen Erregung, ähnlich der, wie sie Personen darbieten, die nicht an Kaffee gewöhnt sind und eine starke Dosis davon genommen haben. Alle Augenblicke mußte er vom Tisch aufstehen und einen Gang durchs Zimmer machen. Dieser Zustand der Überreizung erschreckte Benjamin, und er veranlaßte Herrn Minxit selbst, nach Hause zu gehen.

Zwanzigstes Kapitel

Entführung und Tod der Jungfrau Minxit

Mein Onkel begleitete Herrn Minxit bis an das Michelskreuz und ging dann heim zu Bett.

Er lag in jener tiefen Selbstaufgegebenheit, die der erste Schlaf hervorbringt, als er von einem heftigen Schlag an die Haustür geweckt wurde. Dieser Schlag traf meinen Onkel wie eine schmerzhafte Erschütterung. Er öffnete das Fenster: die Straße lag schwarz wie ein tiefer Graben vor ihm; doch erkannte er Herrn Minxit, und er glaubte in dessen Haltung etwas Verzweiflungsvolles zu bemerken. Er lief zur Tür; kaum war der Riegel zurückgeschoben, als der würdige Mann sich in seine Arme warf und in Tränen ausbrach.

»Aber was ist denn, Herr Minxit? Sprechen Sie doch! Tränen helfen zu nichts; wenigstens ist Ihnen doch nichts passiert?«

»Fort! sie ist fort!« schluchzte Herr Minxit; »mit ihm fort, Benjamin!«

»Wie, Arabella ist mit Herrn von Brückenbruch fort?« sagte mein Onkel, der sofort erriet, worum es sich handelte.

»Du hattest wohl recht, mich zu warnen, ich solle ihm nicht trauen; warum hast du ihn auch nicht getötet!« »Dazu ist immer noch Zeit«, sagte Benjamin; »aber vor allem muß man an seine Verfolgung gehn.«

»Und du wirst mich begleiten, Benjamin? Denn in dir ist all meine Kraft, all meine Zuversicht.«

»Ob ich Sie begleite! Auf der Stelle begleite ich Sie! und um gleich zu fragen: haben Sie wenigstens daran gedacht, sich mit Geld zu versehn?«

»Ich habe keinen blanken Taler im Haus, mein Freund; die Unglückselige hat alles Geld mitgenommen, das ich in meinem Schreibtisch hatte.«

»Um so besser!« sagte mein Onkel, »so sind Sie wenigstens sicher, daß sie, bis wir sie erreichen, keinen Mangel leidet.«

»Sobald es Tag ist, gehe ich zu meinem Bankier, wo ich Geld abheben kann.«

»Ja«, sagte mein Onkel, »glauben Sie, daß sie sich damit belustigen werden, unterwegs auf den Straßenrainen Liebesspiele aufzuführen? Wenn es Tag ist, sind sie weit von hier; Sie müssen sofort Ihren Bankier aus dem Bett holen und ihn so lange bearbeiten, bis er Ihnen tausend Franken ausgezahlt hat. Statt fünfzehn wird er zwanzig Prozent nehmen; das ist alles.«

»Aber welchen Weg haben sie genommen? Wir müssen immer die Sonne abwarten, um Erkundigungen einzuziehen.«

»Keineswegs«, sagte mein Onkel; »sie haben die Straße nach Paris genommen. Herr von Brückenbruch kann nur nach Paris gehen; ich weiß aus guter Quelle, daß sein Urlaub in drei Tagen abläuft. Ich eile sofort, einen Wagen mit zwei guten Pferden zu bestellen; Sie treffen mich im ›Goldenen Löwen‹.«

Als mein Onkel hinauseilen wollte, sagte Herr Minxit: »Aber du bist ja noch im Hemd!«

»Das ist, weiß der Kuckuck, wahr«, sagte Benjamin; »ich dachte nicht mehr daran; es ist so dunkel, daß ich es selbst nicht gesehen habe. Aber in fünf Minuten bin ich angekleidet, und in zwanzig bin ich am ›Goldenen Löwen‹; meiner teuren Schwester werde ich adieu sagen, wenn wir von unserer Reise zurück sind.«

Eine Stunde später verfolgten mein Onkel und Herr Minxit in einer schlechten mit zwei Kleppern bespannten Landkutsche den schauderhaften Fahrweg, der damals von Clamecy nach Auxerre führte. Am Tage mag er noch erträglich sein, aber in einer Winternacht ist er furchtbar. Wie sehr sie auch zur Eile trieben, es war zehn Uhr morgens, als sie in Courson anlangten. Unter dem Torweg des ›Windhundes‹, der einzigen Herberge im Ort, stand ein Sarg aufgebahrt, und ein ganzer Schwärm häßlicher und zerlumpter alter Weiber umgaben ihn.

»Ich weiß vom Küster Gobi«, sagte die eine, »daß die junge Dame sich verpflichtet hat, dem Pfarrer tausend Taler zur Verteilung an die Armen des Sprengels zu geben.«

»Das wird uns an der Nase vorbeigehen, Mutter Simon.«

»Wenn die junge Dame stirbt, wie man sagt, wird der Windhundswirt alles einstecken«, bemerkte eine dritte; »wir täten gut daran, den Amtmann zu holen, daß er über unsere Erbschaft wacht.«

Mein Onkel rief eine der Alten heran und bat sie, ihm auseinanderzusetzen, was das bedeute. Stolz, von einem Fremden, der einen Wagen mit zwei Pferden hatte, ausgezeichnet zu sein, warf diese einen Blick des Triumphes auf ihre Gefährtinnen und sagte:

»Sie tun gut daran, sich an mich zu wenden, mein werter Herr, denn ich kenne, besser als sie alle, die Einzelheiten dieser Geschichte. Der, der da jetzt im Sarge liegt, saß heute morgen noch in der grünen Equipage, die Sie dort unter dem Wagenschuppen sehen. Das war ein großer Herr, millionenreich, der mit einer jungen Dame nach Paris fuhr, an den Hof, was weiß ich! Und er machte hier halt, und er wird hierbleiben, auf dem armseligen Friedhof, und wird mit den Bauern verfaulen, die er so sehr verachtet hat. Er war jung und schön, und ich, die alte Manette, die ganz kreuzlahm ist und zu nichts mehr taugt, ich werde Weihwasser auf sein Grab sprengen; und in zehn Jahren – wenn's noch so lange geht – muß sein Gebein meinen alten Knochen Platz machen; denn sie haben gut reich sein, alle die großen Herren, sie müssen doch alle dahin, wohin wir müssen; sie haben sich gut in Samt und Seide wickeln, ihr letzter Rock sind doch die Sargplanken; sie haben ihre Haut gut pflegen und parfümieren, die Würmer sind für sie wie für uns gemacht. Sagen zu können, daß ich, die alte Waschfrau, hingehen kann und, wann es mir Spaß macht, mich auf das Grab eines Edelmanns setzen! Sehen Sie, dieser Gedanke tut wohl: er tröstet uns darüber, daß wir arm sind, und entschädigt uns dafür, nicht von Adel zu sein. Übrigens ist dieser da selbst daran schuld, daß er tot ist. Er wollte sich des Zimmers eines Reisenden bemächtigen, weil es das schönste in der Herberge war. Es kam schließlich zu Händeln: sie sind in den Garten des ›Windhundes‹ gegangen, um sich zu duellieren, und der Reisende hat ihm eine Kugel in den Kopf gejagt. Die junge Dame war in der Hoffnung, wie es scheint, die arme Frau! Als sie erfuhr, daß ihr Gemahl tot sei, wurde sie von Wehen befallen, und augenblicklich ist sie auch nicht besser dran als ihr edler Gatte. Der Doktor Debrit kommt gerade aus ihrem Zimmer; da ich seine Wäsche wasche, habe ich ihn gefragt, wie es mit der jungen Frau stehe. ›Glaubt mir, Mutter Manette‹, hat er gesagt, ›ich möchte lieber in Eurer runzeligen Haut stecken als in der ihren.‹« »Und dieser große Herr«, sagte mein Onkel, »hatte er nicht einen roten Rock, eine blonde Perücke und drei Federn auf dem Hut?«

»Ganz recht, mein werter Herr, hätten Sie ihn etwa gekannt?«

»Nein«, antwortete mein Onkel, »aber ich habe ihn vielleicht irgendwo gesehen.«

»Und die junge Dame«, fragte Herr Minxit, »ist sie nicht hochgewachsen, und hat sie nicht Sommersprossen im Gesicht?«

»Sie mag ihre fünf Fuß neun Zoll haben«, erwiderte die Alte, »und sie hat eine Haut wie die Schale eines Welschhuhneies.«

Herr Minxit fiel in Ohnmacht.

Benjamin trug ihn ins Bett und ließ ihm zur Ader; dann ließ er sich zu Arabella führen; denn die junge Dame, die in den Kindeswehen sterben sollte, war Herrn Minxits Tochter. Sie lag in dem Zimmer, das ihr Geliebter ihr um den Preis seines Lebens erobert hatte; ein trauriges Zimmer, wahrhaftig, dessen Besitz nicht wert war, daß man sich darum zankte.

Da lag Arabella auf einem Bett von grüner Serge. Mein Onkel lüftete die Vorhänge und betrachtete sie eine Weile schweigend. Eine matte, feuchte Blässe, weiß wie die einer Marmorstatue, hatte sich über ihr Gesicht verbreitet; ihre halbgeöffneten Augen waren erloschen und blicklos; ihr Atem ging keuchend aus der Brust. Benjamin hob ihren Arm auf, der unbeweglich am Bett herunterhing. Während er den Puls fühlte, schüttelte er traurig den Kopf und hieß die Wärterin den Doktor Debrit holen. Beim Klang seiner Stimme zitterte Arabella wie ein Leichnam, den man zu galvanisieren beginnt.

»Wo bin ich?« sagte sie und warf einen irren Blick um sich; »bin ich denn der Spielball eines wüsten Traums gewesen? Sind Sie es, Herr Rathery, den ich höre? und bin ich noch in Corvol, in meines Vaters Haus?«

»Sie sind nicht in Ihres Vaters Haus«, sagte mein Onkel, »aber Ihr Vater ist hier. Er ist bereit, Ihnen zu verzeihen; er verlangt nur eines: daß Sie leben, damit auch er lebe.«

Die Blicke Arabellas hefteten sich zufällig auf den Waffenrock des Herrn von Brückenbruch, den man, noch triefend von Blut, an der Wand aufgehängt hatte. Sie versuchte sich aufzusetzen; aber ihre Glieder verkrümmten sich in einem fürchterlichen Krampf, und sie fiel so hart auf ihr Bett zurück wie ein Leichnam, den man in seinem Sarg aufrichtet. Benjamin legte seine Hand auf ihr Herz, es schlug nicht mehr; er näherte einen Spiegel ihren Lippen, das Glas blieb ungetrübt. Unglück und Glück, alles hatte ein Ende für die arme Arabella. Benjamin blieb aufrecht am Kopfende des Bettes stehen, hielt ihre Hand in der seinen und war in bittere Gedanken versunken. In diesem Augenblick ließ sich ein schwerer, wankender Tritt auf der Stiege hören. Benjamin drehte eilig den Schlüssel um. Es war Herr Minxit.

»Ich bin es, Benjamin«, rief er und klopfte an die Tür: »öffne mir; ich will meine Tochter sehen, ich muß sie sehen! Sie kann nicht sterben, ohne daß ich sie gesehn habe.«

Es ist eine schmerzliche Aufgabe, einen Toten für lebend ausgeben und ihm Handlungen zuschreiben zu sollen, als ob er noch existiere. Aber mein Onkel schreckte vor dieser Notwendigkeit nicht zurück.

»Ziehen Sie sich zurück, Herr Minxit, ich bitte Sie inständig. Arabella geht es besser; sie schläft. Ihr plötzliches Erscheinen könnte eine Krisis auslösen, die sie töten würde.«

»Ich sage dir, Elender, daß ich meine Tochter sehen will!« rief Herr Minxit und warf sich so gewaltsam gegen die Tür, daß der Mauerkloben des Schlosses zu Boden fiel.

»Nun denn!« sagte Benjamin, noch immer in der Hoffnung, ihn zu täuschen, »Sie sehen ja, Ihre Tochter liegt in einem ruhigen Schlaf. Wollen Sie sich damit zufriedengeben und sich jetzt zurückziehen?«

Der unglückliche alte Mann warf einen Blick auf seine Tochter.

»Du hast gelogen!« schrie er mit einer Stimme, die Benjamin erzittern ließ, »sie schläft nicht, sie ist tot!«

Er warf sich über sie und preßte sie krampfhaft an seine Brust.

»Arabella!« rief er, »Arabella! Arabella! Ach, so mußte ich sie wiederfinden! sie, mein Kind, mein einziges Kind! Gott läßt die Haare eines Mörders weiß werden, und er nimmt einem Vater sein einziges Kind! Wie kann man uns sagen, Gott sei gut und gerecht!« – Dann verwandelte sich sein Schmerz in Zorn gegen meinen Onkel. »Du bist es, elender Rathery, der schuld daran ist, daß ich sie Herrn von Brückenbruch verweigert habe; ohne dich wäre sie verheiratet und noch am Leben.«

»Spaßen Sie?« sagte mein Onkel; »ist es mein Fehler, daß sie sich in einen Musketier verliebt hat?«

Alle Leidenschaften sind nichts als Blut, das zu mächtig zum Gehirn drängt. Der Verstand des Herrn Minxit hatte offenbar unter der Gewalt dieses überwältigenden Schmerzes gelitten; aber im Paroxysmus seiner Wahnvorstellung öffnete sich die kaum geschlossene Ader wieder, die ihm mein Onkel, wie man sich erinnert, geschlitzt hatte. Benjamin ließ das Blut laufen, und bald folgte dieser überwallenden Lebensäußerung eine heilsame Schwäche und rettete den armen alten Mann. Benjamin traf Anordnungen beim Windhundswirt, den er mit Geld versah, daß Arabella und ihrem Geliebten ein ehrenvolles Begräbnis zuteil werde. Dann kehrte er zu dem Lager des Herrn Minxit zurück und wachte über ihn wie eine Mutter über ihr krankes Kind. Herr Minxit schwebte drei Tage zwischen Leben und Tod. Aber dank der treuen und geschickten Pflege meines Onkels sank das Fieber, das an ihm zehrte, nach und nach, und bald war er so weit genesen, daß man ihn nach Corvol überführen konnte.

Einundzwanzigstes Kapitel

Das letzte Fest

Herr Minxit besaß eine jener vorsintflutlichen Konstitutionen, die aus einem haltbareren Stoff gemacht zu sein scheinen als die unsrigen. Er war eine jener lebenskräftigen Pflanzen, die noch eine starke Vegetation aufweisen, wenn die andern schon vom Winter entblättert sind. Die Runzeln hatten diese Stirn von Granit nicht zu furchen vermocht; die Jahre hatten sich auf seinem Haupt gehäuft, ohne eine Spur von Zerfall dort zu hinterlassen. Er war jung geblieben bis über sein sechzigstes Jahr hinaus, und sein Winter war, wie der der Tropen, voll von Saft und Blumen. Aber die Zeit und das Unglück vergessen niemand.

Der Tod seiner Tochter, ihre Flucht und die Entdeckung ihrer Schwangerschaft hatten diesen mächtigen Organismus als ein tödlicher Schlag getroffen; ein schleichendes Fieber untergrub ihn insgeheim. Er hatte auf die lauten Liebhabereien, die sein Leben zu einem einzigen langen Fest gemacht hatten, verzichtet. Die Medizin hatte er wie eine unnütze Last beiseite gesetzt. Die Genossen seiner langen Jugend achteten seinen Schmerz, und ohne aufzuhören, ihn zu lieben, hörten sie doch auf, ihn zu besuchen. Sein Haus war stumm und verschlossen wie ein Grab; kaum daß es durch ein paar halbgeöffnete Läden einige scheue Blicke auf die Straße warf. Die Höfe hallten nicht mehr von dem Lärm der Kommenden und Gehenden; das erste Frühlingsunkraut hatte sich der Einfahrt bemächtigt, und allerhand Rankenpflanzen kletterten an den Mauern in die Höhe und bildeten ringsherum eine Laubverkleidung.

Diese arme trauernde Seele hatte kein Bedürfnis mehr als Dunkel und Schweigen. Sie hatte es wie das Wild gemacht, das sich, wenn es sterben will, in die dunkelsten Tiefen seines Waldes birgt. Die Fröhlichkeit meines Onkels versagte gegen diese unheilbare Melancholie. Herr Minxit antwortete auf seine Aufheiterungen nur mit einem traurigen und schmerzlichen Lächeln, wie um ihm zu zeigen, daß er verstanden habe und ihm für seine gute Absicht danke.

Benjamin hatte auf den Frühling gerechnet, der den alten Freund dem Leben wieder zuführen würde; aber dieser Frühling, der die ganze dürre Erde neu mit Blumen und Grün bekleidet, findet in einer trostlosen Seele nichts, das er grünen lassen könnte, und während alles neu erstand, siechte dieser Arme langsam dahin.

Es war ein Abend im Mai. Er ging in seinen Wiesen spazieren, auf den Arm Benjamins gestützt. Der Himmel war durchsichtig, die Erde grün und voller Duft, die Nachtigallen schlugen, die Wasserjungfern schwebten mit harmonischem Schwirren ihrer Flügel zwischen dem Schilf des Baches, und das ganz von Schlehenblüten bedeckte Wasser murmelte unter den Wurzeln der Weiden.

»Das ist einmal ein schöner Abend!« sagte Benjamin, der Herrn Minxit aus jener düsteren Träumerei reißen wollte, die seinen Geist wie ein Leichentuch einhüllte.

»Ja«, sagte dieser, »ein schöner Abend für den armen Landmann, der zwischen zwei blühenden Hecken, die Hacke auf der Schulter, der rauchenden Hütte zugeht, wo ihn seine Kinder erwarten; aber für den Vater, der Trauer um seine Tochter trägt, gibt es keine schönen Abende mehr.«

»An welchem Herd«, sagte mein Onkel, »ist nicht ein Platz leer? Wer hat nicht auf dem Friedhof einen Rasenhügel, wo er Jahr für Jahr fromme Tränen weinen mag zu Allerseelen? Die Menge in den Straßen der Stadt, so rosig und golden sie sein mag, sie hat immer ihre schwarzen Flecken. Wenn die Söhne alt werden, sind sie verdammt, ihre alten Eltern ins Grab zu legen; sterben sie in ihrer Blüte, hinterlassen sie eine verzweifelte Mutter, die bei ihrem Sarge kniet. Glauben Sie mir, die Augen des Menschen sind weit weniger dazu geschaffen, zu sehen als zu weinen, und jede Seele hat ihr Leid, wie jede Blume ihr Insekt, das an ihr nagt. Aber auf den Weg des Lebens hat Gott das Vergessen gesetzt, das mit langsamen Schritten dem Tode folgt, das die Grabschriften auslöscht, die er schrieb, und die Zerstörung wiedergutmacht, die er angerichtet hat. Wollen Sie, mein lieber Herr Minxit, einem guten Rat folgen? Glauben Sie mir: essen Sie Karpfen an den Ufern des Genfer Sees, Makkaroni in Neapel, trinken Sie Jerez in Cadix, und schlürfen Sie Eis in Konstantinopel; in einem Jahr kommen Sie so rund und vollbäckig wieder, wie Sie früher waren.«

Herr Minxit ließ meinen Onkel reden, soviel er wollte; als er geendet hatte, sagte er:

»Wieviel Tage habe ich noch zu leben, Benjamin?«

»Aber...« sagte mein Onkel förmlich betäubt von dieser Frage und im Glauben, er habe nicht recht verstanden, »was sagen Sie da, Herr Minxit?«

»Ich frage dich«, wiederholte Herr Minxit, »wieviel Tage mir noch zu leben bleiben.«

»Teufel!« sagte mein Onkel, »das ist eine Frage, die mich sehr in Verlegenheit bringt: auf der einen Seite möchte ich Sie damit nicht im Stich lassen, auf der andern weiß ich nicht, ob es mir die Klugheit erlaubt, Ihrem Wunsche zu willfahren. Man verkündigt dem zum Tode Verurteilten die Vollstreckung erst wenige Stunden vor dem Vollzug, und Sie...«

»Es ist das«, unterbrach Herr Minxit, »ein Dienst, den ich von deiner Freundschaft fordere, denn du allein vermagst ihn mir zu leisten. Es ist nur recht, daß der Reisende weiß, wann er abreisen muß, damit er sein Bündel schnüren kann.«

»Wollen Sie es also frei heraus, ehrlich, Herr Minxit? Werden Sie nicht erschrecken über das Urteil, das ich auszusprechen habe? Geben Sie mir Ihr Wort darauf?«

»Ich gebe dir mein Wort darauf«, sagte Herr Minxit.

»Gut denn! So werde ich verfahren, als ob es sich um mich selber handele.«

Mein Onkel sah prüfend in das ausgetrocknete Gesicht des Greises; er untersuchte die trübe und glanzlose Pupille, in der das Leben kaum noch einen Widerschein fand, er befragte den Puls, als ob er seine Schläge zwischen den Fingern hätte hören können, und verharrte eine Zeitlang in Schweigen; dann sagte er:

»Heute ist Donnerstag. Nun – Montag wird ein Haus mehr in Trauer stehen zu Corvol.«

»Sehr gut prognostiziert«, sagte Herr Minxit; »was du gesagt hast, dachte ich. Wenn du je Gelegenheit findest, dich hervorzutun prophezeie ich dir, daß du eine unsrer medizinischen Berühmtheiten abgibst. Aber der Sonntag, gehört er mir ganz?«

»Er gehört Ihnen ganz und gar, vorausgesetzt, daß Sie nichts tun, was das Ende Ihrer Tage beschleunigt.«

»Mehr will ich nicht«, sagte Herr Minxit. »Tu mir den Gefallen, unsre Freunde für Sonntag zu einem festlichen Mittagessen einzuladen; ich will nicht in Zwiespalt mit dem Leben scheiden, sondern mit dem Glase in der Hand denke ich ihm Lebewohl zu sagen. Du wirst bei ihnen darauf bestehen, daß sie annehmen, und wirst ihnen, wenn nötig, eine Pflicht daraus machen.«

»Ich werde selbst gehen und sie einladen«, sagte mein Onkel, »und ich stehe dafür, daß keiner ausbleiben wird.« »Kommen wir nun zu einem andern Gedanken, der mich beschäftigt. Ich will nicht auf dem Kirchhof der Gemeinde begraben sein; er liegt tief, ist kalt und feucht, und der Schatten der Kirche deckt ihn wie ein Trauerflor. Ich würde mich an diesem Ort nicht wohlfühlen, und du weißt, daß ich gern meine Bequemlichkeiten habe. Ich wünsche, daß du mich auf meiner Wiese begräbst, am Rand des Baches hier, dessen harmonisches Lied mir lieb ist.«

Er riß eine Handvoll Gras ab und sagte:

»Sieh, hier möchte ich, daß man mir mein letztes Lager bereitet. Du wirst eine Laube von Wein und Geißblatt darüber pflanzen, damit ihr Grün mit Blüten untermischt sei, und du wirst manchmal hierhergehen, um an deinen alten Freund zu denken. Damit du öfters kommst und auch, damit man meinen Schlaf nicht stört, hinterlasse ich dir dieses Besitztum und alle meine andern Habseligkeiten; dies jedoch unter zwei Bedingungen; die erste ist, daß du das Haus bewohnst, das ich nun leer lasse; die zweite, daß du für meine Kranken sorgst, wie ich dreißig Jahre für sie gesorgt habe.«

»Ich nehme diese doppelte Erbschaft mit Dank an«, sagte mein Onkel, »aber ich bemerke gleich, daß ich nicht auf die Märkte gehe.«

»Einverstanden«, antwortete Herr Minxit.

»Was Ihre Klienten betrifft«, fügte Benjamin hinzu, »so werde ich sie nach bestem Wissen und Gewissen behandeln. Sie sollen sehn: der erste, der hinuntergeht, wird Ihnen von mir zu erzählen wissen.«

»Ich spüre die Abendkühle, die mich ergreift; es ist Zeit, diesem Himmel, diesen alten Bäumen, die mich nicht wiedersehen werden, diesen kleinen singenden Vögeln Lebewohl zu sagen; denn erst Montag früh kommen wir wieder hierher.«

Am folgenden Tage schloß er sich mit seinem Freunde, dem Amtsschreiber, ein; am Samstag schwanden seine Kräfte mehr und mehr; aber als der Sonntag gekommen war, erhob er sich, ließ sich pudern und legte seinen schönsten Rock an. Benjamin war, wie er es versprochen hatte, selbst nach Clamecy gegangen, um die Einladung zu bestellen; nicht einer seiner Freunde fehlte bei seinem Todesappell, und um vier Uhr fanden sie sich alle im Saale beisammen.

Herr Minxit ließ nicht lange auf sich warten. Er wankte, auf den Arm meines Onkels gestützt, herein, schüttelte allen die Hand und dankte ihnen freundlich, seinem letzten Wunsche gefolgt zu sein, der, wie er sagte, die Laune eines Sterbenden sei.

Diesen Mann, den sie, es war noch nicht lange her, so vergnügt, so glücklich, so voller Leben gesehen hatten, hatte der Schmerz gebrochen, und das Alter war für ihn mit einem Schlage gekommen. Bei seinem Anblick vergossen alle Tränen, und selbst Arthus fühlte plötzlich, wie es ihm den Appetit versetzte.

Ein Bedienter kündigte an, daß das Diner bereit sei. Herr Minxit setzte sich wie gewöhnlich ans Kopfende der Tafel. »Meine Herren«, sagte er zu seinen Gästen, »dieses Mahl ist für mich ein Abschiedsmahl; ich will, daß meine letzten Blicke nur volle Gläser und lachende Gesichter sehen. Wenn ihr mir einen Gefallen tun wollt, so laßt eurer gewohnten Fröhlichkeit freien Lauf.«

Er goß sich ein paar Schluck Burgunder ein und hielt sein Glas den Tafelgenossen hin.

»Auf das Wohl des Herrn Minxit!« sagten alle zugleich.

»Nein«, sagte Herr Minxit, »nicht auf mein Wohl; was nützt ein Wunsch, der sich nicht erfüllen kann? Aber auf euer Wohl, auf euch alle, auf euer Gedeihen, auf euer Glück; und Gott möge alle die unter euch, die Kinder haben, davor bewahren, sie zu verlieren.«

»Herr Minxit«, sagte Guillerand, »hat sich die Ereignisse auch zu sehr zu Herzen genommen; ich hätte ihn nicht für fähig gehalten, vor Kummer zu sterben. Auch ich habe eine Tochter verloren, eine Tochter, die ich ins Kloster in Pension geben wollte. Es hat mir Schmerz verursacht für den Augenblick, aber ich habe mich darum nicht schlechter befunden, und manchmal, ich gestehe es, dachte ich, daß ich nun kein Monatsgeld mehr für sie zu bezahlen hätte.«

»Eine zerbrochene Flasche in deinem Keller«, sagte Arthus, »oder ein deiner Pension entgangener Zögling hätte dir mehr Kummer gemacht.«

»Das kommt dir gerade zu, Arthus, so zu sprechen«, sagte Millot, »der du kein anderes Unglück fürchtest, als den Appetit zu verlieren!«

»Ich habe mehr Eingeweide als du, Litaneienmacher«, antwortete Arthus.

»Ja, zum Verdauen«, sagte der Poet.

»Das ist zu etwas gut, gut verdauen«, gab Arthus zurück; »wenigstens haben dann auf einer Wagenpartie die Freunde nicht nötig, einen an die Wagenleitern festzubinden, um einen nicht unterwegs zu verlieren.«

»Arthus«, sagte Millot, »keine Anzüglichkeiten, bitte!«

»Ich weiß«, erwiderte Arthus, »daß du mich noch scheel ansiehst, weil ich damals auf dem Heimweg von Corvol auf dich fiel. Aber singe mir deine große Christlitanei, und wir sind quitt.«

»Und ich bleibe dabei, daß meine Christlitanei ein schönes Stück Poesie ist; willst du, daß ich dir einen Brief vom Herrn Erzbischof zeige, worin er mir darüber ein Kompliment macht?«

»Ja, leg deine Litanei auf den Rost, und du wirst sehen, was sie wert ist.«

»Ich kenne dich darin, Arthus; bei dir gilt nur, was geröstet oder gebraten ist.«

»Was willst du? Meine Gefühle residieren in den Wärzchen meines Gaumens, und es ist mir ebenso lieb, daß sie dort sind, wie anderswo. Hat ein geordneter Verdauungsapparat, um glücklich zu sein, weniger zu sagen als ein breit entwickeltes Gehirn? Das ist die Frage.«

»Wenn wir uns an eine Ente oder an ein Schwein wendeten, so zweifle ich nicht, daß sie zu deinen Gunsten entschieden; aber ich nehme Benjamin zum Schiedsrichter.«

»Dein Christgedicht sagt mir sehr zu«, sagte mein Onkel; »›Kniet, ihr Christen, knieet nieder!‹ Das ist prachtvoll. Welcher Christ könnte sich weigern, niederzuknien, wenn du ihn zweimal im Verlauf eines Verses von vier Füßen dazu invitierst? Trotzdem bin ich der Meinung von Arthus: ein Kotelett-Papillot ist mir lieber.«

»Ein Spaß ist keine Antwort«, sagte Millot.

»Nun wohl! Glaubst du, daß es einen moralischen Schmerz gibt, der dich so leiden läßt, wie es Zahnweh oder Ohrweh vermag? Wenn der Körper lebhafter leidet als die Seele, so muß er auch energischer genießen können; das ist nur logisch. Schmerz und Lust entspringen der gleichen Anlage.«

»Tatsache ist«, sagte Herr Minxit, »daß, wenn ich die Wahl hätte zwischen dem Magen des Herrn Arthus und dem überoxydierten Gehirn von Jean-Jacques Rousseau, ich mich für den Magen des Herrn Arthus entschiede. Die Empfindsamkeit ist die Fähigkeit, zu leiden; Empfindung haben heißt mit nackten Füßen über die schneidenden Kiesel des Lebens wandeln, heißt durch die stoßende und puffende Menge gehn mit einer offenen Wunde an der Seite. Was das Unglück der Menschen ausmacht, das sind ihre unerfüllten Wünsche. So ist jede Seele, die zu sehr empfindet, ein Ballon, der in den Himmel steigen möchte, aber über die Schranken der Atmosphäre nicht hinauskam. Man gebe einem Menschen eine gute Gesundheit, einen guten Appetit und versenke seine Seele in einen unaufhörlichen Schlafzustand, so wird er das glücklichste aller Wesen sein. Seine Intelligenz entwickeln heißt Dornen in sein Leben säen. Der Bauer, der Kegel spielt, ist glücklicher als der Mann von Geist, der ein schönes Buch liest.«

Alle Tischgenossen schwiegen zu diesen Ausführungen.

»Parlanta«, sagte Herr Minxit, »wie weit ist meine Angelegenheit mit Malthus?«

»Wir haben eine Verfügung auf Schuldhaft erlangt«, sagte der Vollstreckungsbeamte.

»Nun denn, du wirst die gesamten Prozeßakten ins Feuer werfen, und Benjamin wird dir die Auslagen erstatten. Und du, Rapin, wie steht es mit meinem Prozeß mit der Geistlichkeit von wegen meiner Musik?«

»Die Sache ist um eine Woche vertagt«, sagte Rapin. »Dann werden sie das Urteil in Abwesenheit des Angeklagten fällen müssen«, antwortete Herr Minxit.

»Aber«, sagte Rapin, »es wird sich vielleicht um eine beträchtliche Buße handeln: der Sakristan hat gesagt, der Sergeant habe den Vikar beleidigt, als dieser ihn aufforderte, den Kirchplatz mit seiner Musik zu räumen.«

»Das ist nicht wahr«, sagte der Sergeant, »ich habe nur der Musik befohlen, das Lied: ›Wohin, wohin, mein Herr Abbé?‹ zu spielen.«

»Wenn dem so ist«, sagte Herr Minxit, »so wird Benjamin den Sakristan bei der ersten Gelegenheit mit dem Stock traktieren; ich will, der Bursche soll ein Andenken von mir haben.«

Man war beim Nachtisch angelangt. Herr Minxit ließ einen Punsch bereiten und goß einige Tropfen der flammenden Flüssigkeit in sein Glas.

»Das kann Ihnen Schaden tun, Herr Minxit«, sagte Beißkurz zu ihm.

»Und was könnte mir augenblicklich noch Schaden tun, mein guter Beißkurz? Es heißt ja doch Abschied nehmen von allem, was mir teuer war im Leben.«

Indessen nahmen seine Kräfte rasch ab, und er konnte sich nur noch mit schwacher Stimme vernehmen lassen.

»Sie wissen, meine Herren«, sagte er, »daß es mein Begräbnis ist, zu dem ich Sie geladen habe; ich habe für Sie alle Betten bereiten lassen, damit Sie morgen früh bereit sein möchten, mich zu meiner letzten Wohnung zu geleiten. Ich will ganz und gar nicht, daß man meinen Tod beweine: anstatt des Trauerflors mögen Sie eine Rose am Rock tragen, und Sie mögen sie über meinem Grabe entblättern, nachdem Sie sie in Champagner eingetaucht haben; es ist die Genesung eines Kranken, die Erlösung eines Gefangenen, die Sie feiern. – Beiläufig«, fügte er hinzu, »wer von euch übernimmt es, mir die Trauerrede zuhalten?«

»Page doch wohl«, sagten einige.

»Nein«, antwortete Herr Minxit, »Page ist Advokat, und über Gräbern soll man die Wahrheit sprechen. Ich würde es vorziehn, wenn Benjamin es täte.«

»Ich?« sagte mein Onkel, »Sie wissen wohl, daß ich kein Redner bin.«

»Du bist es genug für mich«, antwortete Herr Minxit.

»Sehen wir einmal zu: sprich mir, als ob ich in meinem Sarge läge; ich hätte gute Lust, noch bei Lebzeiten zu hören, was die Nachwelt von mir redet.«

»Wahrhaftig«, erwiderte Benjamin, »ich weiß nicht recht, was ich sagen soll.«

»Was du willst; aber beeile dich, denn ich fühle, daß es das letzte ist.«

»Gut denn!« sagte mein Onkel: »Der, den wir unter diesem Laub bestatten, hinterläßt einmütige Trauer.«

»›Einmütige Trauer‹ geht nicht«, sagte Herr Minxit; »kein Mensch wird einmütig betrauert. Das ist eine Lüge, die man nur von der Kanzel verschleißen kann.«

»Zögen Sie vor: hinterläßt Freunde, die ihn lange beweinen?«

»Das ist weniger anspruchsvoll, aber es ist darum nicht zutreffender. Auf einen Freund, der uns ehrlich liebt, haben wir zwanzig Feinde, die im Schatten lauern und wie ein Jäger im Hinterhalt die Gelegenheit erwarten, uns Schaden zuzufügen. Ich bin sicher, daß es genug Leute im Ort gibt, die glücklich über meinen Tod sind.«

»Also: hinterläßt untröstliche Freunde«, sagte mein Onkel.

»Untröstlich – das ist wieder eine Lüge«, antwortete Herr Minxit. »Wir Ärzte wissen nicht, welchen Teil unseres Organismus der Schmerz ergreift, noch wie das Leiden zustande kommt; aber es ist doch immer nur eine Krankheit, die schnell und ohne Behandlung heilt. Die meisten Schmerzen sind für das Herz des Menschen nur leichte Verwundungen, von denen der Schorf schnell wieder abfällt, sobald sie geschlossen sind;

nur Väter und Mütter, die ein Kind in den Sarg legten, sind wohl untröstlich.«

»Die sein Andenken lange bewahren werden – würde Ihnen das besser zusagen?«

»Das laß ich mir gefallen!« sagte Herr Minxit; »und damit dieses Andenken lange währe in eurem Gedächtnis, gründe ich auf ewige Zeit ein Essen, das am Jahrestag meines Todes stattfinden soll und an dem ihr alle teilnehmen sollt, die ihr im Lande seid. Benjamin ist mit der Vollstreckung dieses meines Willens beauftragt.«

»Das ist besser als eine Messe«, meinte mein Onkel; und er fuhr fort: »Ich spreche euch nicht von seinen Tugenden!«

»Setze ›Eigenschaften‹«, sagte Herr Minxit, »das schmeckt weniger nach Salbaderei.«

»...noch von seinen Talenten: ihr habt selbst Gelegenheit genug gehabt, sie zu würdigen.«

»Besonders Arthus, dem ich im vorigen Jahre fünfundvierzig Flaschen Bier im Billard abgewonnen habe.«

»Ich sage euch auch nicht, daß er ein guter Vater war; ihr wißt alle, daß er gestorben ist, weil er seine Tochter zu sehr geliebt hat.«

»Ach, wollte der Himmel, das wäre wahr!« antwortete Herr Minxit, »aber es ist eine traurige Wahrheit, die ich mir nicht verhehlen kann, daß meine Tochter gestorben ist, weil ich sie nicht genug geliebt habe. Ich habe gegen sie wie ein unverbesserlicher Egoist gehandelt: sie liebte einen Adligen, und ich wollte nicht, daß sie ihn heirate, weil ich die Adligen verachte. Sie liebte Benjamin nicht, und ich wollte, er solle mein Schwiegersohn werden, weil ich ihn liebte. Aber ich hoffe, daß Gott mir vergeben wird. Wir sind es ja nicht, die unsere Leidenschaften geschaffen haben, und unsere Leidenschaften sind immer die Herren über unsere Vernunft. Wir müssen Instinkten gehorchen, die uns gegeben sind, wie die Ente dem gebieterischen Instinkt folgt, der sie zum Bache treibt.«

»Er war ein guter Sohn«, fuhr mein Onkel fort.

»Was weißt du davon?« antwortete Herr Minxit. »Das ist so die Art, wie man Grabschriften und Leichenreden macht! Jene Alleen von Grabsteinen und Zypressen, die sich auf unsern Friedhöfen dehnen, sind nichts als lange Kolumnen von Lügen und Falschheiten, wie die Spalten einer Zeitung. In Wahrheit habe ich weder Vater noch Mutter gekannt, und es ist nicht hinreichend erwiesen, ob ich der Verbindung eines Mannes mit einem Weibe entstamme; aber ich habe mich nie über die Verlassenheit beklagt, in der man mich gelassen hatte. Es hat mich nicht gehindert, meinen Weg zu gehn, und wenn ich eine Familie gehabt hätte, so wäre ich vielleicht nicht so weit gekommen: eine Familie beengt euch, kommt euch hundertfältig in die Quere; ihr habt ihren Vorstellungen zu gehorchen, nicht den euren; ihr seid nicht frei, eurer Bestimmung zu folgen, und auf der Bahn, in die sie euch wirft, seht ihr euch oft genug vom ersten Schritt an gehemmt und festgehalten.«

»Er war ein guter Gatte«, sagte mein Onkel.

»Bei Gott, das weiß ich selbst nicht recht«, erwiderte Herr Minxit; »ich habe meine Frau geheiratet, ohne sie zu lieben, und habe sie auch später nie übermäßig geliebt; aber sie hat bei mir stets ihren Willen gehabt: wenn sie ein Kleid wollte, kaufte sie es sich; wenn ihr ein Dienstbote mißfiel, entließ sie ihn. Wenn man bei dieser Rechnung ein guter Gatte ist, desto besser! Aber ich werde bald wissen, was Gott darüber denkt.«

»Er war ein guter Bürger«, sagte mein Onkel; »ihr seid alle Zeugen des Eifers gewesen, mit dem er für die Ausbreitung der Ideen von Freiheit und Reform im Volke gearbeitet hat.«

»Du kannst das jetzt sagen, ohne mich zu kompromittieren.«

»Ich werde auch nicht davon sprechen, daß er ein guter Freund war!...«

»Aber was willst du denn anderes sagen?« fragte Herr Minxit.

»Nur ein wenig Geduld«, sagte Benjamin. »Er hat es durch seine Intelligenz verstanden, die Gunst des Glücks an sich zu fesseln.«

»Nicht gerade durch meine Intelligenz«, sagte Herr Minxit, »obgleich sie soviel wert war wie die irgendeines andern; ich habe von der Leichtgläubigkeit der Menschen Nutzen gezogen; dazu braucht es mehr Dreistigkeit als Intelligenz.«

»Und sein Reichtum stand immer im Dienste der Unglücklichen.«

Herr Minxit machte ein Zeichen der Zustimmung.

»Er hat als Philosoph gelebt, indem er sein Leben genoß und diejenigen an diesem Genuß teilnehmen ließ, die ihm nahestanden; und so ist er auch gestorben, umgeben von seinen Freunden, zum Ende eines Festes, Ihr, die ihr vorübergeht, werft eine Blume auf sein Grab!«

»Das ist es ungefähr«, sagte Herr Minxit. »Jetzt, meine Herren, wollen wir den Abschiedstrunk leeren, und wünschen Sie mir eine glückliche Reise.«

Darauf befahl er dem Sergeanten, ihn ins Bett zu bringen. Mein Onkel wollte ihm folgen, aber er widersetzte sich dem und verlangte, man solle bis zur Frühe bei Tisch bleiben.

Eine Stunde später ließ er Benjamin rufen; dieser eilte an sein Lager; Herr Minxit hatte noch Zeit, seine Hand zu ergreifen, dann verschied er.

Am folgenden Morgen bereitete man den Sarg des Herrn Minxit; und umgeben von seinen Freunden, gefolgt von einem langen Zug der Dorfbewohner, verließ man das Haus. Da erschien der Pfarrer an der Tür und befahl den Trägern, ihn auf den Friedhof zu bringen.

»Aber«, sagte mein Onkel, »nicht auf den Friedhof hat Herr Minxit die Absicht zu gehn, er geht auf seine Wiese, und kein Mensch hat das Recht, ihn daran zu hindern.«

Der Pfarrer wandte ein, daß die Hülle eines Christen nur in geweihter Erde ruhen dürfe.

»Ist denn die Erde, wohin wir Herrn Minxit tragen wollen, weniger geweiht als die Ihre? Wachsen nicht Gras und Blumen darauf wie auf dem Friedhof der Gemeinde?«

»Sie wollen also, daß Ihr Freund verdammt sei?«

»Erlauben Sie!« sagte mein Onkel; »Herr Minxit ist seit gestern vor Gott, und wenn die Sache nicht eine Woche vertagt worden ist, so hat er sein Urteil empfangen. Für den Fall, daß er verdammt sein sollte, wird es nicht Ihre Trauerhandlung sein, die das Urteil rückgängig machen kann; und für den Fall, daß er gerettet ist, wozu wäre sie gut?«

Der Herr Pfarrer schrie, Benjamin sei ein Gottloser, und befahl den Bauern, sich zurückzuziehen. Alle gehorchten, und auch die Träger zeigten Neigung, dies zu tun. Aber mein Onkel zog seinen Degen und sagte:

»Die Träger sind bezahlt, den Leichnam zu seiner letzten Ruhestatt zu tragen, und sie sollen ihr Geld verdienen. Wenn sie ihr Geschäft gut verrichten, erhält jeder einen Taler; wenn sich dagegen der oder jener weigern sollte zu gehn, werde ich ihn so lange mit der flachen Klinge bearbeiten, bis er am Boden liegt.«

Die Träger, mehr von den Drohungen Benjamins als denen des Pfarrers eingeschüchtert, beschieden sich, vorwärts zu gehn, und Herr Minxit wurde mit allen den Feierlichkeiten in seinem Grabe beigesetzt, die er Benjamin bezeichnet hatte.

Bei seiner Rückkehr von dem Leichenbegängnis besaß mein Onkel dreitausend Taler Einkommen. Vielleicht werden wir später sehen, welchen Gebrauch er von dem ihm überwiesenen Gut machte.

Printed in Germany
by Amazon Distribution
GmbH, Leipzig